Le Sorcier de Mondebrume

Ce livre est imprimé sur du papier issu de forêts gérées durablement.

92, avenue de France 75013 Paris
Loi n° 49-956 du 16 juillet 1949 sur les publications destinées à la jeunesse, modifiée par la loi n° 2011-525 du 17 mai 2011.
Code éditeur / Code projet : 374191/10295549
ISBN : 978-2-09-503061-2
Dépôt légal : septembre 2024

Illustration de couverture et carte : Baptiste Reymann

DAVID BRY

Le Sorcier de Mondebrume

Nathan

LES ROYAUMES
HAUTES-COLLINES
LES MONTS-DÉCOUPÉS
AIGUILLE-SOLEIL
Roc-Tonnerre
OST
VALROC

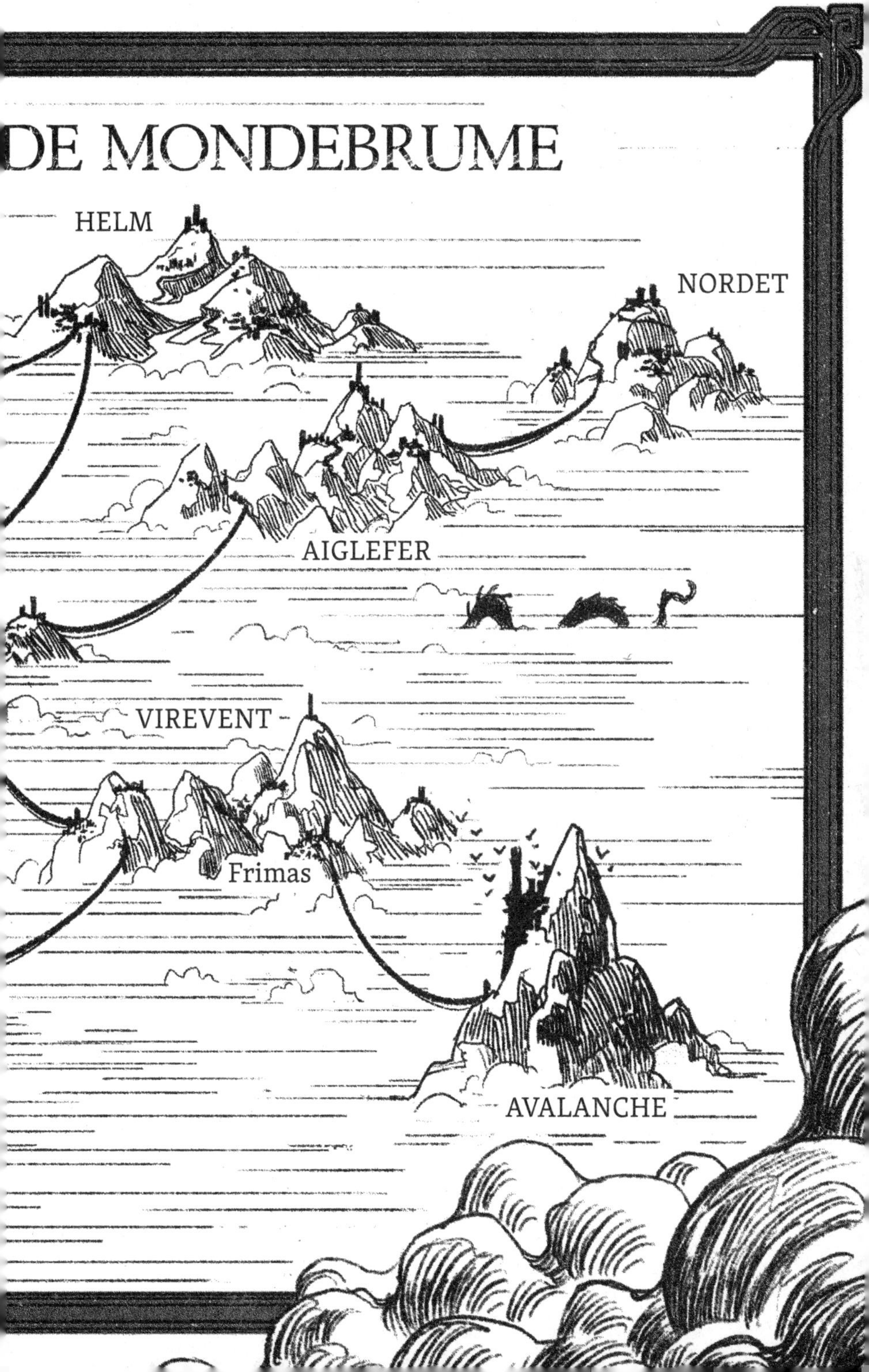
DE MONDEBRUME
HELM
NORDET
AIGLEFER
VIREVENT
Frimas
AVALANCHE

Première Partie

L'ÉMISSAIRE DU SORCIER

CHAPITRE 1

MAUDITS !

– T'es maudite ! s'exclame Joachim. Maintenant, c'est toi le Sorcier !

Le prince s'écarte de la jeune fille qu'il a touchée et quitte à toute vitesse la galerie extérieure en direction des remparts du château.

– T'as triché ! proteste Élina. On avait dit qu'on commençait en haut du donjon !

– M'en souviens pas ! rétorque son ami sans s'arrêter.

Il atteint l'escalier qui mène au chemin de ronde et ajoute en riant :

– T'as qu'à faire la même chose à Fifrelin !

L'adolescente secoue la tête, agacée, puis se cache à son tour dans l'ombre de la tour, à l'endroit où se trouvait Joachim quelques instants auparavant.

– Hé ho ! appelle justement la voix de Fifrelin. Vous êtes où ?

Leur camarade est encore dans la cour, dans le brouhaha de la fête qui se prépare au château. Il n'a sûrement rien entendu des échanges entre ses amis.

Un sourire se dessine sur les lèvres d'Élina qui se renfonce un peu plus encore dans l'obscurité, prête à bondir.

– Vous auriez pu m'attendre, quand même ! ronchonne Fifrelin.

Dissimulée dans l'ouverture qui mène à l'intérieur, Élina l'observe gravir les premières marches de pierre, tournant la tête à droite, à gauche, tout en continuant de les appeler.

– Élina ! Joachim ! Vous êtes où ?

Pas après pas, il s'approche.

– Vous n'êtes pas drôles.

La jeune fille se jette sur lui et le frappe à l'épaule.

– Aaaah ! hurle Fifrelin.

– T'es maudit ! crie Élina.

Elle déguerpit aussitôt.

– Bande de tricheurs ! peste le garçon derrière elle, le souffle encore coupé par la peur.

– Parles-en à Joachim ! répond son amie.

Hilare, elle remonte en courant la pente qui conduit aux escaliers, en grimpe les marches deux à deux.

– Moi aussi je vais te maudire avec mes oiseaux-cauchemars ! rugit Fifrelin d'une voix lugubre.

Il se précipite à la poursuite de la jeune fille aux cheveux sombres et aux vêtements de garçon, les mains dressées devant lui comme des griffes.

– Tu deviendras un monstre de plumes et d'os ! vocifère-t-il.

Pris dans le jeu, il grimpe en direction du chemin de ronde, fouille chaque recoin, chaque flaque d'ombre pour y trouver l'un de ses amis.

– Tu voleras à jamais dans les brumes en poussant des cris atroces !

– Je suis là, Sorcier ! appelle Joachim.

Fifrelin a tout juste le temps d'apercevoir la tignasse brune du prince qui disparaît aussitôt.

– Je vais te condamner pour toujours ! gronde-t-il.

Ignorant la musique et les éclats de voix qui lui parviennent de la cour du château, il gravit les dernières marches et déboule en haut des remparts.

– Tu seras mon esclave jusqu'à la fin de tes jours !

Fifrelin observe le chemin de ronde. La porte de la tour en face est fermée. Ses amis sont forcément cachés quelque part, dans l'un des renfoncements de la muraille.

– Et même les dragons auront peur de toi !

Fifrelin avance, passe un poste de garde – désert –, une meurtrière renforcée – vide elle aussi –, prêt à fondre sur le premier de ses camarades qu'il dénichera.

Il jette un regard en contrebas du château, de l'autre

côté du mur. La falaise descend à pic jusque dans l'océan de brouillard qui s'étend à perte de vue au pied des montagnes. Quelques vagues se forment çà et là, au loin, provoquées par le vent ou quelque créature monstrueuse en dessous.

– Et ça sera encore pire que si vous vous étiez perdus dans la brume ! ajoute-t-il.

De l'autre côté du chemin de ronde, à l'abri des murailles puissantes du château de Roc-Tonnerre, des fanions de toutes les couleurs décorent les bâtiments et les tours. La musique résonne partout, grâce aux flûtistes et aux tambourineurs qui se promènent au milieu de la foule bigarrée de paysans, de soldats, de marchands et d'éleveurs de chèvres rassemblés là.

– Bouh ! lance soudain une voix.

– Aaaah ! crie de nouveau Fifrelin en bondissant de frayeur.

Élina se relève d'un étroit passage où elle était cachée et se précipite vers la tour en contrebas, à la porte ouverte sur l'obscurité.

– Je vais t'attraper ! la menace Fifrelin.

– Il va falloir être plus malin ! se moque Joachim.

Le prince surgit d'une guérite. Devançant Élina, il s'enfuit lui aussi en direction de la tourelle.

– Je vais vous avoir ! se réjouit Fifrelin.

– Jamais !

Joachim et Élina dévalent en riant les quelques pas qui les séparent du passage plongé dans l'ombre, quand, tout à coup, une silhouette surgit des ténèbres face à eux.

Les deux amis hurlent de peur.

CHAPITRE 2

La fête du château

L'homme qui vient d'apparaître est habillé de noir, les yeux et les cheveux tout aussi sombres.

– Oncle Abélard ! s'exclame Joachim, le cœur encore battant.

Le prince pose une main soulagée sur sa tunique rouge et or, les couleurs du royaume de Valroc.

– Tu m'as fait une de ces peurs !

– Je suis désolé, mon garçon, s'excuse le nouveau venu.

Il salue de la tête Élina et Fifrelin puis revient à Joachim.

– Tu n'es pas un peu grand pour ces jeux d'enfants ? demande-t-il.

Sans attendre de réponse, il poursuit :

– La fête va commencer. Ton père t'attend dans les tribunes.

Le prince sourit.

– On y va ? demande-t-il à ses camarades.

– On reprendra la partie de sorcier-cauchemar après la fête, propose discrètement Fifrelin.

– Trop tard, t'as perdu, le nargue Élina.

– Pas du tout !

– On commence par quoi, mon oncle ? demande Joachim, ignorant la dispute entre ses amis.

– Le concours de tir à l'arc.

Élina se fige.

– Je vous laisse ! s'exclame-t-elle. Il faut absolument que je le gagne si je veux quitter la ferme un jour !

La jeune fille disparaît en courant dans l'escalier qui rejoint la cour.

– Quitter la ferme ? répète Abélard en grimaçant.

– Elle voudrait travailler au château en tant qu'éclaireuse, explique Joachim. Elle adore s'occuper des bêtes de ses parents mais...

Il hausse les épaules.

– Je crois qu'elle a trop la bougeotte pour s'imaginer rester toute sa vie à garder des chèvres.

– Je vais la rejoindre pour l'encourager, annonce Fifrelin.

Il adresse une révérence respectueuse à Abélard, pose sa main sur l'épaule de Joachim.

– Je te maudis, lui murmure-t-il en souriant.

Aussitôt il recule et part à la poursuite d'Élina.

– Tu as perdu ! lance-t-il à son ami.

Le prince soupire, dépité.

Abélard et Joachim rejoignent à leur tour l'esplanade bruyante du château. Partout, les gens discutent et rient, achètent des pommes rôties, du lard fumant, évitent de justesse les échassiers, les enfants et les chiens qui courent et jouent dans la joie et la bonne humeur.

– Ton père est déjà installé, annonce Abélard.

Joachim lève la tête en direction de la tribune accolée au donjon. Une demi-douzaine de silhouettes y sont assises, sous les bannières affichant la montagne et l'épée du royaume de Valroc. Son père, le front ceint de sa couronne, occupe la place d'honneur, près d'un siège vide.

Celui de Joachim.

L'adolescent part aussitôt en courant, traverse la foule, salue les gardes et grimpe à toute allure les marches qui mènent à la tribune.

– Il était temps, murmure le roi.

– Désolé, père, s'excuse le garçon.

Le cor résonne dans la cour. Le héraut qui vient d'y souffler le rabaisse et, d'une voix forte, annonce :

– Au nom d'Harald, roi de Valroc, je déclare ouverte la fête de l'été !

– Hourra ! répond la foule d'un seul cri.

– Comme chaque année, continue le héraut, les meilleurs archers et les artisans les plus habiles s'affronteront pour avoir le privilège de travailler au château de Roc-Tonnerre !

– Vive le roi !

– Que le concours de tir commence !

L'attention de tous se porte sur l'enclos en contrebas de la tribune. Cinq participants – trois hommes et une femme, en plus de la silhouette gracile d'Élina – prennent place face à une cible ronde, une cinquantaine de pas devant eux. Un jeune juge en robe grise glisse un mot à chacun d'entre eux, puis recule.

– Tu crois que ton amie va l'emporter ? demande le roi Harald à son fils.

– J'en suis certain, répond Joachim. Elle passe son temps à s'entraîner dans la forêt. C'est la meilleure !

Un gong retentit sur le pas de tir. Les archers lâchent leur corde en même temps.

– La meilleure… ou presque…, murmure le souverain.

La flèche à plume verte d'Élina est à un doigt de la noire de Perceval, le champion de l'année précédente, fichée au cœur de la cible.

– Deux points pour Perceval, un pour Élina, aucun pour les autres, déclare le juge.

Le gong résonne de nouveau, aussitôt suivi du claquement des arcs.

– Tu vois ? s'amuse Joachim. Je te l'avais dit.

La flèche verte est cette fois la plus proche du centre. Élina tourne la tête, sourit à Joachim et, concentrée, revient à la cible.

– Trois points pour Perceval et Élina, aucun pour les autres, annonce le juge. Le dernier tir sera…

Il s'interrompt, attiré par un mouvement de l'autre côté de la cour.

Joachim suit son regard. Les villageois s'écartent de l'entrée du château située un peu plus haut pour laisser passer quelqu'un… ou tout un convoi, au vu de la manière dont ils reculent.

Les musiciens là-bas cessent de jouer.

Joachim fait un geste pour se lever et mieux voir, aussitôt arrêté par le bras de son père.

– Attends, murmure le roi.

– Quelque chose ne va pas ? s'inquiète Joachim.

– Oui. On n'agit pas comme une commère quand on est un prince. Ne montre jamais ta curiosité ni ta surprise.

Le garçon rougit et se rassied, tout en se tordant le cou le plus discrètement possible pour tenter de deviner ce qu'il se passe.

Pourquoi la grande cour a-t-elle été bâtie plus bas que l'entrée du château ? s'agace-t-il. On n'y voit rien !

Le mouvement dans la foule se poursuit. Les paysans

s'éloignent de plus en plus de celui ou celle qui approche. Des chuchotements – des cris étouffés ? – parviennent jusqu'à l'estrade.

– Sire ? murmure une femme derrière le fauteuil du roi, l'air martial dans son armure de cuir.

– On attend, Perrine, commande le souverain.

La capitaine de la garde acquiesce, les sourcils froncés.

À leur tour, les jongleurs se figent, laissant leurs balles retomber à terre.

Dans un chuintement métallique, Perrine sort son épée de son fourreau.

– En cas de danger, tu te réfugies immédiatement au donjon, ordonne Harald à son fils.

Le cœur de Joachim s'emballe.

– Non, père ! Jamais je...

– Tu *m'obéis*, gronde le souverain entre ses dents.

Le visiteur n'est plus qu'à une dizaine de pas de l'estrade. Les derniers musiciens ont abandonné leurs instruments, les villageois continuent de s'écarter dans un silence glacé.

– L'émissaire ! gémit une voix quelque part. C'est l'émissaire du Sorcier !

CHAPITRE 3

La demande de l'émissaire

Les gardes devant l'estrade tirent leurs épées. Joachim se fige, les yeux écarquillés. Cette fois, ce n'est pas un jeu.

Les derniers rangs des villageois s'écartent. Un cavalier apparaît, le visage et la silhouette dissimulés sous un manteau aussi noir que la robe de son cheval. Ses mains sont gantées de cuir. Il porte à son dos un arc immense.

L'homme s'arrête à quelques pas de la tribune et des soldats qui la protègent.

Le roi Harald se lève.

– Sois le bienvenu, émissaire, lance le souverain.

Sa voix est forte mais Joachim, à côté de lui, voit les poings serrés de son père.

Est-ce de la colère ?

De la peur ?

Joachim jette un regard à Élina. La jeune fille se tient au milieu des concurrents de l'épreuve de tir à l'arc, les bras ballants. Fifrelin, livide, est non loin d'elle, au premier rang des spectateurs.

– Ta dernière visite remonte à quelques mois, poursuit le seigneur du château. Je pensais que tu voyagerais dans bien d'autres royaumes avant de revenir dans le mien.

Le roi a bougé, se positionnant entre le cavalier et Joachim. Le prince s'écarte légèrement afin d'apercevoir tout de même l'émissaire du Sorcier, impressionnant et silencieux, et remarque que les plus jeunes, partout, se sont éloignés.

Sans prononcer un mot, le visiteur fait tourner sa monture sur elle-même. Effrayée, la foule recule encore dans un bruissement de tissus et le raclement des chaussures sur le sol. Le cavalier termine son tour puis s'immobilise de nouveau. Lentement, il lève un bras au doigt tendu.

Le cœur de Joachim cesse de battre.

Le roi s'écarte, abasourdi, puis dévisage son fils et revient à l'émissaire.

– Je… Tu dois te tromper, dit-il.

Sa voix a perdu de sa superbe, tremble presque.

– Celui-ci est mon fils. Il doit prendre ma suite sur le trône de Valroc. Tu ne peux pas le désigner.

– Il devra partir dans deux jours au plus tard, déclare le cavalier noir comme s'il n'avait pas entendu le roi. Il devra quitter ton royaume, voyager de montagne en montagne jusqu'à atteindre la forteresse du Sorcier, à l'est de Mondebrume.

L'émissaire tire sur les rênes de sa monture et lui fait faire volte-face.

– Attends ! l'arrête le roi.

Le visiteur s'immobilise, tourne sa capuche sombre en direction du souverain.

– Tu as déjà pris Maude, la meilleure pisteuse de Valroc, il y a moins d'un an, ainsi que Clovis, le fils du forgeron, l'été dernier. Tu ne peux pas vider mes terres de tous ses enfants !

– S'il ne vient pas, alors les oiseaux-cauchemars de mon maître frapperont tes montagnes.

L'émissaire talonne sa monture qui, obéissante, repart tranquillement. La foule silencieuse s'écarte afin de les laisser passer. Accompagné par le seul claquement des sabots sur la pierre, le cavalier traverse la cour et disparaît derrière l'entrée, sur le pont-levis du château.

Sonné, Joachim balaie du regard les gens rassemblés là pour la fête – tous l'observent –, s'arrête un instant sur Fifrelin, le visage défait par la nouvelle, puis sur Élina.

La jeune fille a les larmes aux yeux.

Le cœur glacé, le prince lève la tête vers son père.

– Je…, commence-t-il.

Il se tait, la gorge trop serrée pour parler.

– Ne t'inquiète pas, murmure le souverain. Ne t'inquiète pas, nous trouverons une solution. Il y a forcément une solution.

– Laquelle ? intervient Abélard, à côté d'eux.

Le frère d'Harald observe le père et son fils.

– Nous trouverons ! insiste le roi.

Dans la cour derrière eux, les murmures s'amplifient.

– Sire ! appelle une voix.

Élina a quitté l'enclos du concours de tir pour rejoindre la tribune. Elle est pâle, plus pâle que jamais.

– J'irai, annonce-t-elle. J'irai à la place de Joachim.

Des exclamations de surprise résonnent un peu partout.

– Hors de question ! s'oppose Joachim.

Harald pose une main lourde sur l'épaule de son fils.

– La fête est terminée ! annonce-t-il, le visage blême. Que chacun rentre chez soi.

Les musiciens rangent en silence leurs instruments. Les jongleurs ramassent leurs balles, les échassiers redescendent. La foule, lentement, reflue, au son des regrets et des murmures inquiets, jusqu'à ce que la cour se vide. Seuls demeurent les soldats qui attendent un ordre, une consigne, les yeux rivés sur le roi.

– Abélard, appelle ce dernier. Suis-moi.

S’adressant à son fils et à Perrine, il ajoute :

– Vous aussi.

CHAPITRE 4

LE CHOIX DE JOACHIM

La voix forte du roi résonne dans la salle du trône :

– Je refuse d'envoyer mon fils à la mort !

– Rien ne dit qu'il mourra, réplique calmement son frère, face au fauteuil du souverain.

Les mains dans le dos, Joachim se tient légèrement en retrait, à côté de Perrine. Encore sous le choc, il écoute la conversation des deux hommes tout en observant d'un regard distrait les colonnes de pierre grise qui soutiennent le haut plafond, le dais rouge et or au-dessus de son père, les épées rutilantes accrochées au mur et le soleil qui, derrière les fenêtres, éclaire les montagnes de Valroc.

– On n'a jamais revu ceux qui sont partis chez le Sorcier, rappelle le roi.

– Ce qui ne veut pas dire qu'il les ait tués.

Abélard s'éloigne du trône pour marcher de long en large sur le tapis brodé aux armoiries du royaume.

– Si tu empêches Joachim de se rendre là-bas, les oiseaux-cauchemars s'abattront sur Valroc, affirme-t-il.

Les mâchoires crispées, le roi ne répond rien.

– Tu sais ce qu'ils ont fait au domaine de la reine Sigrid, quand elle a refusé de leur donner sa nièce.

– Je n'ai pas oublié.

– Et tu voudrais qu'ils infligent la même chose à nos montagnes ? Qu'ils massacrent nos paysans ? Qu'ils détruisent nos champs si durement labourés, pris sur la roche ? Qu'ils chassent nos chèvres jusqu'à ce qu'elles se jettent dans le vide ? Qu'ils rasent nos si rares villages ?

Abélard soupire.

– Je suis désolé, terriblement désolé de ce qui arrive, poursuit-il. Mais c'est une question de devoir.

Il se retourne, plante ses yeux sombres dans ceux de son frère, resté silencieux.

– Et puis, tu as pensé à ce que dira ton peuple ? Tu as laissé partir plusieurs enfants déjà, et tu refuserais que ton propre fils s'en aille ?

– Ce n'est pas la même chose ! s'emporte Harald. Il doit hériter de la couronne !

– Ce n'est pas la même chose parce que tu es son père, insiste Abélard. Les villageois ne comprendront pas que tu fasses une exception.

– J'irai, les interrompt Joachim.

Les deux hommes se tournent vers le garçon.

– Évidemment, j'irai.

– Mais tu ne reviendras jamais ! proteste le roi. Je ne peux pas…

– Père, s'il te plaît, le coupe Joachim d'une voix assurée.

Harald secoue la tête mais laisse son fils poursuivre.

– Tu m'as répété bien des fois qu'il faut du courage pour être une bonne personne. Tu m'as appris à tenir dans l'adversité, à ne jamais prendre de décision que l'on pourrait regretter plus tard afin de rester fier de soi.

– Je t'ai aussi toujours dit que la vie est trop précieuse pour la mettre en danger…

– … à moins que quelque chose en vaille la peine, termine Joachim. Notre rôle de roi. Ou une mission plus importante encore.

– Tu as une idée en tête, comprend Perrine, restée jusqu'ici silencieuse.

Joachim acquiesce.

– Je vais… tuer le Sorcier, annonce-t-il.

Son père et son oncle se dévisagent, stupéfaits.

– Tu vas *quoi* ? demande le roi.

– Je vais me rendre dans sa forteresse, explique Joachim. Je vais le trouver, et je le tuerai. Comme ça je reviendrai, père, et plus jamais personne ne partira là-bas.

– Tu n'y arriveras jamais ! Le Sorcier est bien trop puissant !

– C'est pour ça que j'ai besoin que tu m'aides.

– Cela me semble trop dangereux, s'inquiète Abélard. Si jamais le Sorcier devine que nous nous apprêtons à l'attaquer, il enverra ses oiseaux-cauchemars. Personne ne peut leur tenir tête. Même les Bruns-Soleil, en haut de leurs montagnes avec leurs artefacts magiques, les craignent, et les dragons aussi.

– J'irai seul, réplique l'adolescent. Il ne se doutera de rien.

Harald observe son fils un instant, les yeux plissés.

– Dis-moi ce que tu comptes faire, et comment je peux t'aider.

Le garçon baisse la tête, hésitant.

– Je t'écoute, l'encourage le souverain.

– Je voudrais entrer dans le sanctuaire. Le sanctuaire de mère.

Le roi pâlit.

Joachim ne le voit pas et, d'un ton précipité, termine :

– J'ai besoin de sa dague. Croc-de-dragon.

Les yeux toujours rivés au sol, il attend la réponse de son père, qui ne vient pas.

Le silence dans la salle du trône est lourd. Triste.

– Je la rapporterai, insiste Joachim. Je te le promets. Mais les histoires racontent que le poignard de ma mère est l'arme la plus puissante de Valroc. Avec lui, je pourrais défier le Sorcier ! Avec lui, je pourrais même le vaincre !

– Je ne crois pas que sortir Croc-de-dragon du château soit une bonne idée, intervient Abélard, d'un ton soucieux. Les Bruns-Soleil n'ont jamais accepté qu'une de leurs princesses les quitte, avec un artefact magique qui plus est.

Il fait une pause, comme s'il cherchait les bons mots, avant de conclure :

– À la mort de la reine Malia, ils ont accepté de laisser sa dépouille et sa dague au sanctuaire. Mais je ne suis pas sûr qu'ils aimeraient que nous risquions de perdre Croc-de-dragon.

– Oui, répond le roi Harald, en ignorant Abélard. Oui, bien sûr, mon garçon.

Le prince lève la tête. Son père l'observe d'un air grave, les yeux emplis d'une immense peine.

– Ta mère aurait été très heureuse de te confier sa lame. Et très fière de ton courage.

– Mais..., tente de protester Abélard.

– J'ai décidé, le coupe le roi.

Il quitte son trône, s'avance vers son fils.

– Viens avec moi, dit-il.

CHAPITRE 5

LE SANCTUAIRE DE LA REINE

Les couloirs défilent, froids et humides malgré la saison ; les murs de pierre grise se succèdent. Il n'y a personne dans cette partie du château réservée au souverain et à sa famille. Les bottes de Joachim résonnent au rythme de celles de son père. Ils ne parlent pas.

Le roi s'arrête devant une lourde porte de bois. Il pose ses mains sur chaque vantail et, lentement, les ouvre.

La salle derrière est plongée dans la pénombre. Quelques meurtrières éclairent vaguement les murs et le sol nus, ainsi que le tombeau qui en occupe le centre, sculpté à l'image de la reine Malia.

– J'ai déjà perdu ma femme, murmure Harald. Je ne supporterai pas de perdre en plus mon fils.

Il dépose un baiser sur les cheveux de l'adolescent et s'éloigne d'un pas lourd.

La gorge serrée, Joachim observe la sépulture. Il ferme les paupières, essaie de repousser les larmes, puis se décide à avancer.

Le corps d'une femme est ciselé dans la pierre. Son visage doux est encadré de tresses épaisses. Elle porte une robe dont chaque pli est taillé dans la roche, comme agité d'un souffle de vent. Entre ses mains, elle tient une longue dague ivoire.

Joachim s'en approche, pose timidement ses doigts sur ceux de la statue.

Il se souvient des caresses de sa mère, de ses éclats de rire cristallins, de son visage brun au-dessus du sien quand elle lui murmurait, le soir avant de s'endormir, un simple *Je t'aime*. Il se souvient des histoires incroyables qu'elle lui racontait au sujet de son peuple, les Bruns-Soleil, à la peau tannée par la lumière des cimes, aux ingénieurs et aux artefacts réputés dans tout Mondebrume. Il se souvient de sa main à elle dans celle de son père aussi, avant qu'elle ne tombe malade.

Il se souvient du silence, brutal, quand son teint a viré au gris, quand elle n'a plus eu la force de se lever. Plus eu la force de le prendre dans ses bras. Plus eu la force, même, de respirer.

Il serre les mâchoires pour se donner du courage, lentement laisse glisser ses doigts jusqu'à la dague.

– Tu me manques, maman, dit-il. Tu nous manques.

Il s'arrête, la paume sur la garde de Croc-de-dragon.

– L'émissaire du Sorcier m'a désigné, explique-t-il. Je dois me rendre dans sa forteresse, comme beaucoup d'autres avant moi. Aucun n'est revenu. Je… Je ne suis pas sûr de revenir non plus. Mais tu m'as appris à me battre, tu te souviens ? À ne jamais abandonner, à ne jamais avoir…

Sa voix se brise.

– … à ne jamais avoir peur, même quand tu n'arrivais presque plus à parler.

Il se racle la gorge.

– Là, j'ai peur, maman. Très peur, même. Mais je me dis que si tu es un peu à mes côtés, je pourrai peut-être combattre le Sorcier. Peut-être même le vaincre. Et revenir.

Avec précaution, il retire l'arme des doigts de pierre et la pose entre ses mains.

– Je te promets de faire tout ce que je peux, et de te rapporter Croc-de-dragon. D'ici là… D'ici là, veille sur papa. D'accord ?

CHAPITRE 6

La visite d'Élina

Joachim est revenu dans sa chambre, au premier étage du donjon. Assis, une plume à la main, il écrit sur un parchemin. Il signe de son prénom, souffle sur l'encre pour la sécher et enroule la feuille sur elle-même avec précaution.

Il sursaute lorsque quelqu'un frappe à la porte.

– Oui ? demande-t-il.

– C'est moi, répond une voix féminine.

Joachim ferme son message d'un ruban, se lève, époussette sa chemise de lin pour se donner une contenance et se force à sourire.

– Entre, dit-il.

Élina apparaît derrière la porte. L'adolescente a troqué ses solides vêtements de chasseuse pour une tunique et un pantalon de laine, plus chauds pour les soirées souvent fraîches, même durant l'été.

– Je ne te dérange pas ? s'assure-t-elle, sans oser avancer.

– Pas du tout. Merci d'être venue.

Les deux camarades restent un instant immobiles, mal à l'aise.

– Tu voulais que je vienne pour me dire quelque chose de particulier ? commence Élina.

Joachim l'observe, perdu, comme s'il avait oublié la raison pour laquelle il avait demandé à la voir.

– La lettre ! s'exclame-t-il tout à coup.

– La lettre ? grimace la jeune fille.

Joachim retourne à son bureau, prend le parchemin qu'il tend à son amie.

– Une lettre pour Siba.

Il s'avance jusqu'à Élina pour la lui donner, jette un regard dans le couloir, et se fige.

Quelqu'un les observe dans l'ombre, près de l'escalier en pierre !

– Bonsoir, Joachim, lance la voix d'Abélard.

Son oncle ! Il ne l'avait pas reconnu dans l'obscurité.

Le frère et conseiller de son père s'approche, son visage éclairé par la lumière dansante des torches allumées en prévision de la nuit.

– Je venais voir si tout allait bien, dit-il.

Surpris, Joachim échange un regard avec Élina.

– Tu as pris une décision courageuse et difficile,

poursuit Abélard. Ton père est fier de toi. Moi aussi. C'est… ce que je voulais te dire.

Le prince hoche la tête.

– Merci, mon oncle, répond-il.

Abélard jette un coup d'œil à Élina puis, revenant à Joachim, le salue d'un geste de la main avant de repartir dans les couloirs.

– Je ne l'aime pas, souffle Élina, une fois qu'il a disparu.

– Je sais, soupire Joachim, levant les yeux au ciel. Ce n'est pas comme si tu ne me le disais pas *à chaque fois* que tu le vois. Il est pourtant très gentil.

– Tellement gentil qu'il t'encourage à partir et risquer ta vie, marmonne l'adolescente.

Sans lui répondre, il entraîne son amie à l'intérieur de sa chambre aux murs gris, au lit recouvert de peaux de chèvres et referme la porte derrière lui.

– La lettre, donc, dit-il, poursuivant la conversation entamée avant l'interruption d'Abélard.

Élina croise les bras d'un air renfrogné.

– C'est un message d'adieu ?

– Je ne vais pas mourir, Élina.

– Non, bien sûr que non, peste la jeune fille. Tu as été désigné par l'émissaire du Sorcier, celui qui prend chaque année trois, quatre ou cinq adolescents des différents royaumes, qu'on ne revoit jamais. Et tu vas me dire que non, tu ne vas pas mourir, que…

– J'ai un plan, tente de la couper Joachim.

– … que tu vas revenir sain et sauf par je ne sais quelle magie et que…

– Élina ?

– … que tout pourra redevenir comme avant et qu'on pourra continuer à discuter sur les remparts, partir chasser dans les montagnes, plonger les pieds dans la brume en hurlant dès que quelque chose bouge et…

– É-li-na ! crie presque le prince.

La jeune fille se tait.

– Quoi ? demande-t-elle.

– J'ai un plan, je te dis !

Elle hausse les épaules.

– Un plan pour tuer le Sorcier ? se moque-t-elle.

– Exactement.

– Parce que toi, du haut de tes quatorze ans, tu vas pouvoir débarrasser les royaumes de Mondebrume de celui que tout le monde redoute ?

– Je crois que je n'ai pas vraiment le choix, répond Joachim.

– Excuse-moi, se reprend Élina. Je ne voulais pas…

– Pas de souci.

Joachim s'approche d'un coffre en bois dans un coin de sa chambre sur lequel, entre un bouclier et une épée d'entraînement, il a déposé la dague de sa mère.

– J'ai emprunté Croc-de-dragon, annonce-t-il.

Joachim prend l'arme entre ses mains. Longue comme son avant-bras, elle a la garde décorée de soleils stylisés. Sa lame en ivoire est pointue, plus tranchante que la plus aiguisée des épées.

– C'est un artefact magique des Bruns-Soleil, le peuple de ma mère, explique le garçon. Elle a été taillée dans une dent de dragon.

– Je sais tout ça. Mais… Tu penses vraiment qu'avec elle tu pourras… tuer le Sorcier ?

Joachim fait signe que oui. Élina grimace et, de la tête, désigne le parchemin posé sur la table.

– Dans ce cas, pourquoi tu as écrit une lettre à Siba ?

Le jeune prince ouvre la bouche. Puis la referme.

– Alors ? insiste Élina.

– C'est juste… au cas où, admet le garçon. Bon, tu veux bien t'en occuper ?

De mauvais gré, Élina récupère le message.

– Tu sais où est Fifrelin ? l'interroge Joachim.

Sans réussir à masquer sa déception, il ajoute :

– J'aurais aimé le voir avant de partir.

– Je l'ai cherché après dîner, mais ne l'ai trouvé nulle part.

Élina hausse les épaules, comme si l'absence de leur ami n'était pas importante.

– Joachim, commence-t-elle, hésitante.

– Oui ?

– Abélard.

– Quoi, *encore* ?

Élina pose les mains sur ses hanches, un air de défi dans les yeux.

– Je l'ai vu sourire quand l'émissaire t'a désigné tout à l'heure.

– Tu as dû mal voir, rétorque le prince.

– Je suis à peu près sûre que non.

Elle secoue la tête, agacée.

– Qui héritera du royaume si… si jamais tu ne reviens pas ?

– Si mon père n'a pas d'autre enfant après moi, ça sera lui. Abélard.

– Tu vois ! s'exclame Élina.

– Arrête, s'il te plaît. Mon oncle n'est pour rien dans l'arrivée de l'émissaire ni dans le choix du Sorcier.

– Je ne l'aime pas. Et je ne lui fais absolument pas confiance.

– Je sais, je sais ! Tu es vraiment têtue comme une chèvre ! Tu me le répètes sans cesse. La dernière fois c'était…

Il fait mine de réfléchir et termine :

– Il y a un instant à peine ?

Une ombre passe sur le visage du garçon.

– Je dois partir demain matin à l'aube. Ça te dit de faire un tour du château ensemble ?

Toute trace de colère disparaît chez Élina. Elle observe son ami un moment, le regard grave.

– Oui, dit-elle d'une voix douce. Oui, bien sûr.

CHAPITRE 7

LE DÉPART

Le jour se lève à peine. Le château est silencieux, comme mal réveillé. Le vent siffle doucement au travers des meurtrières, s'engouffre dans les couloirs déserts, fait s'envoler quelques feuilles perdues là. Les serviteurs éteignent les dernières torches sans un mot.

L'ambiance est lourde de tristesse.

– Tu es extrêmement courageux, Joachim, dit Abélard.

Le garçon ne sait quoi répondre. Au moment de partir, au moment de quitter son foyer, son père, ses amis, il doute soudain d'être si brave. Il a les poings serrés dans son dos, la mâchoire crispée à s'en faire mal pour ne pas pleurer.

Face à lui, assis sur son trône et coiffé de la couronne d'or, son père fait les mêmes efforts.

– Je reviendrai, assure Joachim.

Sa voix se casse. Il secoue la tête, furieux contre lui-même.

– Tu reviendras, dit le roi. Tu reviendras et tu seras un héros, mon fils.

Harald se force à sourire, bien que ses yeux brillent un peu trop.

– N'oublie pas tout ce que je t'ai enseigné. N'oublie pas ce que Perrine t'a appris sur le maniement des armes.

Il observe un instant le paquetage du garçon, posé quelques pas derrière lui. La précieuse carte des royaumes de Mondebrume, montagnes reliées entre elles par de simples passerelles au-dessus de l'océan de brouillard, est dépliée sur la table de travail. Ils l'ont étudiée ensemble, dès l'aube.

Le roi se lève. Sous le regard d'Abélard, il s'approche de son fils, le fixe comme s'il voulait graver à jamais dans sa mémoire ses yeux sombres, ses cheveux couleur noisette et son visage presque aussi brun que celui de sa mère, puis le prend contre lui.

– Reviens, s'il te plaît, murmure-t-il. Reviens-moi.

Le prince ferme les paupières fort, aussi fort qu'il le peut pour ne pas pleurer, réfrène les tremblements dans ses jambes, ses bras et, tout contre son père, respire son odeur, sa force une dernière fois.

– Je te le promets, père, chuchote-t-il, des larmes dans la voix. Tu seras fier de moi.

– Je le suis déjà. Je le suis déjà tellement…

Le souverain rompt doucement l'étreinte, d'un pas lourd retourne à son trône.

– Les bannières des tours de Roc-Tonnerre seront baissées en t'attendant.

Une expression faussement enjouée sur le visage, il ajoute :

– Fais en sorte qu'elles claquent rapidement à nouveau dans le vent de nos montagnes !

– Promis ! répond Joachim, sur le même ton.

Il observe une dernière fois son père, le cœur battant, salue Abélard, puis ramasse son paquetage. Il l'installe sur son dos – il n'avait pas réalisé que son sac serait si lourd ! – et recule d'un pas.

C'est le moment, pense-t-il.

Il sourit pour ne pas pleurer.

Allez, pars.

Ses jambes refusent de lui obéir.

Sois courageux, espèce de chevreau ! se lance-t-il.

– À bientôt, père, chuchote-t-il.

Le tapis rouge ne lui a jamais paru aussi long. Pas après pas, il le suit, se rapproche de la porte et s'éloigne de son père. Il voudrait lui dire qu'il ne souhaite plus partir, qu'il regrette son choix ; il voudrait lui demander de l'aider, d'être là, fort pour lui, cette fois encore, comme toutes les autres fois !

Le cœur serré, il ferme son esprit à la peur.

Non.

C'est à son tour d'être fort.

Les yeux mouillés de larmes – elles ne couleront pas, non, elles ne couleront pas ! –, il passe la porte de la salle du trône, s'engage dans le corridor de pierre qui mène à la sortie du donjon. Il voit dans les couloirs et les pièces qu'il traverse les gardes et les serviteurs s'interrompre dans leurs occupations – affûter une épée, couper une miche de pain, nettoyer les sols ou une vieille armure – pour le saluer en silence d'un hochement de tête. Il répond à chaque fois.

Est-ce que je les reverrai un jour ?

Joachim émerge dans la cour inondée de soleil. Les activités du matin ont commencé. Un homme remonte de l'eau du puits. Des enfants courent sur les remparts. Deux lavandières discutent, assises sur une large marche, tout en frottant leur linge.

– Joachim ? appelle une voix.

Le prince sursaute et se retourne.

Sortie de la cuisine, une vieille femme mince, presque maigre, l'observe. Des boucles blanches s'échappent du foulard enroulé autour de sa tête. Son tablier est maculé de taches de soupe. Elle tient dans la main un baluchon de pain et de viande séchée.

– Tu n'allais quand même pas partir le ventre vide, et sans m'dire au revoir ? demande Magda.

Incapable de parler sans pleurer, le jeune prince s'élance vers elle et la prend dans ses bras.

– Il y a là-dedans d'quoi manger pendant plusieurs jours, souffle la cuisinière.

– Merci, murmure Joachim, le visage enfoui dans la robe de celle qui l'a nourri, câliné, consolé depuis la mort de sa mère.

La femme lui caresse les cheveux.

– Sois prudent, d'accord ? Et tu nous r'viens !

– Promis, Magda.

Le claquement bruyant de chaînes les interrompt. Derrière eux, les gardes abaissent le pont-levis jusqu'à ce qu'il rejoigne le sol de la montagne, de l'autre côté du ravin qui ferme l'accès du château.

Joachim prend le baluchon de la cuisinière, l'embrasse rapidement sur la joue et, sans la regarder, part. Il fait un signe de la main aux soldats qui l'observent, aux enfants qui s'arrêtent sur son passage, aux domestiques qui le saluent une dernière fois, remonte la cour où, la veille, il assistait, heureux et insouciant, à la fête de l'été. Il songe à ses meilleurs amis Élina, Fifrelin et Siba, à son père, à son oncle, à Magda, à tous ceux qu'il ne reverra peut-être jamais. Envahi par la tristesse, il atteint la porte percée dans les remparts.

Sans ralentir, sans réfléchir, il poursuit sur la passerelle.

Le bois craque sous ses pieds au fur et à mesure qu'il

traverse le ravin. Face à lui, le royaume de son père – son royaume à lui aussi – s'étend, à perte de vue : la roche grise, le vert des pins, le bleu du ciel, le blanc des glaciers sur les sommets, celui de l'océan de brume en contrebas. Un peu plus loin, les premiers villages sont accrochés aux falaises, près des cascades et des cours d'eau, autour des enclos de chèvres.

Joachim atteint l'autre côté du pont-levis. Les mains sur les lanières de son sac, son baluchon posé dessus, il se retourne. Le château trône, imposant, sur l'un des pitons face à l'océan de brume. Ses hautes tours de pierre, ses remparts épais le protègent des brigands et des autres royaumes, même si les dernières guerres datent de bien longtemps désormais. En haut des murailles, des soldats lui font de grands signes. Il y répond, cherche parmi eux les silhouettes de ses amis, en vain.

Il aurait aimé voir Élina et Fifrelin avant de partir.

L'ont-ils déjà oublié ?

Résigné, il se retourne. Il ne va pas se décourager maintenant.

Il suit le chemin en direction de la vallée. Il connaît par cœur ce sentier qui le mènera à travers bois jusqu'au village de Roquemont puis à la passe du Levant, où il pourra s'arrêter pour la nuit.

Arrivé aux premiers arbres, il se retourne une dernière fois.

En haut du donjon, il aperçoit la silhouette solitaire de son père.

Joachim lève un bras, imité par le roi.

Il fait volte-face, et s'enfonce dans la forêt.

Le chemin recouvert d'aiguilles de pin zigzague entre les troncs. L'odeur est forte, embaume l'air autour du garçon. Joachim la respire à pleins poumons – il a toujours adoré leur senteur –, et avance dans l'obscurité des arbres.

Il n'a pas fait cinquante pas qu'il s'arrête soudain, les sourcils froncés.

Là-bas, devant lui. Un mouvement !

Joachim songe à reculer jusqu'au château. En courant, il pourrait y arriver très vite !

Il imagine alors le regard des soldats, celui d'Abélard, de son père, d'Élina.

Il ne peut pas, ne veut pas commencer son périple en manquant de courage.

Le cœur battant, il pose son paquetage à terre et tire sa dague de son fourreau.

Il ne pensait pas devoir se battre si rapidement.

CHAPITRE 8

Une rencontre imprévue

Les fourrés s'agitent de plus en plus sous les arbres. Joachim jette un coup d'œil derrière lui – pourvu qu'il ne soit pas tombé dans un piège ! –, ne voit rien. Il prend alors une longue inspiration, serre plus fort la garde de sa dague et se rue sur les assaillants.

– À l'attaque ! hurle-t-il, autant pour les effrayer que pour se donner du courage.

Il se rapproche à toute vitesse des bosquets aux branches secouées de mouvements brusques, et tout à coup s'arrête.

Une silhouette aux cheveux longs surgit des feuilles, suivie d'une seconde, plus frêle, à la courte tignasse blonde.

– Élina ! Fifrelin ! s'écrie Joachim, interloqué.

Ses deux compagnons d'enfance l'observent un instant, avant d'éclater de rire.

– Tu nous as pris pour des brigands ? se moque gentiment Fifrelin.

Vêtu d'une longue tunique grise de domestique, il a les cheveux encore plus ébouriffés que d'habitude. Ses yeux verts pétillent d'amusement.

– Je rêve ! le taquine Élina. C'est comme ça qu'on accueille ses meilleurs amis ?

Joachim sourit et abaisse sa dague, rassuré.

– Désolé ! lance-t-il, penaud. J'ai cru que...

Il hausse les épaules.

– Peu importe ! C'est gentil d'être venus me dire au revoir ! J'espérais vous voir au château, mais...

Il s'interrompt, les sourcils froncés. Près des fourrés, à l'endroit d'où ont surgi Élina et Fifrelin, il aperçoit deux grosses besaces de voyage.

– Qu'est-ce que c'est ? demande Joachim, surpris.

– Nos affaires, répond Élina le plus simplement du monde.

– Tu ne croyais quand même pas qu'on allait te laisser partir tout seul ! s'exclame Fifrelin.

Joachim dévisage tour à tour ses camarades, partagé entre le soulagement qu'ils ne l'aient pas abandonné comme il le craignait et la tristesse de devoir les chasser.

– Vous... vous ne pouvez pas m'accompagner, soupire-t-il enfin.

Élina et Fifrelin secouent la tête en même temps.

– On savait que tu allais dire ça, répond la jeune fille.

– C'est pour ça qu'on ne t'a pas demandé ton avis, ajoute son voisin.

– C'est trop dangereux ! s'exclame Joachim.

Élina s'approche jusqu'à se trouver juste en face du prince.

– Ah bon ? Trop dangereux ? Ce n'est pourtant pas du tout ce que tu prétendais hier soir, quand tu m'expliquais ton plan. Tu es censé rentrer à Valroc vivant et victorieux, tu te souviens ?

– Et il est hors de question que tu deviennes un héros sans nous ! proteste Fifrelin. Tu imagines toutes les histoires qu'on va raconter dans les auberges et lors des fêtes quand on reviendra ? On me nommera Fifrelin Terreur-de-Sorcier ! Ou encore le Grand Fifrelin !

– Mais l'émissaire n'a appelé que moi. Vous ne pouvez pas me suivre !

Il lève les yeux en direction du ciel bleu, en partie masqué par les branches des pins.

– Si on ne respecte pas les ordres du Sorcier, il lâchera les oiseaux-cauchemars sur le royaume !

– On ne les transgresse pas, observe Fifrelin.

– Comment tu le sais ? lui rétorque Joachim.

Son ami hausse un sourcil, feignant d'être vexé.

– Dois-je te rappeler qui passe ses soirées d'hiver à vous raconter les légendes de Mondebrume ? Qui a déjà vu en vrai des chasseurs de brume ? Qui a marché sur tous les chemins de Valroc et qui…

– D'accord, d'accord, marmonne Joachim.

– J'ai entendu dire qu'une fois, deux garçons d'un même royaume avaient été appelés et qu'ils avaient fait le voyage ensemble jusqu'au Sorcier. Aucun oiseau-cauchemar ne les a poursuivis.

– Mais ils avaient tous deux été désignés par l'émissaire !

– On s'arrêtera avant la forteresse, intervient Élina.

– Et puis tu n'auras qu'à faire comme si tu ne nous connaissais pas, ajoute Fifrelin.

– Très drôle, maugrée Joachim.

– Ton chemin sera plus sûr avec nous, renchérit Élina.

Elle récupère son sac, le passe sur son dos et conclut :

– De toute manière, tu n'as pas le choix.

Joachim se tourne vers Fifrelin.

– L'aubergiste t'a laissé partir ? s'enquiert-il.

Le domestique de la petite auberge près du château de Roc-Tonnerre hoche la tête en souriant.

– Je lui ai expliqué que je devais m'absenter quelques jours. Il a râlé, bien sûr, s'est lamenté que je ne travaille pas assez, que je suis un tire-au-flanc, puis m'a fait jurer de revenir parce que Edgar est quand même bien moins efficace que moi et qu'en plus je raconte des histoires aux clients quand il n'y a aucun conteur le soir.

– Et toi, Élina ? demande Joachim.

– J'ai dit à mes parents que je partais explorer les montagnes...

Face aux expressions outrées de ses camarades, elle ajoute :

– Ce n'est pas complètement faux !

– Bon, trêve de bavardage, annonce Fifrelin, prenant son paquetage. La forteresse maudite du Sorcier de Mondebrume, c'est par où ?

– Toujours tout droit, marmonne Joachim.

– Ah, ça fait plaisir de voir à quel point notre compagnie t'enchante ! s'amuse le garçon d'auberge.

Le prince observe l'un après l'autre ses deux camarades, prêts à partir à l'aventure avec lui malgré le danger. Son cœur se gonfle de soulagement et de gratitude. Il ne sera pas seul – en tout cas, pas durant son voyage –, aura quelqu'un avec qui partager ses peurs, ses doutes. Ses amis de toujours, même s'il manque Siba.

Il sourit.

– Merci. Merci infiniment.

Les trois compagnons marchent de front toute la journée. Tout en parlant, riant, imaginant déjà leur retour ou écoutant les histoires d'un Fifrelin plus bavard que jamais, ils traversent la forêt, longent les pâtures où paissent les chèvres jusqu'au village de Roquemont.

Ils s'y arrêtent, partagent le repas préparé par Magda avant de repartir.

L'après-midi s'avance, le pas des voyageurs se fait plus lent à mesure que le soleil approche de la ligne d'horizon. Les discussions s'effilochent. Après avoir été plat un long moment, le sentier s'élève le long de la pente rocheuse.

– Là-bas, dit Joachim, désignant en hauteur le col entre deux montagnes. C'est la passe du Levant.

– On y sera avant la nuit ? s'inquiète Fifrelin.

– Sans aucun doute, répond son ami. Sauf si tu continues de traîner comme ça !

Les flammes crépitent dans l'air frais du soir et réchauffent les trois camarades assis autour. Un lapin chassé par Élina finit de rôtir sur une pique. Joachim a coupé une miche de pain de Magda en trois parts égales. Fifrelin, usant de sa flûte, conclut en musique son histoire, celle de la naissance des dragons de Mondebrume, tout en haut de la plus haute des montagnes.

Pour la quinzième fois de la soirée, Joachim lève la tête en direction du ciel. Il est complètement noir et même la lune, cachée derrière les nuages, ne l'éclaire pas.

– Tu te fais du souci ? lui demande Élina, lorsque la musique s'arrête.

– Et si on s'était trompés ? imagine le prince. Si le

Sorcier nous espionnait et qu'il savait que vous m'accompagnez ?

– Alors ça lui fera trois prisonniers au lieu d'un seul, intervient Fifrelin.

Le garçon range sa flûte dans la poche de sa tunique.

– Rien n'interdit à ceux qui sont désignés par l'émissaire de voyager avec d'autres personnes, rappelle-t-il.

– Rien ne l'autorise non plus.

– Je ne crois pas que le Sorcier ne permette non plus qu'on vienne le tuer, conclut Élina.

– Chuuut ! lance Joachim, les yeux agrandis d'effroi.

Il fouille l'obscurité mais, bien sûr, ne voit rien. Ils sont seuls à cet endroit de la montagne, minuscule renfoncement dans la roche près du sentier qui conduit à la passe.

– Il ne nous espionne pas, insiste la jeune fille. Il n'est pas si puissant que ça.

– Il l'est quand même suffisamment pour que tous les royaumes lui obéissent, réplique Joachim.

– C'est bientôt fini, ça, dit Fifrelin. Dans peu de temps, ce sera nos aventures à nous que je raconterai les soirs d'hiver à l'auberge. Vous imaginez ? Comment l'incroyable Fifrelin a vaincu l'immonde Sorcier de Mondebrume, grâce à son courage et à ses muscles d'acier !

– Et avec ses amis aussi, peut-être ? se moque Élina.

Un bruit derrière eux les fait sursauter.

– C’était quoi, ça ? s’alarme Joachim.

Ses compagnons sondent les ténèbres comme lui, leurs sourires disparus.

– Élina ? demande Fifrelin d’une voix blanche. Ça pourrait être un ours ? Ou un loup ?

La chasseuse secoue la tête.

– Je ne pense pas, dit-elle. Ils auraient peur du feu.

Par réflexe, elle prend un morceau de bois ramassé pendant qu’ils préparaient le campement et le jette dans les flammes pour alimenter le brasier.

– Mais on va attendre un peu avant de dormir, d’accord ?

Ses compagnons opinent du chef.

– Peut-être qu’on pourrait même faire des tours de garde, hein ? propose Fifrelin. Pour surveiller que rien ni personne n’approche pendant la nuit.

– C’est une bonne idée, admet son amie.

– Je commence, dit Joachim. Reposez-vous. On est tous fatigués.

– Tu l’es autant que nous, remarque Élina.

– Peut-être. Mais si vous ne m’aviez pas accompagné, j’aurais eu beaucoup de mal à m’endormir.

Il sort sa dague de son fourreau.

– Et je ne pensais pas que la nuit serait aussi effrayante, ajoute-t-il.

Deuxième PARTIE

UN VOYAGE ÉPROUVANT

CHAPITRE 9

MAUVAISE SURPRISE

– Joachim ! appelle Élina.

Le prince grimace.

Il ouvre difficilement une paupière.

Le soleil a dépassé la crête des montagnes, éclaire le creux dans la roche où les amis ont trouvé refuge pour la nuit. Le feu est presque éteint, seules quelques braises se consument encore sous les cendres.

Joachim écarquille les yeux et se redresse en sursaut.

– Oh, non ! s'exclame-t-il.

Il regarde autour de lui, paniqué. Élina le dévisage, accroupie à ses côtés. Fifrelin s'étire près du foyer. Leurs paquetages sont tous là, rangés contre le flanc de la montagne. Aucun signe d'animal féroce. Il ne leur manque rien.

Ils sont vivants.

– Je... Je me suis endormi, réalise Joachim, atterré.

– Tout va bien, le réconforte son amie. Nous n'avons pas eu de visite.

Devant l'expression dépitée de son compagnon, elle ajoute :

– Ça a été une rude journée pour toi hier. Ne t'en veux pas.

– Pas trop fatigant, le tour de garde ? lance malicieusement Fifrelin.

– Je suis désolé, s'excuse Joachim.

Le garçon d'auberge tire la langue à son camarade.

– Les princes, tous les mêmes ! ricane-t-il. Tu es trop habitué à tes peaux de chèvres et à ta chambre bien douillette au château. Quand je vous dis que le vrai héros de cette histoire, c'est moi !

Il s'empare d'un brandon resté dans le feu, l'agite devant lui comme s'il s'agissait d'une épée.

– À nous deux, Sorcier de Mondebrume ! Pendant que Son Altesse Royale roupille, tu vas voir de quoi l'incroyable Fifrelin est capable !

– J'ai compris, ça va, rouspète Joachim en se levant.

Il rassemble ses affaires, les range dans sa besace dont il extrait un morceau de pain.

– Vous me pardonnerez si je partage mon petit déjeuner ?

– Je n'ai rien demandé en échange du lapin que j'ai ramené hier soir ! proteste Élina, outrée.

– Oui, mais toi tu es parfaite, sourit son ami. Même avec ton sale caractère.

Tous trois éclatent de rire.

Ils mangent rapidement puis, le feu éteint, se remettent en marche. Passé le col, le sentier continue en larges virages le long de la montagne, traverse un champ de rochers éboulés puis descend dans un vallon ombreux. Le ciel d'été est clair, et très vite le soleil réchauffe les trois adolescents. Un peu partout, des fleurs poussent entre la mousse et les pierres, créant d'immenses tapis blancs ou mauves, roses ou jaunes, au milieu desquels parfois paissent des bouquetins et des chamois. Au loin, en contrebas, l'océan de brouillard s'étend, immense mer pâle et vaporeuse.

– Maintenant que j'ai terminé de vous raconter l'histoire de la reine Frédégonde, ouvrez bien vos oreilles ! s'exclame Fifrelin, aussi bavard que d'habitude.

– Moi qui avais peur de m'ennuyer, gémit Joachim en grimaçant.

– Je me demande si ce ne serait pas mieux ! soupire Élina. Je commence à regretter le silence des troupeaux de chèvres de mes parents...

– Vous connaissez Sekou Tueur-de-monstres, le chasseur de brume ? poursuit le conteur, imperturbable. Vous avez certainement entendu parler des incroyables artefacts magiques qu'il rapporte avec ses compagnons pour les vendre aux Bruns-Soleil ou aux royaumes des montagnes. Mais savez-vous que même les Albins le redoutent ?

– Comment les Albins, qui sont chez eux dans le brouillard, pourraient craindre une bande de montagnards ? se moque Élina.

– Laissez-moi justement vous raconter, commence l'adolescent.

Les amis pénètrent à l'intérieur d'un bosquet de pins tout en écoutant les bavardages de Fifrelin. Le chemin tapissé d'aiguilles rousses se poursuit en ligne droite, longe une cascade d'eau glacée et ressort du couvert des arbres face à un embranchement.

– Il faut aller à droite, annonce Fifrelin, s'interrompant entre deux hauts faits de sa bande de chasseurs préférée.

Joachim plisse le front, surpris.

– Tu es sûr ? Je me souviens de cet endroit sur la carte au château, et passer par la gauche est bien plus rapide. En plus, c'est la route empruntée par les soldats de mon père. Elle sera plus sûre.

– Il y a eu un éboulement, répond Fifrelin. La route est coupée.

– Comment tu le sais ? s'étonne Élina.

Le garçon se tourne vers elle, étrangement mal à l'aise.

– Je l'ai entendu dire à l'auberge, il y a quelques jours. Des marchands racontaient avoir dû rebrousser chemin.

Il ajoute, de manière précipitée :

– Si la route est toujours bloquée comme ça a été le cas pour les marchands et qu'on doit faire demi-tour, on risque de perdre beaucoup de temps.

Joachim et Élina échangent un regard hésitant.

– On ne peut pas prendre ce risque, insiste Fifrelin.

Joachim hausse les épaules en soupirant.

– Allons-y, alors !

Suivant les conseils de Fifrelin, les trois compagnons poursuivent leur chemin vers la droite.

Au lieu de gravir la montagne en direction du prochain col, le sentier qu'ils empruntent borde la falaise. La journée tire à sa fin et, loin en contrebas, quelques troupeaux de chèvres retournent aux étables au son des clochettes à leur cou. Les toits de bois de quelques maisons apparaissent entre les pins, derrière un petit lac déjà plongé dans l'obscurité.

– On ne sera jamais à la passe avant la nuit, remarque Élina. Il va falloir trouver un endroit où camper.

– Avançons encore, dit Fifrelin.

– Pourquoi ?

Le garçon semble désarçonné par la question de son amie.

– Pour… pour ne pas risquer d'arriver en retard à la forteresse du Sorcier, évidemment !

Élina secoue la tête, troublée, mais ne répond rien. Le sentier se rétrécit et les voyageurs se mettent en file indienne derrière Fifrelin. Dans un silence fatigué, ils longent une profonde vallée, passent un petit pont de pierre au-dessus d'un ravin et continuent en direction d'un nouveau bosquet de pins.

– Il va falloir s'arrêter à un moment, gémit Élina. Je ne sens plus mes pieds !

– Moi non plus, acquiesce Joachim. Et mes épaules, pareil.

Leur camarade ne ralentit pas la cadence pour autant.

– Fifrelin ? appelle le prince.

– Encore un peu, insiste-t-il.

Poussés par leur ami, ils poursuivent leur route et atteignent les premiers arbres. Ils avancent dans la semi-obscurité des bois, leurs pas assourdis par le tapis d'aiguilles de pin.

– J'adore cette odeur, murmure Joachim afin de briser le silence. Elle me rappelle les promenades avec mon père, le soir, près du château. Chaque année, après la fonte des neiges, on part, juste tous les deux. C'est le seul moment où…

– Chut ! le coupe Élina.

Un doigt sur la bouche, elle s'est immobilisée, la main sur le paquetage de Fifrelin pour l'arrêter.

Les deux garçons observent leur amie, soudain inquiets.

– Un problème ? s'alarme Joachim à voix basse.

– Vous entendez ? demande la jeune fille.

Ses compagnons tendent l'oreille.

– Non, dit Fifrelin, le visage sombre.

– Moi non plus, ajoute Joachim. Il n'y a aucun bruit.

– Justement. Ce n'est pas normal.

La chasseuse s'empare de son arc et d'une flèche tout en fouillant l'obscurité.

– Tu crois qu'il y aurait une bête sauvage ? s'enquiert Joachim.

– Peut-être que les animaux ont détalé lorsque nous nous sommes approchés, imagine Fifrelin.

– On aurait vu les oiseaux s'envoler ou entendu leur course. Là, il n'y a pas un roucoulement de perdrix, pas un lapin qui s'enfuit. Rien.

Elle plisse le front, soucieuse.

– Il y avait quelque chose, ou quelqu'un.

– Mais c'est sans doute parti, non ? insiste Fifrelin. S'il n'y a aucun bruit…

– Peut-être, répond Élina. Peut-être.

De la tête, elle désigne la dague de Joachim à sa

hanche. Le prince la sort doucement de son fourreau. Fifrelin les imite et extrait un couteau de sa ceinture.

– Au moindre problème…, commence Élina.

– Courez ! hurle Joachim.

Trop tard : un filet s'abat sur les trois amis !

CHAPITRE 10

PRISONNIERS !

Le prince et ses compagnons tentent désespérément de se libérer du piège dans lequel ils sont tombés.

– Je n'arrive pas à sortir ! crie Joachim.

– Moi non plus ! panique Élina.

– Cherchez... les bords ! ahane Fifrelin.

Mais les cordes lestées de plomb sont bien trop lourdes, et les trois voyageurs peinent à se mouvoir.

– Essaie de les couper ! lance Élina à son ami.

Joachim pose sa dague sur l'un des filins et entreprend de le taillader.

Six hommes émergent des fourrés. Les mines patibulaires, vêtus de loques, armés de couteaux et de gourdins, ils s'approchent, menaçants.

– Des brigands ! souffle Élina.

– Regardez donc qui voilà, murmure le plus petit, qui semble être le meneur.

Il sourit d'un air mauvais, et ajoute :

– On dirait qu'on a fait une belle pêche. C'est le commandant qui sera content !

Il crache par terre.

– Attachez-moi ces gamins, ordonne-t-il à ses comparses.

– Attendez ! proteste Joachim.

Le brigand hausse un sourcil surpris.

– Attendre quoi, mon gars ? Une pluie d'or ? Une cascade de bière ?

Il glousse, amusé.

– Je... J'ai été désigné par l'émissaire du Sorcier, explique le prince. Je dois absolument rejoindre sa forteresse, sinon il lâchera les oiseaux-cauchemars sur le royaume !

Les bandits se regardent en silence... puis éclatent d'un rire gras.

– Quelle horreur ! s'exclame ironiquement l'un d'eux, à la large cicatrice en haut du front.

– C'est terrible ! renchérit un autre, la figure couverte de pustules et le nez de travers.

– On va tout de suite te libérer, mon poussin, conclut le chef.

Il s'approche du filet de cordes et colle son visage contre celui de Joachim.

– On n'en a rien à faire, nous, des oiseaux-cauchemars, grince-t-il. C'est pas nous qu'ils vont attaquer.

– Mais ils feront fuir le bétail et détruiront les champs et…

– Et alors ? Nous on vit dans nos cavernes, on risque rien !

Malgré les protestations de Joachim, d'Élina et de Fifrelin, malgré les coups de pied et les morsures, les brigands leur lient les mains et les pieds, leur laissant juste assez de mou pour qu'ils puissent marcher.

– Vous nous emmenez où ? s'inquiète la chasseuse.

– Tu le sauras bien assez vite.

Traînant leurs prisonniers derrière eux, les bandits prennent un sentier caché dans les pins. À la lueur du crépuscule, ils gravissent la pente de la montagne, tirant sans ménagement la corde à laquelle sont attachés Élina, Fifrelin et Joachim, afin de les faire avancer.

– Ça va ? chuchote Joachim à l'intention de ses amis.

– Merveilleusement bien, maugrée Élina.

– Pareil, murmure Fifrelin, sa bonne humeur disparue et plus morose encore que ses camarades.

– Où est-ce qu'ils nous emmènent, d'après vous ? reprend la chasseuse.

– Sans doute dans l'un de leurs repaires, imagine le prince. Mon père dit que les bandits passent de caverne en caverne pour ne pas être découverts par ses soldats.

– Qu'est-ce qu'ils vont faire de nous ?

– Aucune idée.

L'air sombre, Joachim ajoute :

– Ils peuvent nous enfermer pour qu'on leur serve d'esclaves.

– Pourquoi tu ne leur dis pas que tu es le fils du roi ? propose Élina à voix basse.

Son compagnon secoue la tête.

– On ne sait jamais, ça pourrait empirer notre situation. Et puis…

Il hésite.

– Je dois me débrouiller seul. Sans mon père.

La corde à la taille de la chasseresse se tend tout à coup, manquant de faire tomber la jeune fille qui se rétablit au dernier moment.

– Eh, derrière ! rugit l'un des brigands. Taisez-vous ! Sinon on vous bâillonne !

La nuit approche, et l'obscurité a envahi les vallées. En haut de la montagne, les rochers forment des ombres étranges et inquiétantes. La lune s'est levée, belle et presque ronde au-dessus du sommet, éclairant les éboulis. Épuisés, Élina, Joachim et Fifrelin avancent de plus en plus lentement. Les cailloux glissent sous leurs pieds, roulent et dévalent la pente dans un cliquetis sec.

Après ce qui leur semble être une éternité, les brigands ralentissent enfin. Un trou dans la roche apparaît au détour d'un sentier.

– Une grotte, murmure Joachim. Ça doit être leur repaire.

– Je n'en peux plus, se lamente Fifrelin. Mes chevilles vont se briser.

– Silence ! hurle une voix.

Tête baissée, les trois compagnons se laissent conduire dans la cache des bandits.

La caverne est aussi obscure qu'humide. Deux torches accrochées au fond émettent une vague lumière en plus d'une fumée âcre. L'air sent la pierre froide, la moisissure et la crasse. Une demi-douzaine de paillasses sont alignées près de coffres défoncés et d'un ramassis d'armes rouillées, de vêtements troués et d'ustensiles de cuisine qui n'ont pas dû être nettoyés depuis des lustres. Un chaudron bosselé bout au-dessus d'un maigre feu. Quelques légumes flottent dans une eau trouble.

– Enfermez-les dans la cage ! ordonne le chef des brigands.

Ses comparses ne se font pas prier. Tirant sur les cordes, ils conduisent les adolescents dans un renfoncement de la caverne séparé du reste de la grotte par des piquets en fer et une vieille grille branlante. Ils y jettent les voyageurs sans ménagement et referment derrière eux, goguenards.

– Dormez bien, les petits ! ricanent-ils.

Puis ils les abandonnent et rejoignent le meneur de la bande près du chaudron.

– Je… Je suis désolé, murmure Joachim, abattu.

– Tu n'y es pour rien, soupire Élina.

– Si, c'est de ma faute. Si vous n'étiez pas venus pour m'aider, vous ne seriez pas ici, enfermés avec moi.

– C'est nous qui l'avons décidé, lui rappelle Élina. Tu ne nous as pas obligés.

À côté d'eux, Fifrelin reste silencieux, le visage sombre.

– Qu'est-ce qu'on va faire, maintenant ?

Les deux amis fouillent leur prison du regard. Il n'y a rien au sol, rien aux murs, que de la roche. Les piques leur interdisent toute sortie et, derrière, les brigands barrent le passage vers l'extérieur.

– Il faut absolument s'enfuir, lance Joachim.

– Mais comment ?

Le prince hausse les épaules, dépité.

– Quand ils dormiront ?

– Impossible, réplique Élina. Ils nous entendront tout de suite.

– Attendons le jour, dans ce cas, propose alors Joachim. Il y a forcément un moment où ils sortiront.

Il examine les piquets qui maintiennent la grille.

– On essaiera de casser ou de bouger un de ces barreaux. Avec un peu de chance, on pourra passer.

– Si c'était si facile, ils ne nous auraient pas enfermés ici, ronchonne Fifrelin.

– Tu as une autre idée ?

Le garçon d'auberge secoue la tête. Abattue, Élina s'assied dans un coin, dos contre la roche, et laisse échapper un bâillement.

– Je suis vraiment épuisée, dit-elle.

Son ventre émet un gargouillement sonore.

– Et c'est l'heure de dîner.

Joachim jette un regard aux brigands, occupés à fouiller leurs besaces et à en sortir toute la nourriture.

– J'ai bien peur qu'il faille se passer de repas ce soir, soupire-t-il.

Il rejoint son amie contre la paroi et tombe lourdement au sol près d'elle.

– Autant dormir un peu, alors, dit-il.

Il tourne le regard vers Fifrelin, resté devant les piquets à observer les bandits.

– Tu viens avec nous, Fifrelin ?

L'adolescent ne répond pas.

CHAPITRE 11

LE PLAN DE JOACHIM

Après les éclats de rire, les disputes, les bagarres puis les ronflements à n'en plus finir, la grotte est enfin calme. Le matin venu, les brigands sont partis pour de nouveaux larcins, laissant derrière eux un seul de leurs compagnons, avachi près d'une barrique de bière vide.

– J'ai faim, grommelle Fifrelin.

– Pareil, dit Élina, se massant le bas du dos. Et dormir sur la pierre comme dans les refuges de montagne, ça ne me manquait pas ! J'ai mal partout.

– Moi aussi, admet Joachim.

– Tu as entendu ce qu'ils allaient faire ? demande la chasseuse.

– Attaquer une ferme, répond le prince.

Il secoue la tête, entre agacement et dépit.

– Si seulement on pouvait prévenir les gens ! Ou des soldats ! Ou mon père !

Élina jette un regard au soudard affalé près du foyer éteint.

– S'ils sont partis piller, ils ne vont pas revenir tout de suite. C'est sans doute notre seule chance de nous échapper.

– On n'a pas le choix de toute manière, lui rappelle Joachim. On doit s'enfuir avant qu'ils nous ramènent à leur fameux commandant.

– Tu crois qu'ils vont nous vendre comme tu l'as dit ? s'inquiète la chasseuse.

– Je n'en ai aucune idée, avoue son ami.

Il se tourne vers leur compagnon.

– Tu as entendu autre chose, toi, Fifrelin ?

Ce dernier fait signe que non.

Joachim s'approche de l'un des piquets et, après avoir vérifié que leur geôlier ne leur prête pas attention, le secoue doucement.

– Ce n'est pas très solide, remarque-t-il. À nous trois, on pourrait peut-être en enlever un.

– On aura besoin de nos affaires, dit Élina.

Les paquetages gisent éventrés près de l'entrée de la caverne, leur contenu éparpillé un peu partout. Une partie a été partagée entre les soudards, dont les pièces d'or que le père de Joachim avait confiées à son fils pour le voyage.

– Un coup de chance que personne n'ait emporté Croc-de-dragon et qu'ils l'aient mise de côté pour leur chef, murmure le prince, soulagé.

L'arme est restée au sol, près de la besace.

– Sans elle, il sera impossible de tuer le Sorcier.

– Si on arrive à sa forteresse, maugrée la chasseuse.

Joachim hoche la tête.

– Eh ! appelle-t-il. Monseigneur !

Le brigand se tourne vers l'adolescent, un rictus moqueur aux lèvres.

– Tu fais quoi ? murmure Fifrelin, effrayé.

– J'essaie de nous faire sortir d'ici, lui chuchote Joachim.

– Taisez-vous, les morveux, éructe l'homme. Et je m'appelle pas monseigneur.

Joachim se tord le cou de manière exagérée, comme pour vérifier qu'ils sont bien seuls dans la grotte.

– J'ai un marché à vous proposer.

– Un marché ?

– Avec de l'or en récompense.

Le brigand secoue la tête, amusé.

– Tu m'auras pas, gamin. Je suis pas crétin.

– Beaucoup d'or, insiste Joachim. Beaucoup plus que ce qu'il y avait dans mon paquetage.

Se tenant bien droit, le torse bombé, il explique :

– Je suis le fils du roi Harald. Vous pouvez le vérifier dans ma besace, il y a le sceau du royaume, caché dans une doublure.

– Bien sûr, bien sûr…

– Je venais récupérer de l'or pour le compte de mon père, poursuit Joachim, sans se soucier des doutes de l'homme. L'or des impôts.

– Sans soldats ? s'étonne le bandit.

– Sans soldats, affirme Joachim avec aplomb. C'est le seul moyen de ne pas attirer l'attention des brigands comme vous.

– Pas faux.

L'homme sourit, révélant sa bouche édentée.

– Et tu l'as laissé où, ton or ?

– Je vous le montrerai si vous nous libérez.

L'homme éclate de rire.

– Me prends pas pour un idiot, gamin !

– C'était sûr, murmure Élina, derrière son ami. Il n'allait évidemment pas se faire avoir comme ça.

– Par contre, tu vas me dire où il est, cet or.

– Libérez-nous d'abord, insiste Joachim.

Le soudard s'empare d'un couteau à côté de lui et s'approche, agitant son arme d'un air menaçant.

– C'est pas toi qui donnes les ordres ici, compris ? gronde-t-il.

Joachim recule d'un pas, effrayé.

– Et tu vas me raconter tout de suite où tu as caché cet or, sinon vous allez passer un sale moment, et toi le premier.

Leur geôlier pose un doigt crasseux sur le fil de son arme, laissant couler une goutte de sang.

– C'est clair ?

Les yeux rivés sur la lame, Joachim hoche la tête.

– Je... Ne nous faites pas de mal, d'accord ?

– Tout dépend de toi. T'as intérêt à avoir dit la vérité. Alors, c'est où ?

Joachim hésite un instant, puis lâche :

– À l'entrée des bois où vous nous avez capturés. Il y a un rocher en forme de tête de loup. J'ai enterré l'or à son pied.

– Pourquoi t'as fait ça ?

– Mon père m'a toujours conseillé de ne jamais camper avec un trésor sur soi.

Le brigand s'esclaffe.

– Ça va juste me rendre riche moi, et moi tout seul.

Il s'approche encore de la grille rouillée, et ajoute :

– Si vous racontez un mot de ça aux autres, je vous égorge pendant la nuit, c'est bien clair ?

Les trois amis acquiescent vigoureusement. Le bandit les observe, amusé de leur frayeur, et quitte précipitamment la grotte.

– Mais il n'y a pas de trésor ! s'alarme Fifrelin une fois l'homme parti.

– Il va nous tuer quand il va revenir ! gémit Élina.

– Sauf qu'on ne sera plus là, dit Joachim. Aidez-moi !

Le prince prend l'un des piquets à deux mains et le secoue de toutes ses forces.

– Vite ! dit-il. On n'a pas beaucoup de temps !

Après un instant de stupeur, Élina et Fifrelin le rejoignent et, ensemble, poussent et tirent sur le poteau. Secousse après secousse, ce dernier bouge de plus en plus, jusqu'à tomber enfin !

Les trois prisonniers se figent, les yeux braqués sur l'entrée de la caverne.

– Pourvu que personne n'ait entendu ! souffle Élina.

– Ils sont loin, la rassure Joachim. On se dépêche !

Les trois amis se positionnent près du piquet suivant et recommencent. Le fer, rouillé par le temps et l'humidité, finit par se briser de la même manière que le précédent.

– On a réussi ! s'enthousiasme Joachim. On récupère nos affaires et on file d'ici !

Il sort de la prison, suivi d'Élina.

Resté derrière, le jeune conteur les observe, immobile.

– Fifrelin ? appelle le prince. Dépêche-toi !

Son ami se décide enfin. D'un bond, il rejoint ses compagnons et, ensemble, ils se ruent sur leurs paquetages. Ils rassemblent leurs effets, ce qu'il reste de leurs provisions et se retrouvent prêts à partir, à l'entrée de la grotte.

La montagne s'étend devant eux, à perte de vue, sous un ciel gris. La roche est partout, tachée çà et là de rares bosquets jaunes de gentianes. Une étroite sente descend en direction de la vallée – celle par laquelle ils sont arrivés. Il n'y a pas un village à l'horizon. Personne.

– Hé, vous ! hurle une voix d'homme. Restez où vous êtes !

Deux brigands s'avancent de l'autre côté de la montagne, un âne à la main, un lourd baluchon sur les épaules.

– Oh, non ! s'écrie Fifrelin. Ils sont déjà là !

– On court ! lance Joachim.

Les trois compagnons se jettent dans la pente.

CHAPITRE 12
POURSUIVIS !

Les brigands lâchent âne et baluchon pour s'élancer à la poursuite de leurs prisonniers, couteau à la main.

– Arrêtez-vous ! hurle l'un.

– Vous allez le regretter ! rugit l'autre.

Terrifiés, Élina, Joachim et Fifrelin dévalent la montagne. Leurs pieds dérapent sur les cailloux, sur la mousse. Derrière eux, les bandits manquent également de tomber à plusieurs reprises, se rétablissent de justesse avant de repartir de plus belle.

– Ils nous… rattrapent ! annonce Élina, après avoir tourné rapidement la tête.

– Plus vite ! les presse Joachim.

Ils passent un petit bosquet de pins rabougris par le soleil et le vent, évitent une coulée de pierres – la chute assurée ! –, bifurquent au dernier moment à l'approche d'une ravine.

– Par là ! crie Joachim.

De la main, il désigne un étroit chemin entre les rochers.

– Ça rejoint forcément un village !

Il change de direction, file droit vers le sentier.

– On trouvera peut-être de l'aide !

Élina et Fifrelin le suivent sans réfléchir. Ensemble, ils glissent, dévalent plus qu'ils ne courent, le ventre serré par la peur.

– Ils se rapprochent encore ! panique Fifrelin.

Les adolescents accélèrent. Ils ne regardent plus où ils posent les pieds, ne font plus attention aux trous, aux terriers, aux lichens qui pourraient les faire chuter, concentrés sur un seul objectif : fuir le plus rapidement possible.

– AAAaaah ! hurle Fifrelin.

Son cri se termine dans un roulement de caillasse.

– Il est tombé ! s'écrie Élina.

– Là-bas ! fulmine une voix.

De l'autre côté de la montagne, là où les amis se dirigeaient, deux nouveaux brigands apparaissent.

Ils sont coincés !

– Partez sans moi ! gémit Fifrelin.

Il est au sol, le visage tordu de douleur.

– Hors de question ! répond Joachim.

Sans hésiter, le prince remonte la pente jusqu'à son camarade, suivi par Élina.

– Vous allez regretter d'avoir tenté de fuir ! fulmine un des voleurs.

– On va vous faire passer l'envie ! menace un autre.

Ils sont presque sur eux !

Joachim et Élina tendent en même temps leur main à Fifrelin. Leur compagnon s'en empare, se redresse et, ignorant la douleur qui lui vrille les chevilles, se remet à courir.

En contrebas, les bandits leur barrent la route !

– Vers le sommet ! lance Joachim.

Tous trois font volte-face et, avec l'énergie du désespoir, remontent la pente qu'ils viennent de descendre.

Leurs poursuivants halètent derrière eux, les talonnent.

– Gauthier, sors ton arc ! ordonne une voix.

– Oh non, non, non, non ! gémit Élina.

– Il faut passer la crête ! s'exclame Joachim.

Le prince grimpe encore plus vite – il ne pensait pas cela possible ! –, saute sur un rocher, par-dessus une crevasse, imité par ses compagnons.

– Ils ne pourront plus nous atteindre… là-bas, poursuit-il, essoufflé.

– Pour un temps seulement ! répond Fifrelin.

– Tu as une meilleure idée ?

Une flèche siffle et se plante à leurs pieds !

– Dépêchez-vous !

– Ils ne vont pas tenir longtemps ! braille un des hommes. Silas, cueille-les de l'autre côté !

– Ouais !

Le crissement des pas s'atténue derrière les trois amis.

– On ne va pas s'en sortir ! panique Fifrelin.

– Pas le choix ! réplique Joachim.

À bout de souffle, ils atteignent la crête de la montagne. Le versant opposé est plus abrupt encore et descend presque à pic jusqu'à l'océan de brumes.

– C'est de la folie ! crie Élina.

– Dans les bois, là-bas ! lance Joachim.

Sur leur droite, à une centaine de pas en contrebas, des pins en rangs serrés forment une masse sombre.

– On pourra éviter les flèches !

Les adolescents changent une nouvelle fois de direction et se lancent à corps perdu en direction des arbres. Les troncs se rapprochent à chaque instant. Une flèche claque sur un rocher à gauche de Fifrelin. Une autre se plante dans le sac de Joachim.

– Aaaah ! hurle le prince, persuadé d'être touché.

– Elle n'a pas traversé, lui assure Élina, aussi soulagée que son ami.

Les pins ne sont plus qu'à quelques dizaines de pas.

– Tire, Lars ! vocifère un brigand. Tire ou c'est moi qui t'embroche !

Un troisième trait rebondit sur un rocher, juste à côté d'Élina !

– On y est presque !

Usant de leurs dernières forces, les trois voyageurs disparaissent dans l'ombre des arbres, dégoulinants de sueur, abasourdis d'être toujours en vie.

– Fouillez cette fichue forêt ! rugit l'un des bandits. Ils n'en sortiront pas vivants !

Joachim, Élina et Fifrelin reprennent leur souffle, épuisés, les mains sur les genoux.

Une ombre passe au-dessus d'eux.

– Qu'est-ce qu'on... fait... maintenant ? articule difficilement Fifrelin.

Les rayons du soleil disparaissent une seconde fois, comme masqués par un énorme nuage.

– Je... sais... pas, répond son ami, qui n'a rien remarqué.

Un vent puissant agite la forêt de pins en même temps qu'une forme gigantesque se dessine entre les branches.

– Les oiseaux-cauchemars ! panique Joachim, sans lever la tête. Ce sont les oiseaux-cauchemars !

CHAPITRE 13
LES MONSTRES DU CIEL

Les adolescents se remettent aussitôt à courir. Sans réfléchir, sans plus penser aux brigands qui les terrifiaient l'instant d'avant, ils filent en direction de la vallée.

Une ombre passe au-dessus d'eux, puis une seconde, accompagnée d'étranges battements d'ailes, comme des crissements de cuir.

– À l'aide ! appelle Fifrelin.

– Courez ! Courez ! répète Joachim.

Les trois amis avancent à toute vitesse sur le chemin, envoient voler autour d'eux de la poussière et des aiguilles. Derrière, ils entendent les hurlements de terreur des brigands.

– Ils se font dévorer ! gémit Élina.

Une silhouette sombre rase le sommet des arbres.

– On va être attaqués !

Les voyageurs surgissent des bois et de la protection qu'ils leur offraient et poursuivent sans même prendre le temps de regarder au-dessus d'eux.

De violentes bourrasques balaient la montagne, les obligent à ralentir puis s'arrêter. Les rafales fouettent les visages, leur font pleurer les yeux, fermer les paupières ; le battement assourdissant d'ailes immenses vrille leurs oreilles.

– Fuyez ! lance Joachim. Je vais essayer de les…

Quelque chose d'énorme touche le sol.

Le vent cesse soudain.

Tout redevient calme.

Redoutant le pire, Joachim ouvre un œil.

Face à lui, une créature gigantesque, plus grande encore qu'une maison, est posée, les ailes repliées dans le dos. Le soleil se reflète sur ses écailles chatoyantes brunes et rouges, sur ses griffes terribles plantées dans la roche, sur ses yeux de reptile et sa crête hérissée de piquants.

Un dragon !

– Salut, les amis ! lance une voix fluette.

Joachim lève la tête, abasourdi. Au-dessus d'eux, une jeune fille accrochée à une aile volante tournoie lentement, puis se pose entre eux et le dragon dans un nuage de poussière. La peau marron, les cheveux noirs, crépus et formant une couronne, elle arbore des lunettes de vol ainsi qu'une tunique du même cuir étrange et brillant que l'aile volante qu'elle replie.

– J'ai l'impression d'arriver au bon moment ! s'exclame-t-elle, sans remarquer la stupeur des voyageurs.

Un grand sourire aux lèvres, elle ajoute :

– Vous auriez vu la tête des brigands quand ils ont aperçu les dragons ! Je crois qu'ils n'ont jamais eu aussi peur de toute leur vie !

Joachim, Élina et Fifrelin regardent le ciel. Trois autres créatures ailées les survolent en formant un large cercle. Des cris d'effroi résonnent dans la montagne, de plus en plus lointains.

– Siba..., murmure Joachim, encore sous le coup de la stupéfaction.

Pris d'un soulagement à la mesure de la panique qu'ils ont ressentie juste avant, les adolescents courent en direction de leur amie qu'ils serrent dans leurs bras.

– On pensait qu'ils allaient nous tuer ! s'exclame Élina.

– Qu'on ne rentrerait jamais chez nous ! ajoute Joachim.

– Et que c'était des oiseaux-cauchemars ! termine Fifrelin.

– On a beaucoup de choses à se raconter, on dirait, conclut leur camarade.

Elle se tourne vers le dragon posé derrière elle et tend la main vers lui. La créature abaisse la tête, fourre le bout de son museau gigantesque dans la paume de la Brune-Soleil.

– Merci beaucoup, murmure-t-elle. Vous pouvez repartir, ils ne risquent plus rien.

Le monstre d'écailles, de griffes et de crocs relève sa gueule terrifiante. Le cou dressé, il lance un cri assourdissant qui se répète en écho puis, d'un battement d'ailes puissant, décolle. Une tornade balaie le sol rocheux, fouette les vêtements et les cheveux des adolescents. La créature prend de l'altitude, rejoint ses congénères et, ensemble, ils disparaissent de l'autre côté des cimes.

– Comment tu as su que nous étions là ? s'étonne Joachim.

– Une perdrix-voyageuse m'a apporté ta lettre cette nuit, raconte Siba. Avec un message d'Élina, me disant que Fifrelin et elle t'accompagneraient jusqu'à la forteresse du Sorcier. Je n'allais évidemment pas vous abandonner.

Son sourire s'élargit encore :

– Et j'ai l'impression que j'ai bien fait de partir tout de suite de chez moi !

– Ça, c'est sûr ! s'exclame Élina.

– J'ai pris mes affaires, j'ai expliqué à ma mère que je vous rejoignais quelques jours. Je crois que ça l'arrangeait. Elle est plus occupée que jamais au Conseil, et mon père ne sort presque jamais de son atelier où il m'interdit d'entrer.

Elle grimace.

– « C'est bien trop dangereux, l'imite-t-elle en prenant une voix grave. Les artefacts magiques des anciens temps ne sont pas des jouets et tu n'es pas assez grande pour m'aider. »

Elle hausse les épaules, agacée, mais son sourire revient quand elle ajoute :

– Au moins, vous, je sais que vous êtes contents que je sois là !

– Évidemment ! s'exclame Élina.

– Tu es la meilleure, poursuit Joachim. J'ai encore du mal à réaliser qu'on est en vie.

Il jette un dernier regard à la montagne, en direction de la grotte des brigands.

– Tout le monde va bien ? demande-t-il.

Élina et Fifrelin acquiescent d'un hochement de tête.

– Tu pourras marcher avec ta cheville ? insiste le prince, observant la jambe de son ami. Je préférerais qu'on s'éloigne d'ici rapidement si c'est possible.

– J'en ai vu d'autres, le rassure Fifrelin.

– Il y a une passe non loin, dans un endroit abrité et qui permet de surveiller les environs, annonce Siba. On pourra s'y reposer sans souci.

– Allons-y, alors ! lance Élina.

Tout en se racontant leurs aventures – l'arrivée de l'émissaire, l'attaque des bandits et la tentative de fuite –, les adolescents avancent sur le sentier en direction de la forteresse du Sorcier. Régulièrement, l'un d'entre eux tourne la tête, fouille la montagne à la recherche d'un brigand qui serait revenu les pourchasser malgré la peur des dragons. Mais, évidemment, aucun ne s'y risque et, épuisés par leur voyage et les événements de la journée, les jeunes gens atteignent sans encombre la passe des Corbeaux. Tous laissent lourdement tomber leur paquetage au sol, harassés de fatigue par la montée.

– La vue est magnifique, murmure Élina.

Le dernier col du royaume donne sur le grand océan de brouillard pâle qui recouvre Mondebrume. Les volutes blanches s'y agitent, soulevées par le vent, forment des arabesques et des vagues, créent par endroits d'étranges et inquiétantes silhouettes fantomatiques. Le flanc de la montagne descend jusqu'à un piton rocheux dont la base se perd dans la brume. Un pont de corde y est arrimé.

– Après la passerelle, c'est le royaume de Virevent, explique Joachim. La forteresse du Sorcier se situe encore après, tout à l'est.

Les quatre amis observent les pics enneigés qui se dressent de l'autre côté des cordes, domaine de la reine Sorbe.

– Combien de temps nous faudra-t-il pour y arriver ? demande Fifrelin.

– Un ou deux jours, normalement.

– Les dragons pourraient peut-être nous aider ? imagine le garçon, une pointe d'espoir dans la voix.

Siba secoue la tête.

– Impossible, répond-elle. Ils sont bien trop vaniteux pour servir de monture, même pour une telle cause. Et ils évitent les oiseaux-cauchemars. Ils ne s'approcheront pas de la forteresse du Sorcier.

– Ils ont peur des oiseaux-cauchemars ? s'étonne Élina.

– Non. Mais ils les mettent… mal à l'aise, je crois.

– Ça, je les comprends, soupire Joachim.

CHAPITRE 14

Les doutes d'Élina

La nuit est tombée sur la passe, apportant le froid et le vent. Un grand feu réconfortant brûle près de la paroi. Fifrelin et Siba dorment à côté, chacun pelotonné dans sa couverture.

– Tu vois toujours le mal partout ! proteste Joachim, assis sur un rocher.

– Et toi, nulle part, soupire Élina.

– Mais Fifrelin est notre ami !

– L'auberge où il travaille appartient à ton oncle Abélard, rétorque la jeune fille. Et tu sais ce que je pense du conseiller de ton père.

Joachim croise les bras sur sa poitrine, agacé.

– Abélard n'est pas mauvais. Et jamais Fifrelin ne nous mettrait en danger.

– Même si ton oncle l'exigeait, en menaçant de le faire renvoyer par exemple ?

– Bien sûr !

Élina tourne la tête et observe leur camarade endormi.

– C'est lui qui a insisté pour que nous prenions à droite, hier. Et qui nous a envoyés directement dans le piège des brigands !

– Il ne pouvait pas savoir.

– Qu'est-ce qui te le prouve ? demande la chasseuse.

– Et qu'est-ce qui te prouve le contraire ?

– Son attitude, affirme Élina. Il semblait étrange, comme s'il se sentait gêné de changer de chemin, malgré tout. Et puis, tu ne trouves pas bizarre que l'aubergiste accepte aussi facilement de laisser Fifrelin partir plusieurs jours de suite ?

Joachim soupire.

– Je ne peux pas le croire.

– Tu ne *veux* pas. C'est différent.

– Quel intérêt aurait mon oncle à nous faire capturer par des brigands ?

Élina hausse les épaules.

– Je ne sais pas, moi, je ne suis pas dans sa tête ! Imagine… Imagine que le fameux commandant des bandits, celui à qui Croc-de-dragon devait être ramenée, soit ton oncle, justement ! Il aurait pu nous garder prisonniers quelque part, nous tuer même ! Il pourrait ensuite prétendre que tu as fui et te mettre sur le dos et sur celui de ton père une attaque des oiseaux-cauchemars pour s'emparer du trône, ou bien encore réclamer la couronne en accusant ton père de ne pas avoir voulu te livrer au Sorcier.

– Ça n'a pas de sens ! proteste Joachim.

– Ta naïveté m'agace ! peste Élina.

Les deux camarades se regardent, exaspérés l'un comme l'autre.

– Franchement, je me demande comment tu feras quand tu seras roi !

– Si je le deviens un jour, grogne Joachim.

La jeune fille soupire.

– Tu n'es pas drôle, murmure-t-elle. Vraiment pas drôle.

– Excuse-moi. Je ne voulais pas…

Joachim secoue la tête.

– J'ai été idiot.

Un cri sinistre, désespéré, déchire soudain la nuit. Le sang glacé, les deux adolescents bondissent pour faire face au sud – là où s'étendent la brume et, plus loin, le royaume de la reine Sorbe puis la montagne du Sorcier. Sur le qui-vive, chacun son arme en main, ils essaient de deviner ce qui a pu produire un tel bruit.

– Là-bas…, murmure Élina d'une voix tremblante.

Du doigt, elle désigne une forme dans les airs, une ombre longiligne munie d'ailes gigantesques.

– Tu crois que c'est un dragon ? chuchote Joachim, aussi effrayé que son amie.

Mais il sait bien que non.

La créature approche et, peu à peu, se révèle à la lumière de la lune. Elle ressemble à un oiseau immense dont la tête aurait été remplacée par un crâne nu au bec excessivement long. Des plumes sombres recouvrent en partie son corps maigre et décharné, aux pattes squelettiques terminées par des griffes acérées.

– On réveille les autres, vite ! souffle Élina, paniquée.

Elle fait un pas en arrière, prête à partir.

– Attends ! l'arrête Joachim, le cœur battant comme jamais dans sa poitrine.

Le monstre pousse un second hurlement terrifiant – les adolescents en ont la chair de poule – puis, repliant ses ailes, plonge dans la brume où il disparaît.

– Ouf…, murmure Joachim, soulagé.

– Je… Je n'en avais jamais vu d'aussi près, bredouille la chasseuse.

– Moi non plus.

Il frissonne.

– J'espère… J'espère qu'il n'y en aura pas trop sur la montagne du Sorcier.

Élina jette un regard à son ami.

– On sera là, dit-elle. Avec toi.

Joachim essaie de sourire, sans y parvenir.

– Je vais prendre mon tour de garde, annonce Élina. Va te reposer un peu.

– Je ne suis pas sûr d'avoir envie de dormir tout de suite. Autant que je te tienne compagnie.

Elle hoche la tête, rassurée elle aussi, et tous deux se rapprochent du feu de camp tout en s'assurant que la bête monstrueuse ne ressort pas de la brume.

Joachim se réveille en sursaut. La main sur la garde de sa dague, il regarde autour de lui, inquiet. Le soleil du matin éclaire la montagne et la passe des Corbeaux. Fifrelin est à côté. Un peu plus loin, Élina et Siba finissent de rassembler leurs affaires.

Tout va bien.

Il n'y a pas de danger. Ni d'oiseau-cauchemar.

– Tu as dormi avec ton arme ? s'étonne Fifrelin.

Joachim acquiesce.

– Cette nuit, on a vu…

– Élina nous a raconté, le coupe Fifrelin.

Il sourit, lance un coup de coude à son ami qui manque de tomber.

– Je vous avais bien dit que les oiseaux-cauchemars sont parmi les monstres les plus effrayants de tout Mondebrume !

D'une voix sinistre, il raconte :

– Surgissant des ténèbres les plus profondes, les créatures du Sorcier terrifient les royaumes des montagnes. Craignez-les, que vous soyez simple voyageur, paysan, conteur au talent incroyable – et très très beau qui plus est – ou bien que vous vous prépariez à les affronter avec une petite dague de rien du tout.

– C'est bon, grogne Joachim.

Sans l'écouter, Fifrelin poursuit :

– Les cris des oiseaux-cauchemars hanteront votre sommeil, leurs griffes vous...

– Arrête ! répète Joachim, plus fort.

Il a le visage fermé, les mâchoires crispées.

– Tu n'as décidément aucun goût pour les bonnes histoires, grommelle Fifrelin, vexé.

– Pas celle-ci, en effet.

– Désolé, ajoute Fifrelin, réalisant soudain le malaise de son ami. Je ne voulais pas... Je ne voulais pas t'effrayer. Ni te blesser.

– Pas grave, marmonne Joachim.

– Vous venez ? les appelle Siba. On ne va quand même pas défaire le camp toutes seules !

– On arrive ! lance Fifrelin.

Il tend la main au prince.

Joachim observe un instant le garçon qu'il connaît depuis son arrivée au château, avec qui il a exploré les moindres recoins de la demeure de son père, avec qui il s'est disputé, avec qui il a ri, eu peur, avec qui il a pleuré lorsque sa mère est morte, et qui l'a consolé comme il le pouvait.

Il songe à sa discussion avec Élina durant la nuit, avant l'arrivée de l'oiseau-cauchemar.

Non.

Non, Fifrelin ne peut pas les avoir trahis.

CHAPITRE 15
DROIT DE PASSAGE

Leurs affaires sur le dos, les voyageurs reprennent la route, bercés par les histoires de Fifrelin et les nouvelles de Siba sur les merveilleux artefacts magiques remontés des brumes, que son père et les autres ingénieurs bruns-soleil étudient jour et nuit. Suivant le chemin tracé par des centaines de pas avant eux, les adolescents descendent la montagne en direction du pont qui conduit au royaume de Virevent. Tout est silence autour d'eux, rien ne trouble la quiétude du matin. Aucune marmotte ne siffle. Aucun bouquetin ne fait glisser de cailloux dans les rochers. Aucun lapin ne détale.

Inquiet malgré lui, Joachim cherche dans le ciel l'oiseau-cauchemar aperçu pendant la nuit. Il ne le voit nulle part.

Il soupire, pose la main sur Croc-de-dragon afin de se donner du courage.

Il n'avait pas imaginé les oiseaux-cauchemars si effrayants.

– Il n'y a personne pour garder le passage ? s'interroge Élina.

Sorti de ses pensées, le prince jette un regard en contrebas. La cabane des soldats est déserte.

– Peut-être sont-ils partis chercher la relève, dit-il.

La petite troupe atteint rapidement le pont. À son entrée, deux piquets de bois sont profondément enfoncés dans le sol. Derrière, des planches liées entre elles forment des marches instables au-dessus de l'océan de brume jusqu'aux montagnes de Virevent, deux cents ou trois cents pas plus loin. Le garde-fou, deux simples cordes, semble une bien maigre protection contre le risque de chute.

Joachim, Élina, Fifrelin et Siba s'approchent, impressionnés.

– Vous êtes sûrs que ça va tenir ? s'inquiète Siba.

– Ce n'est pas ça qui me fait le plus peur, répond Élina.

Agenouillée au bord de la falaise, elle observe le brouillard qui s'étend entre les deux royaumes montagneux. D'étranges ombres y apparaissent et y disparaissent, comme des poissons flottant dans une mer blanche.

– Les créatures qui vivent là-dessous n'aiment pas la lumière, dit la Brune-Soleil. Elles ne nous attaqueront pas.

– J'ai entendu des histoires, pourtant, murmure Fifrelin avec sérieux. Des histoires où des vers de brume ont escaladé les parois pour dévorer tous les habitants d'un village, où des araignées aussi grosses que des maisons ont tissé des toiles afin d'attraper des chèvres, et même des gens.

– Arrête, lui demande Joachim. Ce ne sont que des légendes pour faire peur aux enfants. Les choses qui vivent là-dessous ne sont pas toutes dangereuses, sinon les chasseurs de brume n'iraient pas.

– Tous n'en reviennent pas, lui rappelle Fifrelin.

– Mais ceux qui le font en rapportent parfois des trésors incroyables, intervient Siba, les yeux pétillants. J'ai fabriqué mes lunettes de vol à partir d'un verre magique que m'a donné mon père. Elles me permettent de voir aussi bien qu'un aigle ou un dragon ! C'est grâce à elles que je vous ai aperçus de si loin hier.

Elle hésite, grimace.

– Bon, ce n'est pas ça qui nous aidera à arriver de l'autre côté sans encombre.

Élina se relève.

– On va traverser le plus vite possible, dit-elle.

Elle reporte son regard sur le pont qui se balance doucement, poussé par le vent.

– Qui passe en premier ?

Personne ne répond.

– C’est bon, soupire-t-elle. J’ai compris.

Elle fait un pas en avant.

Joachim pose son bras sur l’épaule de la jeune fille afin de l’arrêter.

– J’y vais, dit-il.

Elle tourne la tête et lui sourit.

– Non. Il vaut mieux que ce soit moi.

Elle examine le promontoire rocheux à l’extrémité de la passerelle, plongé dans l’ombre de quelques pins rachitiques.

– Je pourrai tirer plus facilement avec mon arc si des brigands nous attendent de l’autre côté.

Elle pose délicatement un pied sur la première planche qui grince, mais résiste.

– Des voyageurs traversent tous les jours les ponts entre les royaumes, dit Fifrelin. Il tiendra.

Élina hoche la tête et fait un deuxième pas, puis un troisième, s’éloigne et arrive au-dessus de la brume. Joachim l’imite, suivi par Siba puis Fifrelin. Concentrés, les quatre amis avancent les uns derrière les autres, attentifs à ne pas se déséquilibrer. Sous eux, à la distance d’un bras à peine, les volutes de brouillard s’agitent.

– J’espère qu’aucun monstre n’aura l’idée de sortir chercher son repas en nous voyant, murmure la chasseuse, soucieuse.

– Élina…, la coupe Joachim.

Il fronce les sourcils, le regard rivé sur leur destination.

– J'ai cru voir du mouvement, en face, dit-il à ses amis.

Tous ralentissent et, depuis le pont, fouillent l'ombre des arbres tandis que Siba abaisse ses lunettes de vol sur son nez.

– Ce sont des soldats, chuchote-t-elle, sa vue décuplée.

Comme si elles avaient entendu les adolescents, trois silhouettes émergent des bois. Vêtues d'un même plastron de cuir arborant un blason gris et vert, elles portent une épée à la hanche et, dans le dos, un arc.

– Certainement les gardes de la reine Sorbe, suppose Joachim.

Il tique, contrarié.

– J'espérais qu'on aurait enfin un peu de chance.

– Il va falloir négocier notre passage, j'en ai peur, dit Fifrelin.

– Je vais m'en occuper, déclare le prince.

Les voyageurs terminent leur traversée sous le regard des soldats. À peine ont-ils posé le pied sur la roche que l'un d'eux s'approche et lance :

– Je vous souhaite la bienvenue au royaume de Virevent.

Il détaille les nouveaux arrivants d'un air étonné.

– Il n'y a pas d'adulte parmi vous ? s'enquiert-il. Où est votre chef ?

Les quatre camarades se regardent, surpris.

– Nous n'avons pas de chef, répond Joachim. Nous voyageons tout seuls.

– Bien, élude le garde, haussant les épaules. Pour poursuivre votre route, au nom de la reine Sorbe, souveraine de Virevent, je vous demande le droit de passage.

– Malheureusement, nous n'avons plus de quoi payer, explique Joachim. Nous avons été capturés par des brigands sur le chemin. Nous avons réussi à leur échapper, mais ils ont pris l'or que nous avions pour traverser vos montagnes.

L'homme secoue la tête.

– Je suis désolé, alors. Vous devez faire demi-tour.

– Ce n'est pas possible ! lance Élina. Nous devons absolument...

– Je regrette, la coupe le garde. Les lois des royaumes sont formelles. Chaque voyageur doit s'acquitter d'un droit de passage.

– J'ai été appelé par le Sorcier de Mondebrume, explique Joachim. Je dois me rendre à sa forteresse.

L'homme dévisage le prince un court moment. Puis il secoue la tête.

– Rien ne me prouve que tu ne mens pas pour passer sans payer. Ils sont nombreux à essayer.

– Vous l'avez vu, il n'y a aucun adulte parmi nous, insiste Joachim. Qui voyagerait ainsi, si ce n'est sur ordre du Sorcier ?

– Des jeunes brigands ? imagine un garde derrière, ricanant.

Siba lui jette un regard mauvais et l'homme, impressionné par la Brune-Soleil, se tait aussitôt.

– Le Sorcier n'appelle pas plusieurs personnes à la fois, lâche le chef des soldats. Vous êtes quatre. Cela n'a pas de sens.

Joachim secoue la tête, préoccupé.

– Vous devez nous croire, insiste-t-il.

– Nous n'y pouvons rien. Ce sont les ordres de la reine.

– Mais c'est un prince qui vous demande de le laisser passer ! intervient Siba.

Elle s'avance à son tour d'un air décidé.

– Vous avez devant vous Joachim de Valroc, fils du roi Harald. C'est lui que l'émissaire a désigné. Quant à moi, je suis Siba Aneke d'Aiguille-Soleil, fille de Sewa Aneke, princesse membre du Conseil des Bruns-Soleil !

Les hommes dévisagent l'adolescente et ses camarades, dubitatifs.

– Pourquoi est-ce qu'on vous croirait ?

Joachim pose la main sur sa dague. Aussitôt, les gardes s'emparent de leurs épées.

– Non ! s'exclame Fifrelin.

– Nous ne cherchons pas les ennuis ! ajoute Élina.

Sans bouger son bras afin de ne pas provoquer les soldats, Joachim explique :

– Je veux juste vous montrer ma lame. Il s'agit de Croc-de-dragon, la dague de ma mère, la reine Malia. Vous en avez sans doute entendu parler.

– Le conte de la reine guerrière la mentionne, intervient Fifrelin. Ainsi que la légende de la princesse renégate des Bruns-Soleil. Vous connaissez forcément ces deux histoires, elles sont chantées dans toutes les auberges de Mondebrume.

Le chef plisse le nez.

– J'ai déjà entendu l'histoire de Malia et de sa dague magique, admet-il. Fais voir.

Lentement afin qu'ils ne puissent imaginer un piège, Joachim extrait de son fourreau la lame ivoire taillée dans la dent d'un dragon, et à la garde d'argent sculptée.

– J'ai aussi le sceau de mon père dans mon sac, précise l'adolescent.

– C'est bien une dent de dragon, murmure l'un des soldats.

Le regard de son chef passe de l'arme à son propriétaire, comme s'il hésitait.

– Je vous en conjure, persiste Joachim. Nous devons absolument poursuivre notre voyage.

– Je ne peux pas prendre cette décision, dit l'homme.

Avant que le prince n'ait le temps de protester, il ajoute :

– Mais je peux vous conduire au château de la reine Sorbe. Si vous dites vrai, alors peut-être vous laissera-t-elle traverser Virevent. Suivez-nous.

CHAPITRE 16

Virevent

Conduits par deux des soldats – le dernier reste en arrière, comme pour empêcher quiconque de s'enfuir –, les adolescents grimpent un étroit sentier qui serpente entre les cascades, les combes et les éboulis. Arrivés au sommet, Joachim, Élina, Fifrelin et Siba découvrent de l'autre côté une longue vallée creusée entre les montagnes. Un village est accroché à son flanc, non loin.

– Les maisons n'ont pas l'air en très bon état, murmure Élina à Joachim.

Ce dernier hoche la tête. Il aperçoit plusieurs toits crevés, quelques murs troués. Des pins tombés près du chemin n'ont pas été ramassés ni débités.

– Et tu as vu les chèvres, là-bas, dans l'enclos ? Si mes parents voyaient ça, ils en auraient le cœur brisé.

Le prince suit le regard de son amie. Une dizaine de bêtes broutent l'herbe rare du versant. Elles sont toutes rachitiques, le pelage terne. Plusieurs d'entre elles boitent.

– Quand Adric m'apprenait la géographie de Mondebrume, il me disait toujours que Virevent était un royaume pauvre, dit Joachim. Je ne pensais pas qu'il l'était autant.

– C'est depuis que le Sorcier est apparu, intervient Fifrelin.

– Comment tu sais ça ? s'étonne Élina. Adric t'a fait école à toi aussi ?

Fifrelin grimace, dégoûté.

– Quelle horreur ! Heureusement que non !

Il secoue la tête comme pour en effacer des images atroces.

– Dois-je te rappeler que je connais toutes les histoires et les légendes de Mondebrume ? demande-t-il, d'un air mi-prétentieux, mi-amusé.

Il ne laisse pas à son ami le temps de répliquer et poursuit :

– La montagne du Sorcier était autrefois un royaume appelé Avalanche. Il était allié à Virevent et commerçait beaucoup avec lui. Leurs terres étaient à l'époque aussi riches que les nôtres.

Joachim hausse un sourcil choqué.

– Que les terres de Son Immense Majesté le Grandissime Prince Joachim, pardon, se corrige le conteur.

Joachim lève les yeux au ciel, mais n'interrompt pas Fifrelin pour autant.

– Puis un jour, le Sorcier est apparu et a tué le roi d'Avalanche pour prendre sa place. Très vite, des enfants et des adolescents ont commencé à être appelés. Alors les habitants du royaume ont fui, les uns après les autres, là-bas, mais aussi ici, à Virevent. C'est comme ça que le déclin a commencé dans toute cette partie de Mondebrume.

Le garçon balaie du regard le paysage autour d'eux.

– Sans assez de personnes pour s'occuper des troupeaux, pour réparer les maisons et entretenir les sentiers, Virevent n'est plus que l'ombre de ce qu'il a été.

Un sourire satisfait étire les lèvres du conteur.

– Franchement, à quoi ça sert de subir les leçons assommantes d'Adric quand on peut en savoir autant, si ce n'est plus, en écoutant les voyageurs dans les auberges ?

– Parce qu'ils peuvent raconter n'importe quoi, maugrée Joachim, vexé.

– Le château de la reine est loin d'ici ? demande Siba aux soldats.

– Non, répond celui qui les mène.

Il pointe la montagne face à eux.

– Le fort de Frimas se trouve dans les hauteurs, de l'autre côté du pic là-bas.

– Combien de temps faudra-t-il pour l'atteindre ? s'enquiert Élina.

– Nous y serons dans le courant de l'après-midi.

Suivant leur guide, les voyageurs passent en surplomb du village, n'y apercevant que quelques poules et de rares silhouettes près du puits ou à l'entrée des maisons, sans aucun enfant. Ils poursuivent, s'éloignent des habitations délabrées et des champs mal entretenus, traversent un plateau rocheux au milieu duquel coule un ruisseau à l'eau cristalline puis entament l'ascension de la montagne indiquée par le soldat. Au-dessus d'eux, le soleil continue sa course dans un ciel sans nuages. Des aigles apparaissent de temps à autre, longues ombres à l'affût du moindre mouvement dans les vallées.

Le ventre de Fifrelin émet un gargouillis sonore.

– Désolé, dit le garçon, avec une grimace comique.

Joachim lui lance une pomme que le domestique rattrape d'un geste agile.

– Tu penses que tu vas pouvoir convaincre la reine de nous laisser passer ? demande Fifrelin à son ami, la bouche pleine du fruit qu'il mâchonne.

Le prince hoche la tête.

– Quand elle saura pourquoi nous sommes là, ce qui nous est arrivé, et quand je lui apprendrai que je suis le fils du roi de Valroc, elle acceptera forcément. Nos deux royaumes ont toujours été proches.

– J'espère que la reine me fera bon accueil, intervient Siba. Les Bruns-Soleil n'ont pas bonne réputation à Virevent.

– Pourquoi ? demande Élina, qui écoutait la conversation.

– À cause du Sorcier, justement, raconte la plus jeune des quatre adolescents. Quand il est apparu, la reine Sorbe a sollicité l'aide des dragons auprès du Conseil. Les membres, ceux qui prennent toutes les décisions de notre royaume, lui ont expliqué que nous ne pouvions rien faire. Elle ne les a pas crus, ou n'a pas voulu les croire. Depuis, les relations entre Aiguille-Soleil et Virevent sont glaciales.

– Tu es sûre alors que tu ne risques rien à venir avec nous à Frimas ? s'inquiète Joachim.

– Ne t'en fais pas, le rassure la Brune-Soleil, désignant l'aile volante repliée sur son dos. Je pourrai toujours m'envoler si besoin.

Les voyageurs poursuivent leur chemin au rythme des gardes. Rapidement, la fatigue se fait sentir, mais aucun d'eux ne se plaint. Le sentier se raidit près de l'arrivée au sommet puis s'adoucit enfin, approchant un pic rocheux en forme de main.

– Nous y sommes presque, annonce un des soldats.

Les adolescents ne répondent pas, épuisés, concentrés sur la marche. Heureusement, leur guide a dit vrai.

Une fois passé le piton, l'autre versant de la montagne se révèle à leurs yeux. La vallée qu'ils longent depuis le matin se poursuit en direction du sud-est en une large crevasse irriguée de nombreuses cascades. Un peu plus haut, sur une avancée pierreuse, se dresse un château.

– Voici Frimas, déclare le garde.

– Enfin…, murmure Fifrelin, observant la bâtisse au loin.

Joachim examine l'édifice, le visage soucieux, comme s'il doutait soudain de pouvoir convaincre la reine Sorbe de les laisser passer.

CHAPITRE 17

La princesse triste

La petite troupe traverse le pont-levis de Frimas sous le soleil déclinant de l'après-midi. Fifrelin, Joachim, Élina et Siba observent les murailles aux pierres usées, les créneaux effrités, l'une des tours de garde en partie écroulée.

Il n'y a personne sur le chemin de ronde.

– Le château ne semble pas en meilleur état que le reste du royaume, murmure Élina à son ami.

Joachim hoche la tête, pensif.

Il n'y a qu'une seule cour à l'intérieur. La bannière effilochée de Virevent flotte sur le donjon, une épaisse bâtisse carrée et décrépie. Les bâtiments accolés ne valent guère mieux. La cheminée de la forge penche, la corderie est en ruine. Quelques soldats errent çà et là, désœuvrés, sans même saluer les nouveaux arrivants.

– C'est sinistre, chuchote Siba.

Les gardes conduisent les voyageurs jusqu'au donjon et en agitent la cloche de métal. Après une longue attente, un domestique apparaît enfin, les cheveux épars, l'air surpris.

– Nous avons de la visite. Le prince Joachim de Valroc souhaite parler à la reine Sorbe.

Le chambellan jette un regard peu aimable en direction de l'adolescent.

– Suivez-moi, dit-il simplement.

Sans un mot de plus, sans un « bienvenue » ni même un « bonjour », il guide les étrangers le long de couloirs déserts jusqu'à une salle voûtée aux murs ornés de tapisseries. Une grande table en occupe le centre, seul ameublement de la pièce. Assise sur une chaise sculptée, une femme consulte des parchemins posés devant elle par un homme au visage revêche. Une jeune fille se tient derrière eux deux, légèrement en retrait, la figure masquée par ses longs cheveux.

– Votre Altesse ? appelle le serviteur.

La femme à l'imposante natte brune, vêtue d'une riche robe écarlate, relève la tête.

– Encore des mauvaises nouvelles ? demande-t-elle.

Sa voix est froide, fatiguée. Comme ses yeux clairs.

– Des visiteurs.

Il s'écarte, fait signe à Joachim d'entrer puis disparaît sans un mot. Surpris, le prince hésite un moment puis, s'avance d'un pas décidé. Suivi de ses amis, il rejoint la table et s'agenouille respectueusement devant la souveraine.

– Bonjour, reine Sorbe. Je suis Joachim, fils d'Harald de Valroc, et voici mes compagnons, Élina, Fifrelin et Siba.

Étonnée, la maîtresse des lieux dévisage les nouveaux arrivants, s'attardant plus longuement sur la Brune-Soleil.

– Soyez les bienvenus dans mon royaume, dit-elle. Ou du moins, ce qu'il en reste.

Elle rassemble les missives et les tend à l'homme à ses côtés.

– Nous finirons plus tard, lui dit-elle.

Le conseiller acquiesce, récupère les parchemins et, disparaît sans un mot. La jeune fille en retrait hésite, puis se dirige elle aussi vers la sortie.

– Ne pars pas, Inis.

L'adolescente en robe blanche fait volte-face. Ses mèches blondes, qui cachaient jusque-là sa figure, révèlent son visage marqué de taches. Inis lève le bras pour rabattre rapidement ses cheveux.

Elle n'a pas de main droite.

Ignorant le trouble des visiteurs, la reine poursuit :

– Inis est ma fille.

Joachim et ses compagnons saluent la princesse d'un

hochement de tête poli. Cette dernière dissimule rapidement son moignon dans le tissu de sa robe, leur répond timidement et revient s'installer derrière la chaise de sa mère.

– Qu'est-ce qui vous amène sur mes terres ? demande la souveraine de Virevent.

– Je dois me rendre à la forteresse du Sorcier, explique Joachim.

Sorbe fronce les sourcils, surprise.

– Toi, le prince de Valroc ?

Joachim acquiesce.

– L'émissaire est venu au château. Il m'a réclamé.

– En quoi cela me concerne-t-il ?

Sans prêter attention au manque d'empathie de son interlocutrice, le prince explique :

– Mon père m'avait donné de quoi payer le droit de passage pour vos ponts. Malheureusement, nous avons été attaqués par des brigands en chemin et, si nous avons pu nous échapper, ils ont dérobé notre or. Les soldats ont refusé de nous laisser poursuivre jusqu'à la forteresse du Sorcier. Ils ont cependant accepté de nous conduire ici pour que je plaide ma cause.

– Tu souhaites donc traverser mes terres sans t'acquitter de quoi que ce soit ?

– En effet, dit Joachim. Je pourrais retourner chez moi pour trouver de l'or, mais je n'en ai pas le temps.

Le Sorcier m'attend et je ne veux pas prendre le risque que sa colère s'abatte sur Valroc. Mais à mon retour, je demanderai à mon père...

La reine l'interrompt d'une voix glaciale :

– Tu ne reviendras pas ! C'est maintenant que tu dois payer.

– Mais je ne peux pas...

Sorbe secoue la tête.

– Tu penses que j'ai les moyens de me passer de revenus, quels qu'ils soient ?

Sans laisser à Joachim le loisir de répondre, elle poursuit :

– As-tu vu l'état de mes villages, de mes terres ?

Elle se lève de son fauteuil, rejoint l'une des fenêtres de la grande salle.

– As-tu vu l'état de mon château ?

– Je suis désolé, Votre Altesse, mais...

– J'ai à peine de quoi nourrir les rares personnes qui travaillent ici ! le coupe sèchement Sorbe.

Joachim baisse la tête en attendant qu'elle termine.

– Des paysans quittent chaque jour les vallées. Les troupeaux sans surveillance s'enfuient dans les montagnes, nous laissant sans lait, sans fromage, sans fourrure et sans peaux. Les murs s'écroulent, partout.

Elle se retourne et plonge un regard de colère sur le prince.

– Et tu voudrais que j'abandonne le peu d'argent que je peux obtenir, et qui pourrait soulager mes peines et celles de mon peuple ?

– Je suis sincèrement désolé, Majesté, murmure Joachim. Mais si nous ne passons pas, alors le Sorcier lâchera ses oiseaux-cauchemars sur Valroc, détruira champs et récoltes, les maisons, et…

– Ce n'est pas mon problème ! l'interrompt la souveraine d'un ton sec. J'en ai suffisamment pour ne pas me soucier de ceux des autres.

Elle jette un regard noir à Siba, et termine :

– Et je trouve bien indécent le fait de quémander mon aide, quand les Bruns-Soleil ont refusé de me tendre la main lorsque j'en avais moi-même besoin.

L'adolescente aux cheveux vaporeux s'avance.

– J'ai le cœur serré de voir ces terres magnifiques souffrir, Majesté, dit-elle. Je suis touchée, aussi, par votre peine.

Agrippée à ses lunettes de vol comme pour se donner du courage, elle poursuit :

– Je suis persuadée que mon peuple vous aurait porté secours s'il l'avait pu. Vous imaginez peut-être, comme beaucoup, que les dragons sont des armes formidables et que nous les commandons. Et qu'avec leur aide, vous auriez pu combattre le Sorcier et l'empêcher de prendre vos enfants.

La jeune fille secoue la tête.

– Les dragons ne nous obéissent pas, explique-t-elle. Ils sont nos compagnons, nos amis pour certains. Le lien entre eux et nous autres, Bruns-Soleil, est un lien de confiance car nous vivons ensemble sur la plus haute des montagnes de Mondebrume. Mais s'ils parlent parfois notre langage, ils n'ont pas notre logique. Ils n'acceptent aucun ordre. Et, tout comme nous, ils redoutent les oiseaux-cauchemars.

– Ils sont pourtant bien plus puissants qu'eux !

– Peut-être, admet Siba. Pour autant, ils refusent de les approcher. Ne me demandez pas pourquoi, je n'en connais pas la raison. Mais jamais, jamais vous ne verrez ici de dragon dans le ciel.

– Et les artefacts que vous façonnez à partir de ces objets ramenés des brumes ?

– Il n'y a aucune arme parmi eux, répond Siba. Rien qui puisse être utile contre la magie du Sorcier.

– La peur a empêché tout le monde de venir en aide à mon royaume, regrette la reine. Il est hors de question que je fasse plus d'efforts que d'autres.

– Mais cette fois, c'est différent, annonce Joachim. Je vais tuer le Sorcier.

La souveraine se tourne vers lui.

– Le tuer ? répète-t-elle, surprise.

Lentement, le prince sort Croc-de-dragon de son fourreau.

– J'ai la dague de ma mère, la reine Malia. Grâce à elle, je mettrai fin aux agissements du Sorcier. Il ne menacera plus personne. Et votre peuple reviendra à Virevent.

Sorbe observe un moment Joachim, en silence. Puis elle secoue la tête d'un air désolé.

– Tu n'es pas le premier à vouloir débarrasser Mondebrume de cette malédiction, dit-elle. Mes plus valeureux soldats s'y sont risqués avant toi. Je n'en ai revu aucun. Si tu souhaites essayer, tu devras quand même utiliser mes ponts et me payer pour cela.

– Mais…, commence Joachim, le visage défait.

Puis il s'arrête, à court d'arguments.

– Laissez-les passer, mère, intervient Inis. S'il vous plaît.

La souveraine tourne la tête.

– Tu as entendu comme moi. Tu connais le royaume comme moi. Je ne t'ai rien caché de nos difficultés. Pourquoi devrais-je renoncer à un peu d'argent dans nos caisses ?

– Pour de l'espoir.

Le visage de Sorbe se teinte d'incompréhension.

– Depuis des années, personne n'est venu défier le Sorcier. Tout le monde s'est résigné.

Inis tend la main en direction des visiteurs, et ajoute :

– Pas eux.

Sorbe laisse échapper un rire triste.

– Mais le prince n'a pas le choix ! s'exclame-t-elle.

Ses yeux reprennent leur éclat résolu, et la souveraine assène :

– Il va mourir. C'est comme ça.

– Non ! intervient Élina.

Elle tressaille, consciente de son impolitesse, et se corrige :

– Non, Majesté, je veux dire, s'excuse-t-elle.

Elle effectue une rapide révérence et poursuit :

– Joachim n'est pas seul. Nous sommes avec lui. Il est courageux. Il est aussi fort, et intelligent.

– Et nous ne l'abandonnerons pas, ajoute Siba.

– Jamais, intervient Fifrelin.

– Qu'est-ce que cela change ? rétorque Sorbe. Vous n'êtes que quatre adolescents face à un Sorcier.

– Cela change que si personne n'y croit plus, alors le Sorcier aura gagné, insiste Inis. À jamais. Il continuera à enlever des enfants, partout, dans les royaumes. Il en a pris chez nous. Il en a pris ailleurs. Aujourd'hui, c'est Joachim. Demain, ce sera peut-être moi.

Elle s'avance jusqu'à faire face à sa mère.

– Allez-vous laisser faire ?

Durant un long moment, Sorbe observe sa fille sans dire un mot, plongée dans ses pensées.

– D'accord, dit-elle finalement. D'accord.

Elle se tourne vers les visiteurs et conclut :

– Vous pouvez passer. Mais je vous préviens : la route du retour vous sera fermée tant que le Sorcier sera vivant.

CHAPITRE 18

Les adieux à Inis

Les quatre amis font face à Inis devant le pont-levis abaissé, prêts à partir.

– Je suis désolée de l'attitude de ma mère, s'excuse la princesse de Virevent. Elle peut vous sembler dure, mais elle ne l'est pas.

La jeune fille écarte ses bras dont les longues manches dissimulent son moignon, embrassant le paysage.

– Elle fait tout ce qu'elle peut pour ce royaume. Elle y passe ses journées, ses nuits. En vain. Depuis l'arrivée du Sorcier, Virevent se meurt, vidé de son peuple. Son impuissance ronge ma mère et elle se jette sur tout ce qui peut soulager ses terres. Y compris sur l'or des voyageurs.

Un rire amer traverse les lèvres d'Inis.

– Et, comble de malchance, son unique fille a le visage marqué par la maladie et une main en moins, aussi impotente que le royaume qu'elle est censée gouverner un jour.

Elle soupire.

– Alors, revenez. Je vous en supplie. Nous avons terriblement besoin d'espoir ici. Il n'y aura que ça pour nous sauver.

– Je te le jure, murmure le prince.

Il prend la main valide d'Inis entre ses paumes et s'agenouille devant elle.

– Sur mon honneur.

Inis hoche lentement la tête sous le regard réprobateur d'Élina.

– Soyez prudents, dit-elle.

Joachim et ses amis la saluent puis, leur paquetage sur les épaules, quittent le fort de Frimas.

À peine ont-ils passé le pont-levis et atteint le chemin de pierre qu'Élina se rapproche de Joachim.

– Tu n'étais pas obligé de lui prendre la main, ronchonne-t-elle. Ni de t'agenouiller devant elle.

Joachim écarquille les yeux, surpris.

– Mais... C'était pour être gentil !

Le visage fermé, il ajoute :

– C'est quand même grâce à elle qu'on va pouvoir traverser Virevent.

– J'y suis aussi pour quelque chose, proteste Élina.

– Ah, les filles, murmure Fifrelin à côté d'eux, suffisamment fort pour être entendu.

Furieuse, Élina jette un regard noir au garçon d'auberge puis prend, toute seule, la tête de la petite troupe.

– J'ai fait quelque chose qu'il ne fallait pas ? demande Joachim.

– Je crois que c'est ce qu'elle veut te dire, répond Fifrelin.

– On arrête de parler et on se dépêche ! crie Élina, quelques pas devant. On n'a pas que ça à faire !

Joachim accélère aussitôt, sous l'expression amusée de Fifrelin et de Siba.

Les quatre amis marchent toute la fin d'après-midi. Malgré la fatigue, ils ne s'accordent que quelques haltes, juste le temps de boire, de manger un morceau de pain ou de reposer un instant leurs pieds et leurs mollets avant de repartir. Le soleil au-dessus d'eux descend, lentement, au fur et à mesure qu'ils progressent le long des crêtes rocheuses.

– Vous pensez qu'on atteindra bientôt les frontières de Virevent ? demande Siba, alors qu'ils viennent de passer un nouveau col.

Avec l'altitude, le froid devient de plus en plus mordant. Le vent souffle, portant des odeurs de pin, le chant de quelques oiseaux et le bruit cristallin des cascades qui coulent un peu plus loin. Dans les coins d'ombre, des restes de neige de l'hiver précédent brillent encore.

– On devrait arriver au dernier pont avant la tombée de la nuit, espère Joachim.

– On campera avant de traverser, intervient Élina, toujours au-devant de la petite troupe.

Pour la première fois depuis leur départ, elle tourne la tête et ajoute :

– Je n'ai pas très envie de dormir dans le royaume du Sorcier.

– Moi non plus, acquiesce Siba.

– Pareil, dit Joachim, souriant à son amie.

Mal entretenu, à peine visible, le sentier contourne les pierres les plus grosses, monte et descend. En contrebas, des villages apparaissent parfois au détour d'une passe ou d'un col. Les voyageurs les ignorent comme ils ignorent les troupeaux de chèvres ou de bouquetins qu'ils croisent et qui s'échappent à leur approche. Les adolescents sont concentrés sur leurs pieds, leurs pas, le dos douloureux à force de porter leurs sacs.

Après ce qu'il leur semble être une éternité, Élina ralentit enfin. Elle contourne un rocher plus imposant que les autres, s'arrête pour de bon.

– On arrive, annonce-t-elle.

Sa voix est étrangement grave.

Ses compagnons la rejoignent et s'immobilisent à leur tour.

Le chemin qu'ils suivent depuis leur départ de Frimas descend en larges lacets le long de la montagne, jusqu'à un nouveau pont. De l'autre côté, à l'extrémité de l'étroite passerelle, un pic unique se dresse, solitaire et pointu, les flancs battus par la mer de brume. D'étranges et immenses formes volent près de son sommet, trop haut pour que les adolescents puissent les distinguer.

– Le domaine du Sorcier, murmure Joachim pour lui-même, la main posée sur la garde de sa dague.

– Vous... vous croyez que ce sont des oiseaux-cauchemars, là-haut ? s'inquiète Fifrelin.

– Sans doute, répond Élina.

Elle frémit.

– Ils sont plus nombreux que les chèvres d'un troupeau...

– Regardez, en bas, les interrompt Siba. Il y a des soldats. Qu'est-ce qu'ils font ?

Près de l'entrée du pont, quatre hommes sont agenouillés autour des piquets supportant les cordes.

– Allons-y, propose Joachim.

Malgré leurs muscles endoloris, les adolescents parcourent rapidement la distance qui les sépare du passage, poussés par la curiosité et observés de loin par les gardes au blason de Virevent.

– Qui va là ? demande l'un d'eux, lorsqu'ils sont à portée de voix.

– Nous sommes des voyageurs, répond Joachim.

Je… J'ai été appelé par l'émissaire. Je dois me rendre à la forteresse du Sorcier.

– Vous avez de la chance, dit l'homme. Enfin, si on peut dire…

– Comment ça ? s'étonne Siba.

– Ce pont n'est habituellement pas surveillé. Nous revenons d'un village voisin et avons fait un détour par ici. On a aperçu de loin des brigands qui essayaient de couper les cordes et l'accès à la montagne. Si nous étions arrivés plus tard, vous n'auriez eu aucun moyen de poursuivre.

– Des brigands ? répète Siba. Mais pourquoi des brigands empêcheraient les voyageurs de traverser ?

– Aucune idée, répond le soldat en haussant les épaules.

Élina et Joachim échangent un regard silencieux.

CHAPITRE 19

UNE TRAVERSÉE PÉRILLEUSE

Le jour est à peine levé. Tous ont mal dormi, les traits brouillés par un mélange de fatigue et d'anxiété. Le Sorcier n'est pas venu les prendre pendant la nuit, aucun oiseau maléfique ne les a attaqués. Mais chacun en a fait des cauchemars.

– On y est presque, soupire Fifrelin, observant la montagne qui se dresse face à eux, de l'autre côté du pont.

Un peu en retrait, Joachim a le regard perdu sur la roche qui émerge de l'océan de brume. Élina s'approche de lui.

– Tu as peur ? murmure-t-elle, afin que personne ne les entende.

– Non, bien sûr que non ! ment-il.

– Moi, j'ai peur, dit Élina.

Son compagnon se tourne vers elle.

– J'ai peur de ce qu'on va trouver là-bas, qu'on se retrouve nez à nez avec ces créatures terrifiantes que même les dragons évitent. Peur du Sorcier.

Elle ferme les paupières.

– Peur qu'on ne revienne jamais à Valroc.

Elle laisse échapper un petit rire nerveux.

– Même la ferme de mes parents, isolée tout en haut des montagnes, me manque ! C'est dire…

– Vous retournerez là-bas, dit Joachim. Je te le promets.

La chasseuse rouvre les yeux.

– *Vous* ? Et toi ?

Joachim détourne la tête.

– Vous venez ? les appelle Fifrelin.

Le prince et la jeune fille rejoignent leurs camarades à l'entrée du pont. Les traces de cisaillement sont encore visibles sur l'une des cordes, à l'endroit où les brigands ont tenté de la sectionner. La passerelle est en piteux état. Plusieurs planches pourries d'humidité pendent dans le vide. Une mousse verte salit le garde-fou.

– Il va tenir ? s'interroge Fifrelin.

– Il va bien falloir, soupire Joachim.

Il avance d'un pas hésitant et pose le pied sur la première planche.

Celle-ci grince, se balance dans le vent, mais résiste.

– Vous avez vu ? demande Siba.

– Quoi ? s'alarment aussitôt ses compagnons.

– Le brouillard, précise-t-elle.

Munie de ses lunettes, l'adolescente approche son visage de la surface de l'océan de brume.

– Rien ne bouge là-dessous.

Elle se relève et époussette sa tunique de vol.

– J'ai l'impression que les dragons ne sont pas les seuls à éviter cet endroit, murmure-t-elle.

– Peut-être aurait-on dû faire de même, maugrée Fifrelin.

Il jette un œil inquiet au pont et ajoute :

– D'autant qu'on n'est même pas sûrs d'arriver entiers de l'autre côté.

Il revient au brouillard sous ses pieds.

– J'ai beau connaître leurs histoires par cœur, et savoir que chaque fois ils remontent dans les montagnes, je me demande comment font Sekou, Dmitri et tous les chasseurs de brume pour survivre là-dedans. Il fait humide, c'est presque mort partout, les Albins qui y vivent sont redoutables et attaquent quiconque pénètre sur leurs terres, sans parler des vers de brume et tous ces monstres qui s'y cachent.

Il frissonne. Ses amis se perdent un moment dans la contemplation du brouillard, comme s'ils y voyaient tout à coup ce que Fifrelin vient d'évoquer.

– Je vais vérifier la solidité des cordes, annonce finalement Siba, brisant le silence.

– Comment ?

La Brune-Soleil repose son paquetage à terre et en extrait son aile en cuir de dragon.

– Je vais survoler le pont. Une fois de l'autre côté, je vous ferai signe de me rejoindre s'il n'y a pas de danger, d'accord ?

Joachim lève les yeux en direction du ciel gris du matin.

– Et s'il y avait des oiseaux-cauchemars ? demande-t-il.

Siba secoue sa chevelure noire.

– Je vais me dépêcher, assure-t-elle.

– Mais..., commence Élina.

– Ne vous en faites pas, la coupe son amie. De toute manière, je les verrai de loin avec mes verres.

Elle déplie son aile volante puis en inspecte consciencieusement le cuir, attentive au moindre trou, à la moindre couture défaite puis, satisfaite, abaisse ses lunettes. Après un salut rapide à ses camarades, elle arrime ses mains aux poignées sous l'aile, recule de quelques pas puis se lance.

Siba court aussi vite qu'elle le peut, le visage concentré, les doigts agrippés aux lanières qui l'attachent au cuir de dragon. Elle bondit une fois – le temps d'un battement de cœur, elle plane ! –, retouche le sol, saute une seconde fois et retombe, non loin du bord de la falaise.

– Elle va chuter ! s'écrie Élina.

La pilote pousse sur ses jambes et se propulse en l'air au-dessus de la brume. Portée par le vent et la vitesse, elle s'élève doucement.

– Elle a réussi ! s'exclame Joachim.

Fifrelin jette un regard étonné à son ami.

– Mais... elle y arrive tout le temps, lui rappelle-t-il.

– Peut-être, rétorque Élina, mais ce n'est pas *normal* de voler.

– Pour elle, si, insiste le garçon.

Siba s'éloigne en rasant la passerelle afin de l'inspecter.

– Pourvu qu'il n'y ait pas d'oiseau-cauchemar..., murmure Joachim, les yeux rivés sur le ciel.

La Brune-Soleil virevolte au-dessus des cordes, monte, descend, appuyant d'un côté ou de l'autre de son aile volante pour la diriger dans le vent du matin.

– Et pourvu qu'aucune créature des brumes ne se décide à s'approcher de la surface..., ajoute Élina, aussi tendue que le prince.

– Tout va bien, dit Fifrelin. Elle est presque arrivée !

Siba atteint l'extrémité opposée du pont où elle se pose gracieusement. Elle abandonne son aile au sol, vérifie une dernière fois la solidité de l'installation puis lève les bras à l'intention de ses amis.

– On peut y aller ! s'exclame Fifrelin.

Il rejoint les premières planches trouées et mangées par la mousse.

– Heu… Élina, tu passes la première cette fois aussi ? Tu es légère et…

– J'y vais, le coupe Joachim. Tenez juste les cordes au cas où elles lâcheraient, d'accord ?

Ses compagnons hochent la tête en même temps. Après une longue inspiration, le prince fait un premier pas.

La latte de bois sur laquelle il met le pied émet un faible craquement. Le pont tangue, grince ; le cordage se tend. Mais rien ne s'effondre.

– Allez, un autre, murmure Joachim pour s'encourager.

Les mains tellement serrées sur le garde-fou que ses doigts en blanchissent, l'adolescent pose sa botte sur la deuxième planche. Il appuie doucement dessus.

– Non ! hurle Élina derrière lui.

La latte se brise en deux ! Plusieurs morceaux de bois se détachent, tombent et disparaissent, avalés par la brume en dessous.

Joachim tourne la tête en direction de ses compagnons, le souffle court.

– Ça va, leur crie-t-il, le cœur encore battant. Je n'ai rien.

– Fais vraiment attention, lui demande Élina.

– Ne t'en fais pas, lui répond son ami. Tant que les cordes tiennent…

– Elles tiendront, essaie de le rassurer Fifrelin. Siba les a vérifiées.

Joachim se concentre sur la prochaine marche.

– Pourvu qu'elle ne se soit pas trompée, se chuchote-t-il à lui-même.

La latte d'après, ainsi que la suivante, se maintient. Le prince progresse lentement, attentif au moindre bruit, au moindre craquement.

Il atteint le milieu du pont, jette un regard en arrière. Ses amis ne le quittent pas des yeux. À l'arrivée, Siba est toujours là, prête à l'accueillir.

Joachim prend une longue inspiration et poursuit son avancée. Il évite les planches vermoulues, les trouées. Plusieurs lattes se brisent et tombent quand il ne fait que les effleurer. Il les observe disparaître dans le brouillard de Mondebrume puis chaque fois repart, le ventre noué. Après ce qui lui paraît être une éternité, il atteint enfin la dernière d'entre elles. Il lève la tête. Siba est face à lui, le visage éclairé d'un sourire.

– Tu y es presque ! l'encourage-t-elle.

Joachim acquiesce – pas trop fort, de peur que le pont ne bouge trop – et, d'une enjambée, touche la terre ferme de l'autre côté de la passerelle et s'effondre.

– Hourra ! entend-il.

– Bravo Joachim !

Les cheveux mouillés de sueur, les bras tremblants d'avoir tant serré les cordes et les muscles des jambes raidis par l'effort, il se retourne, soulagé.

– Je crois que j'ai rarement eu aussi peur de ma vie, murmure-t-il.

– Je comprends, lui répond Siba.

– À mon tour ! crie Fifrelin, depuis le point de départ.

Il s'agrippe au garde-fou et, le front barré d'un pli de concentration, avance pas à pas. Il atteint le tiers, la moitié de la passerelle, relève la tête, sourit à ses camarades qui l'attendent de l'autre côté.

– C'est vraiment pas difficile en fait ! fanfaronne-t-il. Je ne vois pas pourquoi t'as été si long, Joach...

Une planche de bois cède sous ses pieds ! Il pousse un cri de terreur et recule juste à temps pour ne pas tomber.

Ses amis, un instant le ventre serré de peur, éclatent d'un rire soulagé.

– Au lieu de jouer au plus malin, tu ferais mieux de regarder où tu marches, lui conseille Joachim.

Fifrelin lui envoie une grimace puis reprend son avancée. Il rejoint sans encombre ses compagnons et atterrit dans leurs bras.

– J'avoue, dit-il, j'ai bien eu la frousse !

– Moi aussi, admet Joachim.

– À toi, Élina ! crie Siba à côté d'eux.

La jeune fille s'élance à son tour. Son arc dans le dos, elle progresse rapidement, examinant attentivement chaque planche sur laquelle elle pose délicatement ses pieds. Elle atteint sans difficulté la moitié de la passerelle.

Une légère brise balaie la mer de brume, en arrache quelques volutes qui s'effilochent et disparaissent.

– Le vent se lève, constate Siba, soucieuse.

Élina regarde autour d'elle comme si elle cherchait d'où pouvait venir le danger.

Une bourrasque plus puissante que les autres fait tanguer le pont, dont les cordes protestent en grinçant un peu plus fort.

Joachim rejoint les piquets plantés à l'extrémité de la passerelle.

– Dépêche-toi, Élina, demande-t-il, avançant la main dans sa direction.

La jeune fille opine de la tête. Tendue, elle reprend sa progression.

Le vent forcit.

– Plus vite ! crie Fifrelin.

Le pont ballotte de plus en plus fort, obligeant l'adolescente à ralentir afin de ne pas perdre l'équilibre. Les rafales, glaciales, prennent de l'ampleur, sifflant dans les oreilles des voyageurs.

Élina n'est plus qu'à une dizaine de pas de l'arrivée.

– Tu y es presque ! lance Siba.

La chasseuse étudie la distance qui la sépare de ses amis, inquiète.

– Il me tarde ! crie-t-elle pour être entendue.

Elle avance un pied, puis un autre.

Un coup de vent balaie le brouillard entre les deux montagnes. Le pont aux cordes malmenées crisse et grince, manquant de faire tomber la jeune fille.

– Dépêche-toi ! la supplie Joachim.

Très pâle, Élina hoche la tête, observe les planches devant elles, cherchant le meilleur endroit où poser sa botte.

Une bourrasque s'engouffre dans le détroit brumeux avec un sifflement terrible. Élina pousse un cri de terreur. Le pont s'agite à droite, à gauche.

Une des cordes se détache de l'autre côté de la passerelle !

– Non ! s'écrie Joachim.

Par réflexe, Élina s'accroche au garde-fou pour ne pas chuter.

– Attention ! hurle Siba.

Une nouvelle rafale surgit. Dans un craquement sonore, la seconde corde abîmée par les brigands se rompt.

Le pont tombe dans la mer de brume, emportant Élina.

CHAPITRE 20

LA CHUTE

– Élina ! hurle Joachim. Élina !

Il se précipite à l'extrémité du promontoire, là où, toujours arrimé aux piquets, ce qu'il reste du pont est suspendu dans le vide et se perd dans le brouillard en contrebas.

– Élina, réponds-moi ! vocifère le prince.

Soufflées par le vent, les cordes s'agitent dans la brume.

– Élinaaa ! s'égosillent à leur tour Siba et Fifrelin.

Ils ont rejoint leur ami, pâles comme la mort.

– Je suis désolée ! gémit Siba. Ça devait tenir, je...

L'adolescente se tait, secouée de sanglots.

– Tu n'y es pour rien, elles ont craqué de l'autre côté, murmure Fifrelin, les larmes aux yeux.

Les mâchoires crispées pour ne pas pleurer, le cœur cognant comme jamais dans sa poitrine, Joachim appelle encore et encore :

– Élina ! Éliiiiiinaaaa, est-ce que tu m'entends ?

– Je… là ! répond la jeune fille.

Sa voix est assourdie, comme si elle provenait de loin, très loin sous la brume.

– Ça va ? hurlent en même temps ses amis.

– Je… accrochée… bras coincé…

– Je vais l'aider ! crie tout de suite Siba.

La Brune-Soleil se redresse et se précipite en direction de son aile volante.

– Non, l'arrête Joachim. Il n'y a pas de vent là-dessous, ou très peu. Tu ne pourras pas voler.

– Il faut bien qu'on fasse quelque chose ! proteste la Brune-Soleil. On ne peut pas abandonner Élina ! Elle va finir par tomber !

– Évidemment, répond Joachim.

Déjà, il se défait de son paquetage et s'approche des premières planches qui, suspendues dans le vide, forment comme une échelle qui plongerait dans la brume.

– Tenez bien les cordes de ce côté, demande-t-il. Si jamais elles cèdent aussi…

Il laisse sa phrase en suspens, incapable d'envisager le pire.

– Compte sur moi, déclare son ami.

– Je sais, répond le prince. Je sais que je peux compter sur toi.

Les deux garçons échangent un regard, puis Fifrelin détourne les yeux.

– Sois prudent, dit-il à Joachim.

Ce dernier acquiesce, déjà occupé à descendre l'échelle de corde.

– J'arrive ! lance-t-il à Élina.

– ... très... mal...

– Ne bouge surtout pas ! ajoute Siba.

À côté de Fifrelin, la Brune-Soleil agrippe de toutes ses forces le filin qui retient la passerelle. Le vent souffle toujours autour d'eux, faisant se balancer le reste du pont dans le vide.

Le prince pose le pied sur une latte – elle craque, mais ne rompt pas ! –, sur la suivante. Peu à peu, il s'enfonce dans la mer blanche jusqu'aux mollets, la taille, les épaules. Puis il disparaît totalement.

– Je vais préparer mon aile au cas où, murmure Siba.

– Surtout pas ! l'arrête Fifrelin. Aide-moi à tenir la corde. Si elle cède, nous ne reverrons jamais Joachim et Élina.

Siba hésite puis acquiesce. Ses cheveux vaporeux s'agitent dans la brise glacée.

– Tu crois qu'ils vont s'en sortir ? demande-t-elle à voix basse.

– Bien sûr, répond Fifrelin. Bien sûr qu'ils vont s'en sortir. Joachim est fort et courageux, et Élina l'est tout autant. Je suis certain qu'ils vont revenir très vite sains et saufs.

– Mais si Élina est blessée et qu'il y a des monstres là-dessous…

– Joachim va la sauver, je te le pro…

Il s'arrête. Sous l'effet des bourrasques, la corde se balance de plus en plus fort ! Il resserre sa prise. La Brune-Soleil l'imite.

– On ne lâche pas, surtout ! dit-il.

Les muscles bandés, les pieds calés contre un rocher, il s'arrime au filin de toutes ses forces.

– Tout va bien ? crie-t-il à l'intention de ses amis.

– … remonte…

– Dépêchez-vous ! les presse Fifrelin. Le vent reprend !

Il jette un regard inquiet à Siba. Elle a les bras tendus, les traits crispés par l'effort.

– Et on ne va pas tenir longtemps !

La corde s'agite de plus en plus. Fifrelin et Siba ont les mains rouges et le front dégoulinant de sueur.

– Tiens bon, murmure le garçon d'auberge.

Une ombre apparaît dans la brume. Des cheveux courts et sombres, des épaules – c'est Joachim ! Le cœur de Fifrelin accélère dans sa poitrine.

– Élina est avec toi ? s'inquiète le garçon.

– Oui ! répond le prince. Elle avait le poignet coincé mais j'ai pu la détacher. Elle est juste en dessous de moi, elle va bien.

Le sourire de Fifrelin s'élargit.

– Aide-nous à monter, lui demande Joachim.

Fifrelin jette un regard à Siba, qui acquiesce. Doucement, il relâche la corde et s'agenouille, prêt à attraper la main tendue de son camarade.

– Aaaah ! hurle la voix d'Élina.

Surpris, Joachim dérape de la marche où il se trouvait.

– Nooon ! crie-t-il.

Il perd l'équilibre et lâche la corde qui le retenait.

– Joachim ! s'exclame Fifrelin.

Il agrippe de justesse le poignet de son ami, mais glisse. Il va chuter dans le vide lui aussi !

– Laisse-moi ! rugit le prince. Laisse-moi ou tu vas tomber avec nous !

– Jamais ! gronde Fifrelin.

– Élina se tient à mes pieds ! panique Joachim.

Entraîné par le poids de ses camarades, Fifrelin, toujours sur le ventre, continue de déraper et s'approche dangereusement du rebord de la falaise.

Il tourne la tête.

– Siba ! appelle-t-il. Aide-nous, vite !

L'adolescente ne se le fait pas dire deux fois. Elle lâche la corde et se rue sur son aile volante. Elle la déplie, jette l'un des filins à Fifrelin qui la récupère.

– Accrochez-vous ! crie la Brune-Soleil.

Sans réfléchir au danger, elle court arrimée à son aile volante et se lance dans le vide.

Le vent s'engouffre dans le cuir, emportant l'adolescente dans les airs. La corde reliée à Fifrelin se tend, retenant le garçon de tomber.

– Vite ! supplie la Brune-Soleil.

Usant de ses dernières forces et assisté par Siba, Fifrelin aide son ami à remonter. Le poids qu'il tire s'allège d'un coup – Élina a dû retrouver les planches ! –, et le prince émerge du brouillard, sain et sauf.

– Où est Élina ? s'inquiète Siba, luttant contre le vent avec son aile volante.

– Je la vois ! annonce Fifrelin.

La silhouette de la jeune fille apparaît dans la brume. Fifrelin et Joachim lui tendent les mains et elle rejoint la terre ferme à son tour, livide. Siba lâche la corde qui retenait le conteur, virevolte dans les airs et se pose, haletante, à côté de ses compagnons.

– Tout... Tout le monde va bien ? demande-t-elle, comme si elle n'arrivait pas à y croire.

– Oui, répond Élina.

– Aussi, ajoute Joachim.

Les quatre amis s'écroulent au sol, épuisés.

Troisième PARTIE

LA MONTAGNE DU SORCIER

CHAPITRE 21

À LA RECHERCHE DE LA FORTERESSE

Étendus à terre où ils reprennent leur souffle, leurs esprits et leurs forces, les quatre amis écoutent le vent qui se calme. Dans la mer de brume, le bruit du pont qui claque contre la pierre s'atténue.

Fifrelin se relève le premier, lentement, les bras encore douloureux, et rejoint ce qu'il reste de la passerelle.

– Comment on va faire pour rentrer ? s'inquiète-t-il.

L'île montagneuse de Virevent est à plus de cent pas, de l'autre côté du brouillard.

– Je pourrais peut-être essayer d'aller là-bas pour réparer le cordage ? propose Siba, arrivant près de son ami.

– On verra ça plus tard, tranche Joachim. Pour le moment, on doit atteindre la forteresse.

Le prince examine la pente rocheuse face à lui. Il n'y

distingue pas de chemin, rien qui puisse indiquer l'endroit où l'attend le Sorcier de Mondebrume.

– Vous avez une idée de la direction qu'il faut prendre ? demande-t-il.

– Aucune, répond Élina. On peut aller plus en altitude, comme ça on aura vue sur toute la montagne et on devrait apercevoir sa forteresse.

Elle se masse le poignet droit – celui qui s'était coincé dans la corde du pont – et grimace.

– Merci à tous les trois, dit-elle. Sans vous, je ne sais pas ce que je serais devenue.

Elle frissonne.

– Sans doute morte dans le brouillard.

– Tu aurais peut-être pu remonter, imagine Fifrelin. Il ne peut pas y avoir que des monstres là-dessous.

Il fronce le nez et ajoute :

– Même s'il y en a beaucoup quand même…

– Merci à toi aussi, dit Joachim à son ami. Si tu n'avais pas tenu bon…

– Ce n'est rien ! le coupe Fifrelin, gêné. On y va ?

Élina jette un regard au brouillard qui s'agite encore faiblement, poussé par ce qu'il reste de vent.

– Je vous avoue que je ne suis pas contre m'éloigner rapidement d'ici, dit-elle.

– En route, alors, dit Joachim. Direction la forteresse du Sorcier.

À la grande surprise des voyageurs, la montagne qu'ils gravissent n'est pas très différente de celles qu'ils connaissent. La roche grise s'élève, peut-être un peu plus haut qu'ailleurs, jusqu'à la cime de neige et de glaciers. Des bois de pins apportent ici et là un peu de vert. Des taches jaunes et blanches annoncent des parterres de gentianes et d'edelweiss entre deux cours d'eau qui coulent des sommets. De temps à autre, le pépiement d'un oiseau, le sifflement d'une marmotte ou l'écho d'un caillou qui dévale la pente résonne, et seule l'absence de tout chemin, de toute habitation rend l'endroit étrange.

– Je croyais que c'était un royaume, avant ? s'étonne Joachim. C'est surprenant qu'il n'y ait plus aucune trace… de rien.

– C'était il y a plusieurs années, lui rappelle Fifrelin. Les sentiers sont les premiers à disparaître lorsqu'ils ne sont pas entretenus. Sans doute verrons-nous des villages abandonnés entre ici et le sommet.

Les quatre voyageurs poursuivent leur ascension, menés par Fifrelin et Siba. Le vent s'est apaisé, et le ciel s'est débarrassé d'une bonne partie de ses nuages, laissant de nouveau le soleil briller sur la pierre et sur l'océan de brume.

– Joachim ? chuchote Élina.

Le garçon tourne la tête en direction de son amie, marchant quelques pas derrière lui. Il ralentit afin qu'elle le rejoigne, à distance de Fifrelin et de la Brune-Soleil.

– Ça aurait vraiment pu mal se passer, dit Élina.

– Ça *s'est* mal passé, la corrige Joachim.

– Je veux dire, on aurait pu tomber. Toi, moi. Même Fifrelin.

Elle reste silencieuse un moment, observant le dos de leur ami.

– Ces brigands qui ont saboté le pont…, commence-t-elle.

– Oui ?

– Tu penses que ce sont les mêmes que ceux qui nous ont capturés quand on a quitté Roc-Tonnerre ?

Joachim suit le regard de l'adolescente.

– Tu crois toujours que Fifrelin pourrait y être pour quelque chose ? s'étonne-t-il.

– Je ne sais pas. J'ai beau y réfléchir sans cesse, je n'arrive pas à comprendre pourquoi il nous a fait prendre la mauvaise route lorsque nous sommes partis.

– Il l'a dit, l'autre passage était bloqué, lui rappelle Joachim. Jamais il n'aurait mis nos vies en danger, tu le sais comme moi. Tout à l'heure encore, il aurait pu tomber avec nous, mais il nous a aidés et nous a sauvés avec Siba.

– Tu as raison, mais… Peut-être se fait-il manipuler par…

– Arrête, la coupe Joachim. Je connais la suite. Tu vas encore me dire qu'Abélard n'est pas digne de confiance, qu'il est forcément mêlé à tout ça, et qu'il veut ma mort pour s'emparer du trône de mon père.

– Et pourquoi pas ?

Le prince soupire.

– Excuse-moi, Élina. Mais là, je t'avoue que je n'ai même pas envie d'y penser. On a failli mourir plusieurs fois, on est enfin sur la montagne du Sorcier, il faut maintenant que je le trouve et que je le… tue.

Il secoue la tête d'un air triste et préoccupé.

– Le reste, on en parlera plus tard, si tu es d'accord.

– Pardonne-moi, dit Élina. Je ne voulais pas…

– Ce n'est rien.

– Hé ! Venez voir ! les appelle Fifrelin.

Il s'est arrêté avec Siba en haut du col. Joachim et Élina allongent le pas pour les rejoindre et, arrivés, s'immobilisent comme eux.

– C'est sinistre…, maugrée la chasseuse.

Un village est accroché à la montagne en contrebas, au-dessus de l'océan de brume.

Ou plutôt, ce qu'il en reste.

Une trentaine de maisons entourent une petite place et son puits. Il est évident que toutes sont abandonnées. Des trous béants creusent les murs des habitations. Les conduits de cheminée sont écroulés, les fenêtres percées.

De l'herbe et des buissons ont poussé dans ce qui servait de ruelles.

Il n'y a pas un mouvement. Pas l'ombre d'une vie.

– Ça fait un peu peur…, murmure Siba.

– Et il y a pire, ajoute Fifrelin.

Il lève le bras, désignant le haut de la montagne.

– Roc et neiges éternelles ! s'exclame Joachim.

Près du sommet, construit sur un large promontoire, un immense château de pierre sombre surplombe les habitations, cerné d'étranges fleurs noires.

– Vous croyez que c'est la forteresse du Sorcier ? demande le prince.

– Qu'est-ce que cela pourrait être d'autre ? répond Fifrelin.

Les voyageurs observent en silence l'impressionnant fort ténébreux. Une demi-douzaine de tours crénelées s'élèvent de ses épais remparts. Une dernière, plus grande encore, apparaît derrière la muraille. Un large sentier envahi d'herbes part de la double porte d'entrée et descend jusqu'au village.

– C'est quoi ce bruit ? s'inquiète tout à coup Élina.

– Ce bruit ? demande Joachim, abandonnant la vision de la forteresse. Quel bruit ?

La chasseuse fronce les sourcils, tourne la tête en direction de la brume qui lèche le pied de la montagne.

– Oh, non…, murmure-t-elle.

Des ombres apparaissent sous les volutes blanches, sombres et menaçantes, accompagnées de cris stridents étouffés par le brouillard.

– C'est pas possible ! gémit Fifrelin, les yeux agrandis par la peur.

– Des oiseaux-cauchemars ! lance Siba.

– Fuyez ! hurle Joachim.

CHAPITRE 22

LES OISEAUX-CAUCHEMARS

Joachim, Fifrelin, Élina et Siba font volte-face en même temps. Abandonnant leurs sacs et paquetages, ils dévalent la pente qu'ils ont mis tant de temps à grimper, le visage déformé par la terreur.

Dans leur dos, les cris stridents s'amplifient, venant de droite comme de gauche.

– Ils sont plusieurs ! panique Fifrelin.

Il jette un regard derrière lui, aperçoit des formes noires jaillir de la mer de brume et s'élever dans le ciel.

– Ils se dirigent vers nous ! ajoute Élina, bondissant par-dessus un rocher.

Les silhouettes décharnées des oiseaux prennent de la hauteur et virent. La température chute brusquement, comme si l'air était devenu glacial. Les oiseaux-cauchemars arrivent au-dessus des fuyards et les survolent en cercles concentriques, créant des ombres terrifiantes au sol.

– Ils vont nous tuer ! gémit Siba.

Les adolescents ont descendu la partie la plus aride de la montagne et atteignent un maigre bosquet de pins.

– Arrêtez-vous ! lance Joachim.

Ses amis ralentissent, hésitants, puis s'immobilisent sous le couvert des premiers arbres. Essoufflé et le visage rouge d'avoir tant couru, le prince sort sa dague.

– Je vais les attirer, ahane-t-il.

– Non ! proteste Élina.

L'ignorant, Joachim poursuit :

– Vous en profiterez pour continuer. Tout en bas, près du pont, il y a des trous dans la roche. Cachez-vous là-bas.

Un sifflement aigu suivi d'un claquement d'ailes au-dessus des arbres les fait tous sursauter.

Les créatures du Sorcier tournent autour du bosquet !

– Tu ne pourras rien contre eux, lui oppose Fifrelin. Ils sont bien trop forts !

– J'ai la dague de ma mère, murmure Joachim. Elle est magique. Elle me protégera.

– Même les dragons évitent les oiseaux-cauchemars, chuchote Siba, paniquée.

Elle lève la tête, aperçoit entre les branches vertes les silhouettes squelettiques des monstres qui planent au-dessus, prêts à fondre sur eux à la moindre occasion.

– Il n'y a pas d'autre solution, insiste Joachim.

Il a les mâchoires crispées, les doigts agrippés à son arme.

Ses yeux brillent un peu trop.

– Allez-y, je vous en supplie ! C'est *ma* mission, pas la vôtre. C'est moi que l'émissaire est venu chercher. Pas vous. Ils ne me feront pas de mal.

– Joachim, je..., commence Élina.

Elle s'interrompt, un sanglot dans la voix.

– On ne peut pas faire ça ! poursuit Fifrelin.

Il fouille du regard les bois autour de lui.

– On va prendre des bâtons pour se battre ou faire un grand feu ! propose-t-il. On va pousser des hurlements pour les effrayer, et...

– Arrête, le coupe doucement Joachim.

Un claquement d'ailes juste au-dessus des arbres les fait sursauter.

– Tu sais bien que ça ne marchera pas. Allez-y...

Le prince se force à sourire, pose la main sur l'épaule de son compagnon de toujours.

– S'il te plaît, insiste-t-il.

Siba lève la tête, les sourcils froncés.

– On... On dirait qu'ils sont partis..., chuchote-t-elle.

– Quoi ? s'étonnent ses amis.

Ils suivent le regard de l'adolescente. Le ciel s'est dégagé, et – ils le réalisent maintenant – la température autour d'eux est redevenue normale.

– Qu'est-ce qu'il s'est passé ? s'interroge Joachim. Ils étaient là et tout à coup…

– Peut-être qu'ils ont eu peur en m'entendant les menacer ? essaie de plaisanter Fifrelin.

– Ça doit être ça, oui, sourit Élina, aussi soulagée que ses camarades. À travers les branches, ils ont reconnu le grand, l'immense Fifrelin, barde et pourfendeur d'oiseaux-cauchemars, qui n'attendait qu'une chose : les embrocher pour les rôtir et les manger pour le goûter !

Le garçon observe un instant son amie, paraissant réfléchir, puis s'exclame :

– C'est exactement ça !

Tous deux éclatent de rire, rapidement imités par Siba.

– On va récupérer nos paquetages ? les coupe Joachim, qui a gardé son air sombre.

– Allons-y, répond Élina, encore hilare.

Les quatre voyageurs émergent du petit bois de pins d'un pas léger.

– Nooon ! hurle Siba.

Elle n'a pas le temps d'en dire plus. Accompagnée d'un vent glacé, une silhouette gigantesque au plumage noir surgit de nulle part et se pose juste en face d'eux.

– Un oiseau-cauchemar, murmure Joachim, pétrifié. Ce n'est pas… possible…

La créature n'est qu'à quelques pas.

– Il s'était caché..., ajoute Élina, livide.

Le monstre penche étrangement sa tête – un crâne à nu muni d'un long bec –, paraissant observer les adolescents au travers de ses orbites vides.

– Où sont... les autres ? chuchote Fifrelin, essayant de fouiller le ciel sans pour autant lâcher l'horreur face à eux.

Les plumes noires de l'oiseau reflètent à peine le soleil, comme si elles en absorbaient la lumière et la chaleur, les transformaient en ombre et en froid. Ses pattes grises se terminent par des serres acérées comme des lames d'épée.

– Je ne les vois pas, répond Joachim sur le même ton.

– J'ai... J'ai peur, gémit Siba.

Elle s'éloigne d'un pas, des larmes aux yeux, bute sur un rocher et se fige, incapable de quitter la créature du regard.

– Reculez doucement, murmure Joachim. Je vais essayer de sortir ma dague pour...

– Non, le coupe Élina.

Le prince fronce les sourcils.

– Tu as mieux à proposer ?

L'oiseau penche la tête dans l'autre sens, observant les voyageurs.

– Il... Il ne semble pas agressif, chuchote Élina.

Joachim et Fifrelin ne peuvent s'empêcher de grimacer d'étonnement.

– Pas agressif ? répète le prince, abasourdi.

– T'as vu à quoi il ressemble ? renchérit Fifrelin.

– J'ai des yeux comme vous, leur oppose Élina. Mais il est immobile. Comme s'il… attendait quelque chose. Ou était curieux. Les bêtes sauvages ne réagissent pas de cette manière.

– C'est un *monstre*, pas un animal, précise Siba tout doucement.

– Il ne nous a pas attaqués, insiste Élina.

Elle jette un regard de biais à Joachim, et ajoute :

– Range ta dague.

Le prince ne bouge pas.

– S'il te plaît.

Joachim hésite toujours.

Le bruit d'un cor tout à coup résonne dans la montagne. Les quatre amis tressaillent en même temps que l'oiseau tourne son long cou vers le village et la forteresse du Sorcier.

L'oiseau-cauchemar revient aux voyageurs.

Le cor sonne à nouveau.

La créature émet un cri strident – Siba et Fifrelin hurlent de terreur –, secoue ses plumes puis, sans prévenir, déploie ses ailes.

– Au sol ! rugit Joachim.

Tous se jettent à terre en même temps que le monstre décolle dans une bourrasque glaciale. Il prend de l'altitude, tourne une fois, deux fois autour des adolescents.

Le cor mugit, encore.

L'oiseau-cauchemar pousse un dernier croassement puis disparaît en direction de la forteresse du Sorcier.

Le silence.

Le silence dans la montagne est presque aussi effrayant que les cris de la créature.

Joachim, Siba, Élina et Fifrelin se relèvent, les uns après les autres.

– Tout... Tout va bien ? s'enquiert le prince d'une voix rauque.

Ses compagnons acquiescent.

– Je... Je suis désolé pour tout à l'heure, dit Joachim, la tête baissée. Quand les oiseaux sont apparus, j'ai paniqué.

– On a tous paniqué, lui rappelle doucement Élina.

Son ami hausse les épaules.

– Il était pourtant évident qu'on finirait par rencontrer des oiseaux-cauchemars, poursuit-il, comme s'il ne l'avait pas entendue, ou n'avait pas voulu l'entendre. Mais... quand je les ai vus approcher... je n'ai même pas eu le temps de réfléchir, même pas *pu* réfléchir. Je me suis enfui. Sans penser à vous.

– On savait bien que ce ne serait pas une simple promenade, intervient Fifrelin. C'est nous qui avons voulu t'accompagner. Tu ne nous as rien demandé.

– Et ton rôle n'est pas de nous protéger, lui rappelle Siba. Mais de débarrasser Mondebrume du Sorcier.

– N'empêche...

Élina lui pose la main sur le bras.

– N'empêche rien du tout, dit-elle. On a tous eu peur. *Très* peur.

Elle fronce les sourcils, et ajoute :

– Encore plus quand le dernier a atterri juste là, devant nous. Mais on a réussi à garder notre calme. On a surmonté ça. Comme le voyage, comme les brigands, comme le refus de la reine Sorbe de nous accorder le droit de passage. On a pu venir jusqu'ici ensemble.

Elle sourit.

– On va y arriver, Joachim. Tu vas y arriver. Et plus jamais personne à Mondebrume n'aura à craindre le Sorcier. Ni ses oiseaux-cauchemars.

CHAPITRE 23
LE VILLAGE ABANDONNÉ

Surveillant les cieux dans un silence tendu, craignant à tout moment que les oiseaux-cauchemars ne reviennent, les voyageurs gravissent à nouveau la pente de la montagne. Ils atteignent le sommet sans qu'aucun cri ne trouble le calme des cimes, sans qu'aucune ombre n'apparaisse en volant et récupèrent les paquetages abandonnés dans leur fuite.

– Ouf, lâche Élina, rassurée. On a tout !

– Oui, dit Joachim, sans se départir de son air sinistre.

Il jette un regard au village désert en contrebas, à la forteresse noire qui semble veiller, plus haut, et où l'attend le Sorcier de Mondebrume.

– Vous pouvez repartir, maintenant, déclare-t-il.

Il prend une longue inspiration et, avec un sourire forcé, ajoute :

– J'ai réfléchi à cette histoire de pont. Je pense que

Siba peut essayer comme elle l'a dit de récupérer l'une des deux cordes qui pendent dans le vide et rejoindre l'autre côté avec son aile volante. Là-bas, elle pourra l'accrocher à l'un des deux piquets. Ce ne sera pas facile de traverser, et puis vous devrez renégocier votre droit de passage avec les gardes de Virevent mais…

– Non, l'interrompt doucement Élina.

Le prince fonce les sourcils.

– Vous n'avez pas le choix, explique-t-il. J'ai retourné le problème dans ma tête et c'est le seul moyen pour…

– Tu n'as pas compris, le coupe de nouveau la chasseuse. Nous n'allons pas faire demi-tour.

Déconcerté, Joachim observe un instant ses compagnons.

– Si, insiste-t-il. Il le faut. C'est moi que l'émissaire est venu chercher.

– On le sait, merci, se moque gentiment Fifrelin.

– Mais on ne part pas quand même, ajoute Siba.

– Vous… Vous avez comploté dans mon dos ? s'étouffe le garçon.

– Comploté ? répète Élina, feignant d'être vexée. Non, non, non. On s'est juste dit que jamais tu n'aurais accepté qu'on t'accompagne si tu avais su qu'on irait avec toi jusqu'au bout.

– Mais vous n'avez pas d'arme magique ! proteste Joachim.

– Non, acquiesce Fifrelin. Mais on a de l'amitié et du courage à revendre.

– Et une aile volante, ajoute Siba.

– Et un arc, conclut Élina.

– Ça ne servira à rien contre le Sorcier et ses créatures, persiste Joachim.

– Ça ne servira peut-être à rien *contre* lui, admet Élina. Mais notre présence à tous les trois servira *pour* toi.

Un large sourire étire les lèvres de la jeune fille.

– Nous sommes tes amis, Joachim. On ne t'abandonnera pas.

Le prince les dévisage l'un après l'autre, stupéfait.

– Je...

Il se tait, les yeux brillants.

– C'est dangereux, trop dangereux, tente-t-il une dernière fois.

– Ah bon ? fait mine de s'étonner Fifrelin.

Il s'approche du bord de la falaise, jette un regard aux ruines en contrebas.

– Ma foi, un village fantôme, une forteresse maudite, des oiseaux à tête de mort...

Il hausse les épaules.

– J'ai vu pire.

Il se retourne, envoie un clin d'œil à Joachim, et termine :

– On y va ? Il ne faudrait pas en plus qu'on arrive de nuit !

Sans attendre la réponse de leur camarade, Fifrelin, Élina et Siba se lancent dans la descente vers la vallée, suivant le petit sentier de montagne.

Joachim les observe un instant, puis s'écrie :

– Eh, ne partez pas sans moi !

Il court afin de les rejoindre, sourit à chacun d'entre eux et se positionne en premier.

– Vous êtes les meilleurs amis du monde, dit-il.

– J'espère que tu n'en doutais pas, maugrée Élina derrière lui.

– Bien sûr que non !

Suivant le chemin envahi par la mousse et les herbes, les voyageurs s'approchent du hameau abandonné. La bonne humeur qui les avait portés un moment s'atténue au fur et à mesure qu'ils avancent, et se teinte d'inquiétude. Le silence dans le vallon est pesant, l'ambiance sinistre entre les maisons désertes, les ruelles vides et le puits aux chaînes rouillées.

– Ils ont dû partir d'ici il y a très longtemps, murmure Siba.

– Je les comprends, dit Fifrelin. Qui voudrait vivre à côté d'un sorcier maléfique ?

À l'avant, Joachim hoche la tête.

– Comment vous allez faire, là-haut ? demande-t-il. Vous ne pourrez pas venir avec moi, l'émissaire et les serviteurs ne vous laisseront pas entrer.

– On ne va pas se montrer, bien sûr ! rétorque Élina.

– Vous avez un plan ? s'enquiert le prince.

Son amie hausse les épaules.

– On attendra la nuit pour pénétrer à l'intérieur. On te retrouvera et on se cachera avec toi.

– Mais comment vous allez faire ? insiste Joachim, dubitatif.

– Je pourrai voler au-dessus des murailles, imagine Siba.

– On verra bien, conclut Fifrelin d'un air détendu. On improvisera en fonction de ce qu'il y aura là-haut.

– J'espère qu'on n'aura pas de mauvaise surprise, murmure le prince.

Le paysage se transforme autour d'eux. De petits bosquets poussent au pied des rochers, au creux d'étroits ruisseaux. Çà et là, des piquets mangés par la mousse révèlent la présence d'anciens enclos inutilisés depuis longtemps. Une forêt de pins apparaît au détour d'un lacet, juste au-dessus de la mer de brume qui lèche les contreforts de la montagne.

Il n'y a toujours aucun signe de vie, pas un seul animal.

Les adolescents atteignent les premières habitations. Au travers des fenêtres brisées, ils aperçoivent les tables vides, les meubles laissés ouverts sous des peaux de chèvres moisies, des bols et des assiettes en bois recouverts de poussière.

L'absence de tout bruit est aussi impressionnante qu'angoissante.

– Je déteste cet endroit, murmure Fifrelin.

– Moi aussi, renchérit Siba.

Le visage sombre, ils traversent le village sans croiser âme qui vive et se retrouvent de l'autre côté, au pied du chemin qui monte jusqu'à la forteresse.

– Ici, c'est pire encore, lâche Élina.

La sente grimpe le flanc de la montagne. Des marches ont été sculptées dans la roche, là où la pente est la plus abrupte. L'herbe, éparse, peine à pousser sur le versant et plus haut, autour du château, elle est remplacée par les fleurs noires aperçues depuis la crête. Semblables à des coquelicots sombres, ces dernières s'agitent faiblement dans le vent de fin de journée.

– Je n'ai jamais vu des plantes pareilles, murmure Élina.

– Moi non plus, dit Siba. Et pourtant, j'ai beaucoup voyagé.

– Ça ne me dit rien qui vaille, termine Fifrelin.

– Vous pouvez encore faire demi-tour, propose Joachim, fixant la porte close de la forteresse.

– Certainement pas ! proteste la chasseuse. Ce n'est quand même pas un champ de fleurs qui va nous arrêter.

Le prince hoche la tête.

Les doigts accrochés aux lanières de son paquetage, il s'élance et entreprend la dernière étape de son voyage jusqu'au Sorcier. Suivi de ses amis, il gravit la pente, le cœur battant, le visage rivé sur les murailles noires. Ses bottes glissent sur les cailloux, la sueur – celle de l'effort, celle de l'angoisse aussi – colle les mèches de son front. Peu à peu, les adolescents s'éloignent du village silencieux et de la mer de brume en dessous, dans un monde qui semble mort. Pas un bouquetin ne les observe au loin, pas un oiseau ne plane dans le ciel.

Ils atteignent rapidement les premières fleurs qui forment un tapis sombre autour du château. Le sentier les traverse, filant vers l'épaisse porte en bois du fort. Il n'y a personne devant. Personne sur le chemin de ronde.

– Peut-être que vous devriez vous cacher ? murmure Joachim à ses amis.

– Je ne crois pas que beaucoup de monde nous observe, remarque Élina, fouillant les remparts du regard.

Elle désigne un renfoncement dans la muraille près de l'entrée :

– On se collera dans le recoin, là-bas, propose-t-elle. Comme ça, nous aurons peut-être une chance de te suivre à l'intérieur.

– Si les portes s'ouvrent, ajoute Fifrelin, pensif.

– Elles s'ouvriront, dit Joachim. Elles s'ouvriront forcément.

– Celui ou celle qui a soufflé dans le cor pour appeler les oiseaux-cauchemars sera là, au moins.

Les adolescents se taisent à l'évocation des créatures terrifiantes et, dans un silence pesant, finissent de traverser la prairie de fleurs noires, comme autant d'étoiles ténébreuses.

Joachim s'arrête, arrivé à l'entrée de la forteresse.

Il vérifie discrètement la présence de Croc-de-dragon, dissimulée dans son dos entre sa chemise et sa ceinture. Elle est fine, légère. Même s'il est fouillé, personne ne devrait pouvoir la trouver.

Normalement.

Il lève la tête.

Les portes font la hauteur de trois, quatre hommes : impressionnantes, bardées de clous et de rivets, de renforts métalliques et de piques.

Le prince frissonne, examine attentivement les vantaux, ne voit ni cloche ni corde pour appeler ou prévenir qu'il est arrivé.

Il jette un regard à ses amis. Ces derniers l'observent en retour.

Il hoche la tête.

Il est prêt.

Aussi anxieux que lui, Élina, Siba et Fifrelin se postent dans le renfoncement indiqué par la chasseuse.

Joachim se retrouve seul.

Il prend une longue inspiration, lève la main.

Puis frappe.

CHAPITRE 24

La forteresse du Sorcier

Joachim attend, face aux portes, la gorge serrée. Ses paumes sont moites. Il sent la sueur mouiller son dos.

Pour la première fois, il prend vraiment conscience de ce qu'il s'apprête à faire.

Il va entrer chez le Sorcier, et le *tuer*.

Les battements de son cœur accélèrent dans sa poitrine.

Le tuer ?

Comment y parviendra-t-il, quand les plus grands guerriers de Mondebrume ont échoué ? Comment a-t-il pu imaginer pouvoir réussir, lui, un simple adolescent ?

Maman, aide-moi, je t'en supplie.

Devant les portes gigantesques, face à ces murailles sombres et terrifiantes, Joachim se laisse envahir par le doute. Il songe aux brigands – qui peut vouloir ainsi sa perte et l'échec de sa mission ? –, aux oiseaux-cauchemars, terribles. À l'émissaire.

Il n'est qu'un tout jeune garçon, malchanceux, désigné par le sort.

Il n'y arrivera pas.

Maman !

Il sent les larmes poindre à ses yeux, aimerait les essuyer, mais devine le regard de ses amis, cachés non loin. Ils ne doivent pas le voir pleurer ! Il veut leur montrer qu'il est fort, qu'il est courageux, qu'il est digne de son père, de sa mère !

Mais là, il a juste terriblement peur.

Un grincement de l'autre côté des remparts le fait sursauter. Joachim se redresse, les yeux encore humides, écarquillés d'appréhension.

Les deux vantaux s'ouvrent dans un gémissement, révélant peu à peu l'intérieur de la forteresse du Sorcier. Une cour rectangulaire. Des bâtiments alignés, aux façades aussi sombres que les murailles. Une partie du donjon tandis que…

Joachim se glace.

Les portes terminent leur course, mais le jeune prince ne regarde plus rien de ce qu'elles dévoilent.

L'émissaire se tient face à lui.

L'homme à la longue cape noire, au visage dissimulé dans l'ombre de sa capuche dépasse Joachim de deux, peut-être même trois têtes. Seuls ses mains gantées de cuir et le bas de ses bottes émergent de son ample manteau.

– Sois le bienvenu à la forteresse, dit-il de sa voix rauque.

Joachim ne peut qu'acquiescer sans répondre.

– Suis-moi.

Joachim frissonne et fait un pas en avant.

Dans un grincement sonore, les portes se referment lentement derrière lui.

Le prince se retourne, très pâle.

– Je...

Il déglutit.

– Les portes... Déjà ?

Jamais ses amis n'auront le temps de passer !

– Oui, dit simplement l'émissaire.

Sans prêter attention à Joachim, l'âme damnée du Sorcier poursuit en direction de l'un des bâtiments accolés aux remparts. Le prince le suit, le cœur en miettes. Tout en épiant par-dessus son épaule – ses compagnons vont-ils prendre le risque d'entrer maintenant ? –, il observe la forteresse avec appréhension.

Il n'y a personne dans la cour, personne aux fenêtres sombres percées dans les murs. Les poulaillers et la porcherie sont vides, tout comme ce qui devait être une forge il y a longtemps. Un peu plus loin, les chaînes du puits sont rouillées, et un seau traîne à terre, son bois pourri par le temps et l'humidité. Aucune fumée ne s'élève des cheminées. En dehors du souffle du vent, pas un bruit, pas un son ne vient troubler le silence des lieux. L'endroit est aussi sinistre à l'intérieur qu'à l'extérieur.

Les battants l'enferment dans un claquement sourd.

Le cœur de Joachim se serre. Le garçon regarde une dernière fois derrière lui.

Ses amis ne sont pas là.

Ça y est. Il est seul.

C'est peut-être mieux comme ça..., pense-t-il.

Résigné, il suit la figure noire et impressionnante de l'émissaire. Ce dernier passe l'entrepôt à grain vide, l'étable déserte, les caves ouvertes et s'immobilise à l'entrée d'une maisonnette collée entre l'ancien corps de garde et une corderie au toit écroulé. De sa main, il pousse la porte qui s'entrebâille dans un crissement de bois et de métal, et fait signe à Joachim d'avancer.

Tête baissée, le garçon s'exécute.

L'endroit est minuscule, sans fenêtre, éclairé d'une bougie. Une paillasse couverte d'une peau de chèvre occupe l'un des angles. Dans l'autre se trouve une petite table avec une chaise. Un repas l'attend : quelques légumes – des carottes, des fèves, des cardons – avec, à côté, un grand gobelet rempli d'un liquide sombre, sans doute un jus de raisin ou de betterave.

– Tu dois avoir faim et soif, dit l'émissaire. Installe-toi ici.

Joachim acquiesce, observe un moment l'homme qui l'a guidé jusqu'ici.

– Que va-t-il se passer, après ? demande-t-il.

Sa voix n'a presque pas tremblé.

– Je viendrai te chercher et te conduirai jusqu'au Sorcier.

– Que va-t-il me faire ?

– Tu n'as rien à craindre.

Le prince ne répond rien.

Il ne le croit pas.

– Mange et bois, insiste l'émissaire.

Il recule et referme la porte derrière lui.

L'espace d'un instant, Joachim imagine pouvoir sortir de là dès qu'il n'entendra plus les pas de l'homme à la cape noire, s'enfuir et essayer de retrouver ses amis en montant sur les remparts – peut-être seront-ils encore là, à l'attendre ?

Puis il discerne le bruit d'une clé dans la serrure, et comprend.

Il est prisonnier.

CHAPITRE 25

La prison de Joachim

Joachim reste immobile au milieu de la petite pièce comme si ne rien faire, ne pas bouger, pouvait changer la réalité. Comme s'il pouvait ouvrir les yeux, tout à coup, et se réveiller dans son lit, au château de son père.

Mais le temps passe, et il ne se réveille pas.

Ses jambes fatiguent. Son ventre gargouille bruyamment.

Il n'a que peu mangé les derniers jours, à tant voyager.

Il a faim.

Il s'approche de la table dressée pour lui. Les légumes dans le bol en bois émettent un délicieux fumet.

L'estomac de Joachim gronde une nouvelle fois.

N'y tenant plus, le prince s'assied et, la cuillère à la main, dévore le repas qui lui a été préparé. Les carottes fondent dans sa bouche, les fèves s'écrasent sous ses dents, juteuses, et il termine avec gourmandise les cardons braisés. En un rien de temps, son assiette est vide et l'adolescent, affamé, en lape le contenu jusqu'à la dernière goutte. Son estomac apaisé, Joachim approche son nez du calice. Une odeur de fleurs mêlée de quelque chose de pimenté lui monte aux narines. Il fronce les sourcils : il n'a jamais rien senti de semblable. Il prend le gobelet, examine le liquide sombre qui brille à la lueur faible de la bougie.

Il a soudain terriblement soif.

Joachim trempe ses lèvres dans la boisson. Le goût en est doux et sucré.

Le prince hésite un instant puis, cédant à l'envie, avale d'un trait le breuvage.

Repu, il repose le gobelet à côté du bol vide, jette un regard à la porte fermée et soupire.

Que va-t-il se passer lorsqu'il rencontrera le Sorcier ?

Est-ce que l'émissaire le fouillera, trouvera la dague cachée dans ses vêtements ?

Joachim bâille à s'en décrocher la mâchoire.

Il est si fatigué...

Il examine rapidement la petite pièce, s'arrête sur la paillasse par terre. Harassé, le prince décide de s'y poser un moment. Juste un moment.

Il se lève difficilement de la table, se traîne jusqu'au matelas de paille et ferme les paupières.

Sans même s'en rendre compte, il s'endort.

Joachim sombre dans un demi-sommeil peuplé de rêves

étranges – des oiseaux-cauchemars dans un ciel d'orage, l'émissaire qui l'observe avant de repartir, des cris qui résonnent quelque part, au loin. À plusieurs reprises, il se réveille à demi, remarque la bougie qui se réduit, la lumière qui s'atténue, puis somnole de nouveau.

Lorsqu'il rouvre les yeux une nouvelle fois, la chandelle s'est éteinte, entièrement consumée. Il fait noir dans la petite maison, et aucune lueur ne passe sous la porte.

La nuit a dû tomber.

Joachim voudrait se lever mais, épuisé, reste allongé là, à attendre.

Je ne me croyais pas si fatigué...

Il songe à ses amis, certainement repartis pour Valroc, sourit en pensant à eux.

Pourvu qu'ils n'aient pas de problème pour le retour !

Il tressaille.

Un bruit ! Quelque chose cliquette derrière la porte et...

La serrure !

Joachim se relève, soudain complètement réveillé. Il s'empare de Croc-de-dragon cachée sous sa chemise, plisse les yeux pour essayer de percer l'obscurité. Si le Sorcier se retrouve face à lui, il veut pouvoir se jeter tout de suite sur lui pour bénéficier de l'effet de surprise.

Le bruit dans la serrure s'intensifie.

Concentré, le cœur battant, Joachim se remémore aussi vite qu'il le peut le fil des leçons de Perrine.

Attaque.

Feinte.

Esquive.

Parade.

S'élancer le plus rapidement possible, afin d'empêcher son adversaire de réagir.

Un déclic se fait entendre et la porte s'entrouvre en grinçant.

Joachim bondit.

– Non ! murmure une voix paniquée.

Le prince s'arrête juste à temps. C'est Fifrelin ! C'est Fifrelin face à lui, accompagné de Siba et d'Élina !

Sidéré, Joachim laisse tomber son arme à terre et se jette dans les bras de ses amis.

– J'ai eu la frayeur de ma vie ! s'exclame la chasseuse.

– J'ai bien cru que tu allais m'embrocher comme un gros poulet, ajoute Fifrelin, serrant son compagnon d'enfance contre lui.

– Ne nous refais jamais ça ! demande Siba, encore sous le choc.

– Je suis désolé ! s'excuse Joachim. J'ai eu tellement la trouille moi aussi !

Il regarde dans la grande cour, obscurcie par la nuit, vérifiant que l'émissaire n'est pas là à les observer.

– Rentrez, vite ! Personne ne doit vous voir !

Fifrelin, Élina et Siba pénètrent rapidement à l'intérieur de la petite pièce sombre.

– Il fait tout noir là-dedans, peste le jeune domestique.

– Ne vous inquiétez pas, dit Siba. J'ai ce qu'il faut !

Elle fouille dans son sac, en sort une minuscule lanterne qu'elle allume d'un coup de briquet à silex.

– Comment avez-vous fait pour entrer dans la forteresse ? les interroge Joachim.

– C'est grâce à Siba, dit Élina.

La Brune-Soleil sourit.

– Ça a été facile, raconte-t-elle. Je suis montée sur les remparts avec mon aile volante, comme je l'avais imaginé.

– Tu n'as pas eu peur des oiseaux-cauchemars ? demande Joachim.

– Un peu, si. Mais heureusement, je n'en ai vu aucun !

Elle frissonne en se remémorant l'aspect terrifiant des créatures puis poursuit :

– Là-haut, j'ai accroché une corde à l'un des créneaux pour qu'Élina et Fifrelin puissent venir.

– On n'allait quand même pas t'abandonner ! s'exclame le garçon d'auberge en souriant.

– Vous êtes extraordinaires, murmure Joachim.

– Chut ! les interrompt Élina.

Sur le qui-vive, elle se rapproche de la porte qu'elle entrouvre afin de sonder l'extérieur.

– Éteignez la lampe, vite ! souffle-t-elle.

Fifrelin s'exécute sans demander plus d'explications.

– Qu'est-ce qu'il se passe ? s'inquiète Siba.

– C'est l'émissaire ? redoute Joachim.

– Venez voir, répond seulement la chasseuse.

Dehors, de la lumière brille près du donjon. Éclairées par les étoiles, cinq formes encapuchonnées, pas plus grandes que de jeunes adolescents, avancent dans la nuit, une torche à la main.

– Ils font quoi ? s'interroge Fifrelin.

– Vous croyez que ce sont des enfants appelés par le Sorcier ? imagine Joachim.

Les étranges silhouettes se dirigent vers la porte du château qui s'ouvre devant eux.

– On n'a qu'un seul moyen de le savoir, dit Élina. Venez, on va les suivre !

CHAPITRE 26

Les secrets des ombres

Les adolescents sortent discrètement de la prison de Joachim. Courbés et marchant sur la pointe des pieds pour ne pas se faire repérer, ils longent les murs de la cour en direction de la grande porte. Les ombres devant eux ne se retournent pas, occupées à leur mystérieuse mission. Elles passent les vantaux maintenant grands ouverts et disparaissent dans la nuit.

– Vite ! souffle Élina. Il ne faut pas qu'on les perde de vue !

Attentifs au moindre bruit, au moindre mouvement qui trahirait l'arrivée de l'émissaire ou – pire ! – du Sorcier en personne, les amis accélèrent à la poursuite des formes encapuchonnées. Ils atteignent sans encombre l'entrée de la forteresse et en sortent avec une facilité déconcertante.

La vallée s'étend devant eux. La lumière froide des étoiles brille sur les toits du village désert en contrebas.

– Ils sont où ? chuchote Siba.

– Là-bas, souffle Élina, montrant du doigt le chemin qui serpente entre les rochers.

Un peu plus bas, les silhouettes et leurs torches émergent de l'arrière d'un bloc de pierre et poursuivent au milieu du champ de fleurs noires.

– Qu'est-ce qu'ils peuvent bien faire ici en pleine nuit ? s'interroge Joachim.

– Après tout... On s'en fiche, non ? dit Fifrelin.

Ses compagnons se tournent vers lui, surpris.

– Comment ça ? demande Élina.

– Eh bien... On est sortis du château, tous ensemble, et vivants. C'est inespéré. On pourrait...

Il hésite un instant, puis termine :

– ... rentrer chez nous ?

Le silence accueille les derniers mots du garçon.

– Rentrer chez nous ? répète Joachim, au bout d'un moment.

Un vent frais souffle dans la montagne, faisant frissonner les quatre amis.

– Oui..., acquiesce Fifrelin.

Seuls sur les terres du Sorcier, perdus dans la nuit, fatigués, effrayés, ils se regardent les uns les autres, songeant à la douceur d'un lit, à la chaleur des bras d'un père, d'une mère ; à la paix d'une caverne près des dragons des cimes, à la joie des soirées dans les auberges, à conter ou écouter des histoires merveilleuses de héros et de magie, de hauts faits et de courage.

Joachim baisse la tête et soupire.

– Non, je... Je ne peux pas.

Il prend une longue inspiration et ajoute :

– Le Sorcier enverrait ses oiseaux-cauchemars sur Valroc. Et j'ai promis de mettre fin à tout cela.

– Je sais, dit Fifrelin, d'un air dépité. C'est juste que...

Il jette un coup d'œil à son ami.

– Juste que j'aurais aimé que les choses soient différentes.

– On le voudrait tous, dit Élina.

– En attendant, on a une mission à accomplir, leur rappelle Siba, d'une voix résolue afin d'encourager ses camarades. Aider Joachim à tuer le Sorcier.

– Oui, dit Fifrelin. Oui, bien sûr.

L'adolescent revient à la montagne et aux ombres qu'ils ont suivies jusque-là. Elles se sont arrêtées au milieu des inquiétantes fleurs noires et ont accroché leurs torches sur de hautes piques. Agitées par le vent, les flammes dansent et envoient au ciel mille étincelles qui se consument puis s'éteignent les unes après les autres.

– Ils ne sont pas allés bien loin, murmure Siba.

– On peut les rejoindre sans qu'ils s'en aperçoivent, dit Élina. Regardez les pierres, là-bas.

Ses compagnons suivent la direction qu'elle indique.

Une petite barrière rocheuse s'élève près des coquelicots couleur de nuit, parfaite pour se dissimuler derrière.

– Si nous avançons à quatre pattes, ils ne nous verront pas.

Ses amis hochent la tête d'un air décidé et, suivant la jeune fille, se rapprochent des ombres.

Un étrange chant naît dans la montagne silencieuse.

– Je ne comprends rien à ce qu'ils disent, chuchote Élina. Et vous ?

– Non plus, dit Siba.

Les mots qu'ils attrapent, portés par le vent, ne ressemblent à rien de ce que les voyageurs connaissent. Rudes et gutturaux, ils sifflent et grincent, formant une inquiétante complainte.

Guère rassurés, les adolescents atteignent leur cachette et, avec précaution, relèvent la tête. Les silhouettes se trouvent à quelques dizaines de pas à peine. La lune est cachée derrière les montagnes et seule la lumière des étoiles accompagne celle des torches.

– Ils abaissent leur capuche, dit Siba.

À côté de la jeune fille, Joachim se tord le cou pour mieux voir, espère découvrir les visages d'enfants qui auraient été appelés par le Sorcier… et retient un cri d'horreur.

– Par la brume ! lâche Fifrelin.

– Des fantômes ! gémit Élina.

Siba, elle, reste coite de stupeur.

Les manteaux abaissés révèlent les traits de cinq créatures aux visages de nuit, sans nez, sans cheveux ni bouche, avec juste deux immenses trous encore plus sombres à la place des yeux.

– Non, répond la Brune-Soleil à son amie. Ce sont des hanteurs.

– Des quoi ? demande Joachim, aussi effrayé que ses amis.

– Des hanteurs, des esprits si tu veux. Ils servent en général un artefact, un objet très puissant créé avant que la brume recouvre le monde. Et vu leur aspect sinistre, je parierais que l'artefact en question est lié au Sorcier et aux oiseaux-cauchemars.

– Ils sont… vivants ? demande le prince.

– Pas vraiment. C'est… un peu comme des auras de magie. Mais on peut les toucher, et eux aussi. Ce sont des êtres dangereux.

– Alors on part, vite ! propose Fifrelin.

– Ça serait plus sûr, oui, dit Élina. Si jamais ils nous découvrent…

– Non, les arrête Joachim. Si Siba a vu juste, s'ils sont liés aux oiseaux-cauchemars, alors il faut absolument qu'on comprenne ce qu'ils font ici.

La mélodie chantée par les hanteurs se fait de plus en plus forte. Elle résonne dans la montagne, emplit peu à peu toute la vallée.

Une étrange lumière sombre apparaît autour des fleurs.

Non.

Elle *provient* des fleurs !

– Qu'est-ce que c'est que ça ? s'alarme Fifrelin. De la magie ?

– Oui, répond Siba, dont le regard concentré passe des hanteurs aux fleurs noires.

– Peut-être qu'on ferait mieux..., commence Élina, livide.

L'un des esprits hurle soudain, glaçant le sang des adolescents qui sursautent. Les autres imitent le premier, lancent à leur tour une longue plainte de désespoir.

Comme appelée par les cris qui se succèdent, la lumière noire émise par les fleurs s'élève, s'enroule en arabesques de formes effrayantes et griffues, de gueules terribles, d'immenses tentacules prêts à attraper quiconque passerait à côté.

– J'ai... J'ai peur, murmure Élina.

– Moi aussi, lui dit Joachim.

Il se rapproche de son amie.

– Mais ne t'en fais pas, on est ensemble.

– Et on est cachés, ajoute Fifrelin. Enfin, suffisamment. J'espère.

Les étoiles sont maintenant à peine visibles derrière les filaments ténébreux. Les coquelicots continuent de créer des vrilles sombres, des crocs plus terrifiants les uns que les autres, entraînés par les hurlements des hanteurs.

– Je crois vraiment qu'on devrait partir, gémit Élina, les yeux rivés sur les formes menaçantes.

– Je suis d'accord, acquiesce Fifrelin d'une voix tremblante.

Les cris cessent brusquement. Le silence emplit la montagne de nouveau, presque plus impressionnant encore.

Les volutes se figent dans le ciel. Les esprits sortent de leur manteau d'étranges flacons de verre qu'ils placent devant eux. La brume y retombe doucement, formant un liquide sombre à l'intérieur des récipients.

– Ça me donne la chair de poule, chuchote Fifrelin.

Siba l'ignore, le front plissé par la concentration.

– Qu'est-ce que le Sorcier peut bien faire de ça ? s'interroge-t-elle.

Dans la nuit la plus noire, les hanteurs remplissent flacon après flacon, récupérant l'ensemble des filaments apparus au-dessus des fleurs. Une fois qu'ils ont terminé, ils relèvent leur capuche sur leur figure fantomatique et repartent en direction de la forteresse.

CHAPITRE 27

L'ÉLIXIR DE CAUCHEMAR

Les hanteurs remontent le chemin en direction de la forteresse. Joachim, Élina, Siba et Fifrelin les suivent en silence, cachés derrière des rochers ou des buissons rabougris. Les esprits rejoignent les remparts et passent les portes qui, aussitôt, se referment lentement.

– Vite ! souffle Joachim.

Les quatre compagnons parcourent aussi rapidement qu'ils le peuvent les derniers pas qui les séparent du château, les yeux rivés sur les hanteurs.

Pourvu qu'aucun d'eux ne se retourne !

Élina entre la première, suivie de Siba.

Les vantaux se rapprochent de plus en plus, laissant à peine la place de se faufiler !

Fifrelin rejoint ses amies, essoufflé.

Accompagnés d'un cliquetis de chaîne, les deux

pans de bois renforcé poursuivent leur course, prêts à fermer définitivement l'accès.

Encore à l'extérieur, Joachim jette un coup d'œil derrière lui, sur la vallée silencieuse, le chemin qui descend à l'ancien village et, plus loin, sur le pont qui lui permettrait de revenir chez lui, à Valroc, dans son château, près de son père, des siens…

– Vite ! l'appelle Élina, de l'autre côté.

Le prince abandonne la vision de la montagne et, d'un bond, rejoint ses compagnons cachés dans les ombres des remparts.

– Il s'en est fallu de peu ! souffle Fifrelin.

– Désolé, répond Joachim.

– Regardez, les interrompt Siba. Ils se dirigent vers le bâtiment, là-bas.

Les cinq silhouettes fantomatiques s'approchent d'une longue et haute bâtisse aux murs percés d'étroites meurtrières et y pénètrent.

Les adolescents vérifient à plusieurs reprises que la cour est toujours déserte puis longent les murailles afin de suivre encore les esprits du Sorcier. Cachés dans la pénombre, ils passent devant le puits en ruine, la boulangerie au four éteint, les communs abandonnés, jusqu'à ce qu'ils atteignent le bâtiment.

Une vague lumière – celle des torches – traverse les meurtrières.

Élina relève la tête au niveau des fentes percées dans la pierre.

– On ne voit rien, murmure-t-elle à ses compagnons. Ils doivent être dans une pièce derrière.

– J'y vais, répond Joachim d'un ton résolu.

– On y va tous, dit Siba.

Les adolescents rejoignent l'entrée et, à leur tour, pénètrent à l'intérieur.

Un long couloir aux murs sombres s'enfonce dans l'obscurité. L'air est froid, humide, charriant avec lui l'odeur minérale de la roche et de la montagne.

Pas un bruit n'y résonne.

Siba sort une nouvelle fois de sa besace son briquet à silex, allume sa minuscule lanterne.

– C'est bon, chuchote-t-elle.

Les amis remontent le corridor à pas feutrés. Ils passent une première porte – elle donne sur une pièce vide, sans fenêtre –, une seconde fermée – ils n'essaient même pas de la pousser –, et approchent enfin de la lueur orange des torches qui, au loin, éclabousse la pierre du couloir de taches dansantes.

Une plainte effrayée les arrête.

– Qu'est-ce que c'était ? s'inquiète Fifrelin.

Tous se regardent, impressionnés.

– Aucune idée, dit Élina.

La chasseuse reprend sa progression, suivie de ses

compagnons. Ils avancent de quelques pas, discernent une grande ouverture – la lumière vient de là, de nouveaux gémissements aussi ! – et en atteignent l'angle.

Le cœur battant, ils passent la tête de l'autre côté.

Une immense salle s'étire devant eux, éclairée par des torches accrochées aux murs.

– Par tous les dragons des cieux ! lâche Siba à voix basse.

– Qu'est-ce que c'est encore que *ça* ? murmure Fifrelin, atterré.

Des lits de pierre emplissent l'espace. Ils sont nombreux, très nombreux, une vingtaine, une trentaine peut-être. Des enfants et des adolescents sont allongés sur chacun d'entre eux, des garçons, des filles, aux vêtements de berger, de chasseur, de boulanger, de seigneur, d'écuyer ou de domestique. Tous sont endormis et gémissent, comme pris dans de terribles cauchemars. Les hanteurs passent au-dessus de chacune des couchettes et, dans la bouche ouverte des prisonniers, versent l'étrange liquide qu'ils ont récupéré dans le champ de fleurs.

– On dirait qu'ils dorment, remarque Élina.

– C'est normal, c'est la nuit, dit Fifrelin.

– Non, ce n'est pas normal, intervient Siba.

Les sourcils froncés, elle observe les corps immobiles à la lueur des torches qui crépitent doucement. Les visages sont squelettiques, les mains osseuses, attachées aux lits par des chaînes. Des gémissements passent au travers des lèvres de chacun ; des têtes remuent, effrayées, des épaules tressautent.

– Ils sont trop maigres, réfléchit-elle à voix haute.

Au fond de la pièce, les hanteurs poursuivent leur manège sans remarquer les visiteurs qui les espionnent. Marchant d'une couchette à l'autre, ils font avaler le contenu de leurs étranges fioles aux adolescents immobiles.

– Je suis sûre que le liquide force les prisonniers à rester endormis, dit Élina.

– Regardez ! les interpelle Siba. Il y a un flacon là-bas !

Élina et Fifrelin abaissent leur regard vers leur amie qui, allongée sur le sol de pierre, rampe déjà à l'intérieur de la salle.

– Non ! lance Fifrelin à voix basse.

Mais trop tard. Siba avance en se tortillant tandis qu'au fond, les hanteurs poursuivent leur sombre besogne.

Indifférent à ce qui se passe, Joachim observe non loin un jeune homme plongé dans un sommeil agité. Plus âgé que lui, il a les mêmes cheveux aux reflets dorés, la peau claire et des vêtements soignés bien qu'usés par le temps. Une épaisse cicatrice lui traverse le visage du front jusqu'à la joue, barrant son œil sans doute mort.

Le prince vérifie que les hanteurs sont occupés, puis fait un pas en avant.

– Vous êtes fous, tous les deux ! proteste Fifrelin, pâle comme la mort.

Joachim l'ignore et, accroupi dans l'obscurité, rejoint le lit de pierre. Il pose la main sur le bras du garçon.

La peau est chaude.

Il est bien vivant !

Joachim tente de le réveiller en le secouant légèrement. L'inconnu penche la tête sur le côté, ouvre sa paupière valide dans un demi-sommeil, la referme aussitôt.

M'a-t-il vu ? se demande Joachim.

– On va vous sauver, chuchote-t-il à l'oreille du garçon.

– Joachim ! l'appelle désespérément Élina.

– Je l'ai.

Un peu plus loin, Siba lève une des fioles devant ses yeux, un sourire satisfait aux lèvres. À l'intérieur, l'étrange liquide noir brille à la lueur des torches.

– Revenez, par pitié ! insiste Fifrelin.

Rampant sur le sol de pierre, le prince et la Brune-Soleil rejoignent leurs amis.

– Vous auriez pu nous faire repérer ! peste le garçon d'auberge.

Siba hausse les épaules et débouche la petite bouteille qu'elle a dérobée.

Une senteur de fleur, douce et sucrée, en émane.

Le visage de Joachim se décompose.

Il repense soudain au temps qu'il a pris dans sa cellule.

– On, non, lâche le prince, atterré. Je n'ai pas fait ça…

– Qu'est-ce qu'il y a ? s'inquiètent aussitôt les autres.

Joachim observe les hanteurs verser le contenu des flacons entre les lèvres de leurs prisonniers, les maintenant dans leur sommeil empli de cauchemars.

– Ce liquide, commence-t-il. Je…

– Oui ? le pressent ses compagnons.

Un croassement sinistre les interrompt.

Effrayés, les quatre amis se tournent en direction de la salle et, au travers de la fenêtre au-dessus du garçon à la cicatrice, aperçoivent la tête osseuse d'un oiseau-cauchemar qui les dévisage !

– Aaah ! hurle Élina.

Tous se tétanisent d'horreur.

Au fond de la pièce, les hanteurs se retournent vers eux.

– Fuyez ! crie Joachim. Fuyez, vite !

CHAPITRE 28

La fuite

Les amis de Joachim ne se le font pas dire deux fois. Affolés, ils prennent leurs jambes à leur cou et s'enfuient.

Au fond de la grande salle, les hanteurs ont jeté leurs manteaux à terre, révélant leur corps fantomatique, leurs bras ténébreux aux griffes acérées. Dans un sifflement menaçant, ils se ruent en direction de l'entrée, là où ils ont entendu un cri.

– Courez ! hurle Joachim.

Les yeux écarquillés d'effroi, le prince tire sa dague de sa chemise, manque de la lâcher tant il tremble, et se campe pour bloquer le passage aux esprits.

Croc-de-dragon pourra-t-elle seulement les toucher ?

Derrière la fenêtre, l'oiseau-cauchemar pousse un cri strident.

C'en est trop pour Joachim qui, vérifiant d'un coup

d'œil rapide que ses amis ont disparu, déguerpit à son tour.

Poursuivi par les créatures, il remonte le couloir à toute vitesse, tourne à droite, à gauche, et atteint la cour de la forteresse.

Aucune trace de ses compagnons.

Ils ont réussi à s'échapper ! pense-t-il, soulagé.

Un hurlement dans son dos le glace et il reprend sa course de plus belle, tout droit.

Les bâtiments sont fermés, la porte du château l'empêche de sortir.

Il entend du bruit derrière lui !

Il accélère, dépasse une vieille grange, une remise aux murs éventrés, l'ancienne caserne – aucun endroit où se cacher ! –, se dirige sans réfléchir vers le donjon, le souffle de plus en plus court.

Le sifflement des hanteurs se rapproche !

Le front et le dos ruisselant de sueur, il tente d'aller plus vite encore, poussé par l'énergie du désespoir.

Là-bas ! Une ouverture !

Le cœur prêt à exploser, Joachim bifurque et se rue en direction d'un étroit passage au pied du donjon. Talonné par les esprits – il sent presque leur souffle glacé dans son cou ! –, il lance ses jambes, ses bras aussi rapidement qu'il le peut.

Il y est presque ! Les muscles tétanisés par l'effort et la

peur, il use de ses dernières forces pour atteindre l'entrée et se précipite à l'intérieur. Il déboule dans un couloir éclairé de rares lanternes, glisse, dérape sur des dalles humides, poursuit sans réfléchir, le plus loin possible des hanteurs dont il entend les gémissements approcher. Il doit trouver une cachette, une sortie, quelque chose, au plus vite !

Une porte ouverte, là, à sa droite !

Il range sa dague sous sa chemise de peur de la faire tomber, se précipite vers le passage et s'immobilise brusquement, manquant de se jeter dans les bras d'une silhouette épaisse.

Épaisse et ténébreuse.

– Non ! hurle le prince.

L'émissaire se dresse face à lui, dans une pièce rudimentaire meublée de paillasses sales. Son regard, pourtant dissimulé dans l'ombre comme le reste de son visage, semble brûler Joachim. Pétrifié, le garçon n'ose pas faire un mouvement, pas ouvrir la bouche.

Les sifflements des hanteurs résonnent dans les couloirs.

Les larmes montent aux yeux du prince.

L'âme damnée du Sorcier va-t-elle le tuer, là, maintenant ?

Non, non, ce n'est pas possible !

Les esprits se rapprochent à chaque battement de son cœur, ils sont presque sur lui !

– Que fais-tu ici ? l'interroge la voix glaciale de l'émissaire.

Joachim n'a pas le temps de répondre. Les hanteurs surgissent dans l'embrasure de la porte et s'immobilisent soudain.

L'homme en noir se tourne vers eux, lentement, lève une main d'ombre, entourée de volutes ténébreuses.

Joachim se fige.

L'émissaire ! C'est un hanteur lui aussi !

– Partez, ordonne-t-il.

Leurs yeux noirs tournoyant de rage, les esprits hésitent.

– Maintenant ! claque la voix autoritaire de l'émissaire.

Les hanteurs finissent par obtempérer. Avec des grognements frustrés, ils reculent puis disparaissent.

– Vous... Vous êtes..., commence Joachim.

– Que fais-tu ici ? répète l'envoyé du Sorcier.

Le prince reste silencieux, terrifié.

– Tu as surpris mes serviteurs avec les prisonniers, c'est ça ?

Lentement, Joachim hoche la tête.

Pourquoi nier ?

– Tu sais donc ce que sont réellement les oiseaux-cauchemars, comprend l'émissaire.

– Tous ceux que vous avez fait venir jusqu'ici, murmure le prince. Vous les forcez à avaler ce breuvage, et leurs cauchemars prennent vie, et la forme de ces monstres…

Joachim frissonne.

– Comment es-tu sorti de ta cellule ?

– Je… J'ai pu… forcer la serrure, ment l'adolescent.

L'émissaire l'observe un moment, immobile.

– Suis-moi, ordonne-t-il, quittant le dortoir.

Encore sous le choc de ce qu'il a découvert et l'esprit empli de questions, Joachim emboîte le pas au hanteur dans les couloirs sombres du donjon. De simples torches illuminent les quelques croisements, les murs de pierre noire, les rares portes devant lesquelles ils passent. Ils n'aperçoivent âme qui vive et Joachim n'entend personne, aucun bruit alors qu'ils traversent de part en part la bâtisse.

Après un long parcours, ils atteignent un vaste hall. Un escalier en descend et rejoint la cour de la forteresse. L'esprit poursuit sans même vérifier que Joachim l'imite, bifurque à droite pour revenir à la cellule.

Il en ouvre la porte et fait signe au prince d'y entrer.

– Si tu sors d'ici de nouveau, de quelque manière que ce soit, tu le regretteras.

Joachim serre les mâchoires.

– Qu'est-ce qui pourrait être pire que de se transformer en oiseau-cauchemar ? demande-t-il.

– Tu n'as pas envie de le savoir, répond l'émissaire.

L'adolescent reste immobile.

– Dans combien de temps vais-je m'endormir comme eux ?

– Dans sept jours.

Le prince déglutit, tout à coup glacé.

Sept jours.

– Que… Que va-t-il se passer ?

– L'élixir va renforcer tes cauchemars, nuit après nuit, jusqu'à ce que tu t'épuises et que tu finisses terrassé par le sommeil.

– Je vais… mourir ?

– Non, tu seras perdu dans une nuit sans fin. Ton corps sera ici, alimenté par mes serviteurs, tandis que ton esprit deviendra un oiseau-cauchemar au service du Sorcier.

– Pourquoi ? demande Joachim. Pourquoi le Sorcier fait-il cela ?

– Il te le dira lorsque tu le rencontreras.

Le prince hoche la tête.

S'il tue le Sorcier, la malédiction qui le menace prendra-t-elle fin ?

Pourra-t-il sauver les autres ?

– Quand le verrai-je ?

L'émissaire lève la tête

– Demain soir, déclare-t-il.

Joachim en a le souffle coupé.

Demain soir ?

Tout sera peut-être fini pour lui demain soir ?

Il plisse les yeux, soudain envahi par la colère.

Il ne cédera pas à la peur, non ! Il a toujours Croc-de-dragon cachée sous sa chemise. Avec sa dague, il tuera le Sorcier, il vengera ces filles et ces garçons enfermés dans leurs cauchemars, les libérera !

Et il échappera à son destin.

Il prend une longue inspiration et rentre dans sa geôle.

La porte se referme derrière lui en claquant.

CHAPITRE 29

UNE TERRIBLE NUIT

Il fait noir, totalement noir dans la cellule.

Joachim avance à tâtons, les bras tendus devant lui pour ne pas se cogner. Après la peur, après la tristesse et la colère, maintenant qu'il est seul à nouveau, il se sent tout à coup épuisé.

Est-ce l'effet de l'élixir de cauchemar ?

Il touche la table du bout des doigts, devine le bol qu'il a laissé, vide, ainsi que le gobelet. Il l'attrape et, de rage, le jette violemment dans les ténèbres. Le calice se cogne contre un mur dans un tintement de métal et retombe à terre avec le même bruit.

– Reprends-toi, Joachim, murmure le prince pour lui-même.

Il s'assied sur la paillasse. La tête entre les mains, il se remémore le voyage, les brigands, Inis et la reine Sorbe, l'arrivée à la forteresse, la rencontre avec l'émissaire, les hanteurs, la salle aux cauchemars avec tous ces enfants endormis à l'intérieur.

– Je dois les sauver, murmure-t-il.

Il bâille.

– Je dois les sauver, et me sauver moi aussi.

Il bâille une nouvelle fois, plus fort encore.

– Aide-moi, maman…

Pris par le sommeil, il s'écroule sur son lit de fortune.

Il fait nuit. Il est sur les remparts de la forteresse. La lune brille au-dessus de lui, entourée de myriades d'étoiles. Il est seul. Il tourne la tête à droite, à gauche. Le chemin de ronde s'étire à l'infini, désert. Il cherche ses amis partout – *Élina, Fifrelin, Siba, où êtes-vous ?* –, ne les voit nulle part, ni dans la cour, ni sur la pente de la montagne.

L'ont-ils abandonné ?

Un cri strident le fait bondir.

Un oiseau-cauchemar ?

Il fouille le ciel, tremblant de peur.

Un second cri répond au premier.

Joachim fait un pas en arrière.

Des battements d'ailes résonnent dans les ténèbres. Effrayé, Joachim cherche d'où peut provenir le danger, un endroit où fuir, se cacher.

Une ombre gigantesque apparaît juste devant lui !

Terrifié, le prince recule encore et bascule dans le vide ! Il tend les bras pour essayer de s'accrocher quelque part, voit ses mains remplacées par des serres, sa tunique couverte de plumes noires comme la nuit, se sent tout à coup planer, porté par les airs.

Il est devenu un oiseau-cauchemar.

Il hurle.

Son propre cri le réveille !

Joachim se dresse sur sa paillasse, haletant, trempé de sueur. Il regarde tout autour de lui, désorienté. Il n'est pas sur les remparts mais dans la cellule. Un faible rayon de lumière passe sous la porte, colorant de gris l'intérieur. Il soupire, soulagé.

Il n'est pas un oiseau-cauchemar.

Pas encore.

Il secoue la tête pour chasser de ses pensées les dernières bribes de mauvais rêve, se lève.

Un repas l'attend sur la table.

Il fronce les sourcils. Quelqu'un est venu pendant son sommeil.

Il s'approche du bol – des légumes au fumet appétissant. L'estomac du garçon gronde.

Joachim s'affale sur sa chaise et, affamé, dévore les panais et les haricots cuisinés pour lui.

Son repas terminé, il repose sa cuillère et se retourne

vers la porte. Il soupire et, sachant bien qu'elle ne peut pas être restée ouverte, tente de la pousser.

Elle résiste, bien sûr.

Abattu, Joachim secoue la tête, examine sa prison avec le peu de lumière du jour qui passe au travers des interstices du bois. Il n'y a rien à l'intérieur, rien qui puisse lui permettre de forcer la serrure. Et où irait-il, d'ailleurs ? Il tique, agacé d'être obligé d'attendre. Quelle heure peut-il être ? Est-ce le matin, l'après-midi ?

Il bâille.

Quand l'émissaire viendra-t-il le chercher pour le conduire au Sorcier ?

Joachim sort Croc-de-dragon de sa chemise, en examine la lame froide et laiteuse. Il effectue plusieurs moulinets, simule une attaque, une feinte, soupire de nouveau.

Un bâillement le prend encore.

Il se force à s'entraîner. Il se jette, arme à la main, sur un adversaire invisible, se cogne la hanche contre la table, pousse un « Aïe ! » de surprise. Il continue, fait mine de parer coup après coup. Son genou frappe par inadvertance la chaise – « Ouille ! » –, lui envoyant une onde de douleur dans toute la jambe. Joachim lâche sa dague pour se masser en grimaçant.

La tête lui tourne un peu. Est-ce la fatigue ?

Il s'assied sur sa couche de paille, ferme les paupières un instant, juste un instant.

S'endort à nouveau.

La nuit est là, tout autour. Au-dessus de lui. Au-dessous aussi.

Il vole dans le vent frais des montagnes, sent le souffle glacé le porter, de plus en plus vite, le faire planer autour des sommets enneigés. Les pics rocheux se dressent sous lui, cernés par l'océan de brume. Il distingue un peu plus loin – toute petite ! – la forteresse du Sorcier, joyau noir dans les ténèbres, aperçoit le village abandonné dont les toits brillent sous la lumière de la lune. Il bascule légèrement sur la droite et dessine une courbe dans les airs. Les yeux plissés de plaisir, il sent le goût froid du vent dans sa bouche, l'air frais sur son visage.

Il sourit.

Il passe une crête rocheuse, une autre, discerne au loin quelque chose qui scintille. Il pique, s'en approche.

Un lac.

Il tourne autour une fois, deux fois, ralentit, avise une énorme pierre qui en perce la surface. Il la rejoint et, doucement, se pose dessus. Heureux comme jamais, le cœur battant – Il vole ! Il sait voler ! –, il se baisse pour admirer l'eau sous ses pieds.

Il se fige soudain.

Le reflet, son reflet, lui renvoie l'image d'un crâne à nu et d'un plumage noir comme la nuit.

Il est un oiseau-cauchemar.

– Joachim ! appelle une voix.

Allongé sur sa paillasse, le prince geint faiblement.

– Joachim !

L'adolescent gémit.

– Non, murmure-t-il. Non !

– Joachim, c'est nous !

Le prince se redresse en sursaut.

– Non ! crie-t-il.

– Joachim, tout va bien ?

Il cligne des yeux, observe tout autour de lui.

Il est dans sa cellule. Ses mains, ses pieds sont ceux d'un adolescent, pas ceux d'un oiseau au ramage de ténèbres.

C'était un cauchemar. Encore.

– Joachim, réponds, par pitié !

– Oui, dit-il enfin, la voix rauque. Oui, je suis là. Tout va…

Il frissonne, soudain glacé.

– Tout va bien.

CHAPITRE 30

Les aveux de Joachim

– Tu es sûr ? demande la voix derrière la porte.

Joachim acquiesce sans réfléchir, bien que son amie ne puisse le voir. Il observe sa cellule dans la semi-obscurité, comme pour reprendre pied dans la réalité ou pour quitter définitivement son cauchemar.

– Ça fait trois fois qu'on vient, dit Fifrelin. Tu ne répondais pas, on avait peur que l'émissaire t'ait emmené.

– C'est… C'est pour ce soir, articule le prince.

Il se relève en grimaçant. La maisonnette baigne dans une vague lumière grise. La nuit doit être en train de tomber, dehors. Les muscles endoloris, il se rapproche pour pouvoir parler discrètement avec ses amis.

– Et vous ? demande-t-il. Comment allez-vous ?

– On a faim, grommelle le conteur.

– Et froid aussi, ajoute Siba.

– Mais on a réussi à échapper aux hanteurs et à s'abriter toute la journée, le rassure Élina.

– Comment vous avez fait ?

– C'est grâce à toi, raconte Fifrelin. On a profité de l'avance que tu nous as donnée pour se cacher dans une petite réserve. On t'a entendu passer en courant, pourchassé par les esprits ! On a voulu sortir pour t'aider, mais…

– … on s'est dit que tu savais ce que tu faisais, termine Élina.

– Vous avez eu raison, opine Joachim.

À son tour, il raconte sa fuite dans la cour puis dans le donjon, sa rencontre avec l'émissaire – un hanteur, lui aussi – et son retour dans la cellule.

– Je n'ai jamais eu aussi peur de toute ma vie, conclut Joachim.

– Pareil ! s'exclame Fifrelin.

– Tous ces adolescents prisonniers de leurs cauchemars, c'est atroce, soupire Élina.

Le prince songe un instant à leur révéler que le même sort l'attend déjà, qu'il a bu le nectar maudit et que, dans sept jours – six maintenant –, il rejoindra les victimes du Sorcier.

À moins qu'il ne réussisse à le tuer avant.

– Vous… Vous devriez partir, dit-il à travers la porte. Vraiment. Je ne pensais pas que ce serait si dangereux ici. Je ne pensais pas que ce serait si… terrible.

Il secoue la tête, dépité.

Ses amis sont silencieux derrière le panneau de bois. Joachim les devine se regarder les uns les autres, hésiter. Sans doute qu'Élina refusera, elle est tellement butée parfois ! Mais il compte sur la sagesse de Siba, sur le pragmatisme de Fifrelin pour la convaincre de partir. Cela ne sert à rien qu'ils restent là si c'est pour partager son sort et ne pas revenir à Valroc. C'est lui qui a été désigné par l'émissaire. C'est à lui de se sauver, et de sauver les prisonniers de la forteresse.

– Les épreuves semblent souvent plus faciles avant qu'on y soit réellement confronté, murmure Élina à travers la porte. On est tous partis avec toi sans trop se poser de questions, sans imaginer ce que ce serait vraiment d'affronter le Sorcier.

Le cœur de Joachim se serre.

– Mais le courage, continue la chasseuse, c'est justement de tenir quand on comprend que ce sera difficile. Tu es très courageux Joachim. Je le serai autant que toi. Ton courage aidera le mien. Le mien aidera le tien. Je ne t'abandonnerai pas. Jamais.

– Moi non plus, affirme Siba.

– Pareil, ajoute Fifrelin sans aucune hésitation.

Un incroyable soulagement étreint le prince. Il sourit, les larmes aux yeux.

– Vous ne pouvez pas faire ça, tente-t-il une dernière fois. Vous devez...

– On ne t'a pas demandé ton avis, ton altesse, l'arrête Fifrelin de sa voix moqueuse. On est venus avec toi. On reste avec toi. Jusqu'au bout. Je te rappelle que je dois devenir un héros et qu'on doit connaître mon histoire dans toutes les auberges de Valroc !

– Mais vous… vous ferez quoi si moi aussi je deviens un oiseau-cauchemar ? murmure Joachim, énonçant sa plus grande peur.

– Ça ne se produira pas, le rassure Élina.

– Je… J'ai bu l'élixir, leur révèle le prince.

– Quoi ?! lâchent en chœur ses compagnons.

– Quand je suis arrivé hier, avoue Joachim, il y avait à manger et à boire sur la table. J'avais faim, soif. Je n'ai pas pu résister.

– Pourquoi tu ne nous as rien dit ? s'exclame Siba.

– Je ne sais pas, admet son ami. Je crois… Je crois que je ne voulais pas vous inquiéter.

– Qu'est-ce qui va se passer ? s'inquiète Élina.

– Je sombrerai dans le sommeil dans sept jours – six maintenant – tandis que mes cauchemars prendront la forme de l'un de ces monstres.

– Dans six jours, murmure Siba.

– Tu ressens des effets ? intervient le garçon d'auberge.

– Je suis fatigué. Très fatigué. Et je fais des rêves dans lesquels je suis un de ces oiseaux...

– C'est horrible ! laisse échapper Élina.

Joachim baisse la tête dans le noir.

– On va te sortir de là, le rassure Fifrelin. Je vais crocheter une fois encore la serrure et...

– Non, l'interrompt le prince. Il faut que l'émissaire me conduise au Sorcier. Ce n'est que comme ça que tout pourra se terminer.

– Qu'est-ce qui te fait croire que le tuer annulera l'effet de ce fichu élixir ? insiste son ami.

– Lui échapper ne signifie pas non plus que je serai sauvé, réplique Joachim.

– Tu as raison, chuchote Fifrelin, abattu.

– C'est quoi le plan, alors ? demande Élina.

Joachim réfléchit, tente de rassembler ses idées malgré la fatigue qu'il ressent.

– Personne ne vous a vus jusqu'ici, donc continuez de vous cacher. Ce soir, je suis censé rencontrer le Sorcier. J'essaierai de le tuer.

– Je veux t'aider, intervient tout de suite Élina.

– Ça ne sert à rien, objecte son ami. S'il est moitié moins puissant que ce qu'on prétend, tes flèches ne lui feront rien. Seul Croc-de-dragon pourra l'atteindre.

– Il faudra toucher son artefact, déclare soudainement Siba. C'est forcément ça, son point faible.

Ses compagnons se tournent vers elle, surpris.

– Son artefact ? répète Joachim.

La Brune-Soleil acquiesce.

– Les hanteurs sont toujours liés à un artefact, je vous l'ai dit. Il confère à celui qui le porte de grands pouvoirs, ce qui explique pourquoi le Sorcier n'a jamais été vaincu jusqu'ici. J'y pense depuis tout à l'heure. Notre seule chance, c'est de le toucher à cet artefact. De *détruire* cet artefact.

– À quoi est-ce qu'il ressemble ?

L'adolescente secoue la tête.

– Aucune idée. Cela peut être n'importe quoi.

– On ne pourra jamais le trouver si on ne sait pas ce que c'est ! proteste Élina.

– Je n'ai pas dit que ce serait facile, admet Siba.

– Comment tu sais tout ça ? l'interroge Fifrelin.

Elle se tourne vers lui, un léger sourire aux lèvres.

– À force d'espionner mon père. En général, personne ne peut entrer dans son atelier, où il travaille sur des artefacts, des vrais, comme les globes de feutempête, les bagues de vent, les devineurs ou encore les yeux-au-loin, qui permettent de voir de l'autre côté des montagnes. Mais parfois, il fait venir des étudiants et cherche à comprendre avec eux les pouvoirs de ces merveilles.

Passionnée, elle poursuit :

– Dans ces cas-là, j'arrive toujours à me faufiler pour ne pas en rater une miette ! C'est comme ça que j'ai entendu parler des hanteurs. Comme ça aussi que j'ai compris d'où vient le pouvoir du Sorcier. Et comment peut-être le défaire.

– Quand on l'aura vaincu, on trouvera un moyen de traverser malgré le pont détruit et on reviendra chez nous ! s'enthousiasme Joachim.

– Il faudra se méfier des brigands, lui rappelle Élina.

– On y arrivera, veut croire Siba.

La longue plainte d'un cor résonne, interrompant soudain la conversation des adolescents.

– Qu'est-ce que c'est ? s'alarme Fifrelin.

– C'est le même son que celui qui a appelé les oiseaux-cauchemars lorsque nous sommes arrivés sur la montagne du Sorcier ! se souvient Élina.

– C'est certainement l'émissaire, imagine Joachim. Il va se passer quelque chose. Retournez vous cacher, et on fait comme on a dit !

– Mais..., proteste la chasseuse.

– Élina, je t'en supplie ! insiste Joachim.

Un second appel déchire l'air, plus long, plus fort encore.

– Quelque chose... Quelque chose bouge près de la grande porte, murmure Siba d'une voix inquiète.

– Partez ! les presse Joachim.

Ses amis hésitent. Puis le prince les entend se relever derrière le battant.

– Sois prudent ! chuchote Élina.

– Vous aussi...

CHAPITRE 31

L'APPEL DU COR

Le cor résonne à cinq reprises dans la forteresse, chaque fois répété par l'écho dans la vallée.

Joachim se tient droit devant la porte de la cellule. L'appel est pour lui, il en est certain.

La nuit est tombée.

L'émissaire ne devrait plus tarder.

Le prince ajuste sa tunique froissée d'avoir dormi des jours durant à la belle étoile, dans l'herbe et la paille, se recoiffe rapidement, vérifie à plusieurs reprises, nerveux, la présence de Croc-de-dragon dans le pli de sa chemise. Il songe à son père qui l'attend au château, inquiet, à sa mère qui lui manque tant et dont il espère qu'elle serait fière de lui, à ses amis, ses si incroyables amis qui sont là, à ses côtés, et qui ne l'ont pas abandonné malgré le danger, les épreuves et la peur.

Il sourit, puise dans tout cet amour le courage dont il a besoin.

Il a peur, oui.

Mais il sait qu'il n'est pas seul.

La serrure de la porte cliquette.

Joachim tressaille, se redresse, une expression résolue sur le visage.

La clé ressort du canon, les gonds pivotent en grinçant. L'émissaire apparaît dans l'embrasure.

– Le Sorcier t'attend, dit-il.

– Je suis prêt.

Le hanteur dissimulé dans son manteau fait volte-face et part en direction du donjon. Joachim le suit. Il ne regarde pas sur les remparts ni dans les bâtiments pour s'assurer que ses amis sont toujours là, il ne cherche pas à voir si la forteresse est ouverte pour s'enfuir.

Il sait ce qu'il doit faire.

Il doit libérer Mondebrume du Sorcier.

La nuit est claire, encore. Le vent souffle sur la montagne, apportant dans la cour des odeurs de glaciers et de neiges éternelles, de roche et de lichens. Les pas de l'émissaire claquent sur la pierre, suivis de ceux de Joachim. Les deux silhouettes, celle du prince et de son guide, traversent la longue esplanade sans échanger un mot, atteignent l'entrée principale du donjon, l'escalier qu'ils ont descendu la veille. Le serviteur du Sorcier en grimpe les marches deux à deux, imité par Joachim, rejoint le palier et poursuit tout droit, vers le cœur du bâtiment.

Le couloir qu'ils empruntent est aussi sombre que les autres. Des tapisseries décorent les murs… mais elles sont noires, comme si toute couleur avait disparu. Quelques torchères éclairent faiblement le long corridor, perçant à peine l'obscurité au-devant du jeune prince et de son inquiétant guide.

Une cour intérieure s'ouvre à son extrémité, baignée par les rayons de la lune. Le ciel brille de mille étoiles. Impressionné, Joachim regarde autour de lui, essaie de voir, le cœur battant, les yeux plissés, au-delà du rideau de ténèbres.

Est-ce là que le Sorcier l'attend ?

L'émissaire poursuit sa marche. Joachim, anxieux, tourne la tête en tous sens. Il s'habitue à la faible lumière et, dans les ombres, aperçoit des formes. Des silhouettes ?

Il tressaille tout à coup.

Des oiseaux-cauchemars !

Il approche la main de sa dague, prêt à dégainer et à se défendre, mais les créatures restent immobiles.

Le vent doux, sur leur ramage, agite leurs plumes noires.

Les crânes pâles luisent à la lueur de la nuit.

Ils semblent l'observer.

Continuant de marcher dans les pas de l'émissaire, Joachim frissonne.

Est-ce cela qui m'attend ?

Il fronce les sourcils, essaie de différencier les monstres les uns des autres, de trouver un signe distinctif qui pourrait faire penser à l'un des prisonniers endormis dans la salle des cauchemars.

En vain. Sauf...

Il plisse les yeux. Là-bas, dans un angle, l'un des oiseaux-cauchemars a le cou tourné dans sa direction. Son crâne est traversé d'une ligne, une... cicatrice ?

Joachim songe aussitôt au garçon qu'il a tenté de réveiller, la nuit précédente. Est-ce lui, là, prisonnier de ses mauvais rêves ?

Il secoue la tête, se rapproche de l'émissaire. Ce dernier atteint l'autre côté de la cour et s'enfonce dans un nouveau couloir, au grand soulagement du prince. Ils poursuivent sur quelques pas sans échanger un mot, puis l'esprit à la capuche s'arrête.

Joachim se décale légèrement pour voir.

Une porte immense se dresse devant eux. Assez large pour y faire passer un troupeau de chèvres, son bois est aussi sombre que le reste de la forteresse. De longues plaques de métal la renforcent.

Une demi-douzaine de silhouettes dissimulées dans leur manteau en gardent l'entrée.

Les autres hanteurs.

Joachim déglutit.

Il n'avait pas pensé que le Sorcier puisse être entouré de gardes !

L'émissaire lève la main à l'intention des esprits. Ceux-ci s'écartent sans bruit. Leur chef fait un dernier pas en avant.

Comme par magie, les deux vantaux se déverrouillent. Accompagnée d'un grincement amplifié par le silence des lieux, la porte s'ouvre lentement. Les yeux écarquillés, le prince tente de deviner ce qu'il y a derrière – le Sorcier, forcément ! –, essaie d'apercevoir l'endroit où va se jouer son destin.

L'émissaire s'écarte, se tourne vers l'adolescent.

– Avance, lui ordonne-t-il.

Joachim le regarde, observe rapidement les hanteurs, le couloir, les torches qui crépitent faiblement, perçant à peine l'obscurité de la salle où l'attend sans doute le Sorcier.

Il acquiesce.

Et se dirige vers la porte.

CHAPITRE 32

Le Sorcier de Mondebrume

La salle est glacée. Joachim le sent tout de suite. La chair de poule couvre ses bras, ses jambes, son torse et son dos.

D'où peut venir un tel froid ?

Joachim passe la grande double porte.

Il n'y a aucune lumière au-delà. Il ne voit rien.

Les vantaux derrière lui se referment, le coupant de l'émissaire et des autres hanteurs, du reste de la forteresse. De ses amis.

Il est désormais seul dans les ténèbres, au cœur du domaine du Sorcier.

– Il t'en a fallu, du courage, pour arriver jusqu'à moi.

Le prince tressaille, les sens aux aguets.

La voix du Sorcier – ce ne peut être que lui ! – est basse, rauque. Elle résonne dans la salle.

Des flammes au cœur d'un brasero au centre de la pièce s'élèvent tout à coup, créant une lueur orangée. Par réflexe, Joachim recule d'un pas, la main sur sa dague, prêt à se battre.

– Tu as quitté tes terres et ceux que tu aimais à l'appel de mon émissaire, poursuit le maître des lieux. Tu as traversé les montagnes, la mer de brume. Tu as gravi ma montagne. Tu as vu mes oiseaux-cauchemars.

Joachim entend un soupir, presque un regret.

– Et maintenant tu es là, termine le Sorcier.

Les flammes s'allongent, dansent au cœur de la salle du donjon. Derrière elles, le prince devine un siège posé sur une estrade, une silhouette grande et maigre assise dessus.

Le Sorcier.

Joachim a un mouvement de recul.

Comme l'émissaire, l'homme est enveloppé dans un manteau noir dont les pans les plus longs traînent au sol. Son visage est caché par un masque en forme de crâne, tel un simulacre d'oiseau-cauchemar.

Enfin. Enfin il est face au Sorcier.

– Pourquoi faites-vous ça ? demande-t-il à l'ombre sur le trône.

Sa main se glisse dans sa chemise, empoigne fermement le pommeau de Croc-de-dragon.

Joachim ne sort pas tout de suite son arme, et attend.

Quoi ?

Une excuse peut-être, une raison de ne pas attaquer le Sorcier, de ne pas se battre, pour tout régler avec des mots plutôt que par la violence, comme le lui a appris son père.

Le maître des lieux reste silencieux.

Des vagues sombres se forment dans les recoins de la pièce, s'agitent mollement. Il n'y a pourtant pas de vent. Les flammes révèlent en hauteur d'étroites fenêtres au travers desquels les étoiles paraissent, lointaines et glacées.

– Pourquoi enlevez-vous des enfants et des adolescents, dans tous les royaumes ? insiste Joachim.

– Tu le sais déjà, répond le Sorcier. Pour les transformer en oiseaux-cauchemars.

– Mais pourquoi pas des adultes ?

– Parce que les plus jeunes ont les cauchemars les plus terribles. Sous l'effet de l'élixir, ils forment les créatures les plus puissantes.

– Vous les utilisez pour faire régner la terreur sur les royaumes de Mondebrume ?

– Non.

Le froid s'amplifie dans la salle immense, comme si le blizzard venait tout à coup de s'y abattre.

Les bras d'ombre épaississent, se font encore plus menaçants.

– Ma fille…, gronde la silhouette derrière le masque

osseux. Ils doivent retrouver ma fille, perdue dans les brumes. Et tu les rejoindras ! Tu les aideras avec ta force et ton courage, avec la puissance de tes cauchemars, comme tous ceux que j'ai choisis l'ont fait avant toi.

Grelottant, Joachim resserre la prise sur son arme. Du coin de l'œil, il croit distinguer dans les ombres un loup immense, comme dans les cauchemars de son enfance.

Il sort sa dague, les yeux écarquillés, le cœur battant.

Le Sorcier secoue la tête.

– Tu n'es pas le premier à vouloir essayer de me tuer, murmure-t-il, sans paraître effrayé le moins du monde. Mais aucune de vos armes ne peut m'atteindre. Je suis protégé par les cauchemars et leur magie !

Il écarte les bras et poursuit calmement :

– Bientôt, ils t'avaleront, et tu seras l'un des nôtres afin de me ramener Alaïs.

– Je refuse, réplique Joachim, frissonnant et tournant la tête de droite à gauche.

Le loup a disparu dans les ténèbres. Où peut-il être passé ?

– Tu ne le peux pas, dit le Sorcier. Tes rêves les plus terrifiants sont déjà en train de prendre possession de toi.

Une silhouette s'extrait des volutes noires, grande et élancée, aux longues tresses.

Maman !

La douleur de la solitude s'abat tout à coup sur

Joachim. L'ombre lui tend les mains comme pour lui demander de le rejoindre, pour le prendre dans ses bras… ou s'emparer de lui.

Hésitant, Joachim fait un pas en arrière.

Pourquoi l'a-t-elle abandonné ? Pourquoi est-elle tombée malade, pourquoi ne s'est-elle pas plus battue pour lui, pour rester à ses côtés ?

Le loup énorme se reforme près de l'ombre de la reine Malia.

– Non…, murmure Joachim pour lui-même.

Il pense au visage de sa mère, flou dans ses souvenirs, à ses yeux aussi bruns que sa peau, à son sourire plein d'amour, à ses baisers sur sa joue, son front.

– Elle ne peut pas être un cauchemar… Pas elle…

Le loup ouvre sa gueule aux dents immenses et gronde. Des tentacules s'agitent, menaçants, dans les ténèbres.

– Laisse-toi aller aux cauchemars, murmure le Sorcier.

Joachim se sent si seul ! Il observe sa mère, cherche son regard, n'en voit même plus le monstre prêt à bondir.

S'il prenait sa main, est-ce qu'il la retrouverait enfin ?

– Viens avec moi, appelle l'homme sur le trône. Rejoins-moi. Rejoins-la…

Les doigts de Joachim tremblent sur la garde de sa dague.

Et s'il lâchait son arme ?

Et s'il s'approchait de sa mère ?

Le garçon soupire.

Et s'il s'abandonnait aux cauchemars ?

– Laissez-le tranquille ! hurle une voix surgie de nulle part.

CHAPITRE 33

AUX ARMES !

Joachim lève la tête. Sur le rebord d'une des fenêtres, en haut de la salle, le visage d'Élina vient d'apparaître !

– Rejoins-moi ! rugit le Sorcier, ignorant la nouvelle venue. Rejoins les oiseaux-cauchemars et trouve ma fille, tu n'as plus le choix !

Les tentacules de ténèbres fondent sur le prince. Ce dernier bondit de côté par réflexe et les évite de justesse.

– On est là ! crie Fifrelin, surgissant d'une autre ouverture.

Le désespoir qui menaçait de s'emparer de Joachim disparaît à la vision de ses amis. Libéré d'un poids qui l'écrasait, il reprend ses esprits, prêt à en découdre. Il serre les doigts autour de la garde de Croc-de-dragon et se tourne vers le Sorcier de Mondebrume.

– À l'attaque ! rugit Siba. Trouvez l'artefact, trouvez son point faible !

Munie de son aile volante et ses lunettes sur le nez, la Brune-Soleil se jette dans le vide, une fronde à la main. Elle décoche un caillou en direction du maître de la forteresse, le manquant de peu alors qu'il bondit de son trône avec une agilité surprenante.

Joachim se lance à son tour. Il se précipite sur le Sorcier, Croc-de-dragon en avant, cherchant du regard une amulette ou un pendentif quelconque.

À son cou ! Il porte un médaillon d'or !

Le prince tente de le frapper mais l'homme l'esquive.

– Cauchemars ! appelle-t-il.

De nouveaux tentacules se dressent dans les ténèbres. Un premier se jette sur Joachim qui recule pour lui échapper, un second approche de Fifrelin qui glisse le long d'une corde pour rejoindre la salle.

– Attention ! le prévient Joachim.

Son ami se laisse tomber au sol un instant avant que la volute noire avale le filin.

Une flèche claque sur la pierre, tirée par Élina.

Raté !

Évitant les tentacules, le prince se précipite sur le Sorcier. Il n'a plus le temps de réfléchir ! Il frappe à droite, à gauche, reproduisant les gestes mille fois répétés lors de ses entraînements avec Perrine. Son adversaire esquive chaque assaut, agile comme le vent. Joachim attaque, feint, se plie pour toucher la cuisse, se relève pour atteindre l'épaule, le torse. Le Sorcier virevolte pour prévenir ses coups, retombe sur ses pieds quelques pas plus loin, obligeant Joachim à le poursuivre, toujours plus près des ténèbres qui envahissent la pièce. Des ombres effrayantes s'avancent, menaçant le prince de leurs bras, de leurs crocs et de leurs griffes.

– Derrière toi ! s'alarme Élina.

Joachim se jette aussitôt de côté, roule sur lui-même et se relève.

Il l'a échappé belle ! Le loup se dresse à l'endroit même où l'adolescent se trouvait quelques instants auparavant.

Le monstre ouvre sa gueule noire.

Joachim recule, effrayé. Les cauchemars de son enfance lui reviennent, la terreur des nuits passées seul dans son grand lit, le désespoir à la mort de sa mère, la tristesse qui envahissait le château, son père, comme une ombre, qui errait dans les couloirs, le visage défait à la lueur de la lune.

Joachim abaisse légèrement son arme.

– Joachim ! appelle Siba. Reste avec nous !

Depuis les hauteurs, la Brune-Soleil envoie deux pierres en direction du Sorcier qui, profitant de l'inattention de Joachim, s'apprêtait à le frapper dans le dos.

Le prince fait volte-face, sa lame dressée entre lui et son adversaire.

Les souvenirs repartent à l'assaut de l'adolescent.

Peine. Douleur. Désespoir.

Des gémissements parviennent à ses oreilles.

Fifrelin ? Pourquoi pleure-t-il ?

Joachim voudrait tourner la tête, s'assurer que son ami n'est pas en danger mais, hanté par la mémoire de ses nuits, reste pétrifié.

Le Sorcier fait un pas dans sa direction.

Des doigts de ténèbres entourent les chevilles de Joachim, montent peu à peu le long de ses jambes.

L'adolescent revoit le visage amaigri de sa mère sur son lit, alors que la maladie gagnait de jour en jour. Il sent de nouveau les larmes couler sur ses joues, la tristesse, terrible, gonfler dans son cœur.

– Les cauchemars ! hurle Siba depuis l'une des fenêtres. C'est lui qui les provoque, ne les laissez pas vous emporter !

Joachim entend non loin les sanglots qu'Élina tente de retenir, le souffle saccadé de Fifrelin.

– Gardez espoir ! poursuit la Brune-Soleil.

Elle lance un nouveau projectile sur le Sorcier et le rate encore, alors qu'elle était sûre de son tir !

– Nous sommes ensemble ! On a toujours été ensemble ! Je ne vous ai pas abandonnés, je suis là, restez avec moi !

Siba s'élance du haut de sa fenêtre, plane dans la salle, essaie de disperser les ombres par le vent qu'elle provoque, jette des pierres au sol en espérant que le bruit sortira ses amis de leur torpeur.

– Joachim, Fifrelin, Élina ! appelle-t-elle.

Joachim serre les mâchoires, tente de chasser les brumes noires de son esprit, la terreur de ses entrailles.

Sa mère.

Sa mère n'aurait jamais voulu qu'il ait peur.

Sa mère n'aurait jamais voulu qu'il sombre dans les cauchemars.

Sa mère.

Elle est là, elle le protège encore. Elle peut encore le protéger, avec ce qu'elle lui a laissé en plus de son amour.

Croc-de-dragon.

Le prince serre une nouvelle fois l'arme dans sa paume et, dans un hurlement de fureur, se jette sur le Sorcier.

Surprise, l'ombre noire réagit au dernier moment. La lame de Joachim lui érafle le bras.

– Ce n'est pas possible ! rugit-il, furieux. Aucune arme n'a le pouvoir de m'atteindre !

L'adolescent ne l'écoute pas et profite de son avantage. Il attaque de nouveau de taille, d'estoc, frappe en haut, en bas, le visage crispé, les yeux emplis de détermination, essayant d'atteindre le médaillon d'or, en espérant qu'il s'agit bien de l'artefact dont a parlé Siba. Le Sorcier sur la défensive évite les coups de justesse, ne peut empêcher Croc-de-dragon de lacérer sa manche, sa capuche. Joachim est essoufflé, il a mal au bras à force de serrer l'arme de sa mère, mais ne lâche rien pour autant. Il continue de poursuivre le Sorcier qui, acculé, ne peut que céder du terrain, de plus en plus près de son trône.

Joachim plisse les yeux. Plusieurs pierres projetées par Siba gisent à terre, derrière son adversaire.

Décuplant ses attaques, usant de toutes les techniques apprises de Perrine, le prince oblige le Sorcier à reculer, accélère encore la vitesse de ses coups pour le désorienter, l'empêcher de réfléchir.

L'homme fait un pas en arrière, son pied se pose sur un caillou.

Joachim se jette sur lui de toutes ses forces !

Déséquilibré, le Sorcier tente de se rattraper mais glisse. Dans un rugissement de rage, il tombe. Sous le choc, son masque se relève, révélant les traits maigres et creusés d'un vieillard.

Joachim lève son arme, prêt à frapper malgré tout.

Un hurlement l'arrête.

– Pas le feu ! gémit Élina. Non, non !

Joachim se retourne. Son amie est debout, face aux ombres, terrifiée, les mains devant le visage comme pour se protéger.

– La ferme brûle ! sanglote la jeune fille. Le feu va tuer mes parents et ma grande sœur !

– Élina, non ! l'interpelle Fifrelin. Tout est dans ta tête !

– Joachim ! intervient Siba. Attention !

L'adolescent veut réagir, mais trop tard ! Profitant de la diversion, le Sorcier s'est relevé et, à son tour, se jette sur le prince. Ce dernier n'a pas le temps de s'écarter, et reçoit son adversaire en pleine poitrine. Sous la force du choc, il s'écroule à terre, laissant échapper Croc-de-dragon.

– Non ! s'écrient en même temps Siba et Fifrelin.

Assis sur le torse de l'adolescent afin de le maintenir au sol, le vieillard qui se cachait derrière le crâne pose sa main ornée de bagues sur le cou de Joachim.

Et serre.

CHAPITRE 34

SACRIFICE

– Joachim ! hurlent en même temps ses amis.

Le prince essaie de reculer, d'échapper à l'étreinte de l'homme qui l'étrangle, sans succès ; tend la main en direction de Croc-de-dragon, incapable de l'attraper.

Son adversaire se relève et, avec une force surprenante, entraîne Joachim avec lui, le tire au-dessus du sol et le porte à bout de poignet.

Joachim panique, l'air commence à lui manquer ! Il bat des bras, des jambes, tente par tous les moyens de se défaire de l'emprise, mais ne fait que s'épuiser.

– Tu seras un oiseau-cauchemar, gronde le Sorcier de Mondebrume. Tu rejoindras les autres et, ensemble, vous fouillerez l'océan de brouillard pour retrouver ma fille !

Les brumes sombres se renforcent autour d'eux, tournent et ondulent dans la salle où la lumière s'affaiblit.

– Non ! supplie Siba.

– Lâchez-le ! hurle Fifrelin.

La température s'abaisse encore, faisant grelotter les adolescents. Des filaments de ténèbres s'enroulent autour de Joachim, approchent de sa bouche, de ses yeux, de ses oreilles. Le prince continue en vain de battre désespérément des pieds et des bras, le visage de plus en plus rouge.

– Nous vous aiderons, Sorcier ! lance Élina, à genoux, de l'autre côté de la salle.

Enfin débarrassée des cauchemars partis à l'assaut de Joachim, la chasseuse tremble de tous ses membres, pâle comme la mort, mais affiche une expression résolue.

– Laissez notre ami et nous serons trois de plus à vous obéir ! insiste-t-elle.

Le vieillard tourne sa figure rongée par l'âge, la colère et la peine en direction de la jeune fille.

– Nous sommes venus ici ensemble, ajoute l'adolescente, des sanglots dans la voix. Nous avons surmonté toutes les épreuves sur notre route.

Terrifié, Joachim essaie de discerner Élina, tente de secouer la tête pour la supplier de renoncer. Il a échoué, lui. Ses compagnons ne doivent pas mourir avec lui !

– Ensemble, nous pourrons relever d'autres défis !

– Je connais les brumes ! renchérit Fifrelin.

Les yeux écarquillés de peur, il s'approche pourtant

du Sorcier qui tient toujours Joachim prisonnier entre ses doigts mais qui, imperceptiblement, a relâché son étreinte.

Joachim respire, enfin !

– J'ai entendu toutes les histoires, toutes les légendes des chasseurs de brume, continue Fifrelin. Je sais où se situent les havres, ces endroits où ceux qui s'aventurent dans le brouillard se rassemblent à l'abri des monstres. Je connais Sekou, Ronan, Albane et Dmitri, leurs chefs. Ils nous assisteront !

– Non, croasse faiblement Joachim, la gorge en feu. Ne… faites pas… ça…

– Je suis une Brune-Soleil de la tribu du Pic-Doré, lance Siba à son tour. Ma mère est une princesse, membre du Conseil !

Joachim tourne la tête. Son amie a abandonné son aile volante, retiré ses lunettes et s'approche elle aussi, les mains ouvertes en signe de paix.

– Je sais utiliser les inventions incroyables de mon peuple, comme ces lunettes ou mon aile volante. Je sais parler aux dragons. Je chercherai votre fille moi aussi.

Sans trembler, elle plonge son regard dans celui du Sorcier et termine :

– Si vous relâchez Joachim.

– Il est déjà à moi, répond le maître des lieux. Il a bu l'élixir, et dans six jours, ses peurs les plus profondes donneront naissance à un oiseau-cauchemar.

– Il vous sera plus utile sous sa forme actuelle, insiste Élina. Il sait se battre, vous l'avez vu. Et il possède une arme puissante. À nous quatre, nous serons bien plus forts. Mais vous devez libérer Joachim. Et promettre d'annuler votre malédiction si nous retrouvons votre fille.

L'homme relâche Joachim qui retombe lourdement à terre. Suffocant, le prince jette un regard à sa dague, abandonnée à quelques pas de là.

Il croise les yeux d'Élina, qui lui fait non de la tête.

Le Sorcier de Mondebrume dévisage les adolescents les uns après les autres.

– J'accepte, dit-il.

Ils n'ont pas le temps d'être soulagés qu'il ajoute :

– À une condition.

– Laquelle ? s'inquiète Élina.

– Vous devrez tous boire l'élixir. Ainsi, si vous ne trouvez pas Alaïs ou bien si vous vous enfuyez, vos cauchemars poursuivront les recherches, que vous le vouliez ou non.

– Non ! s'exclame Joachim, la voix encore enrouée.

– J'accepte, dit pourtant Siba.

– Moi aussi, ajoute Fifrelin sans hésiter.

– Pareil, termine Élina.

– Ne faites pas ça ! les supplie Joachim.

Élina le rejoint, imitée par Siba et Fifrelin.

– On est amis, lui dit-elle. On a promis de t'aider. Alors on sera là, jusqu'au bout.

– Mais vous finirez transformés en oiseaux-cauchemars si on ne retrouve pas la fille du Sorcier ! leur rappelle le prince.

– On réussira, dit Fifrelin.

Il hausse les épaules et ajoute avec une grimace :

– De toute manière, je crois qu'on n'a pas trop le choix.

Quatrième PARTIE

DANS LES BRUMES

CHAPITRE 35

La malédiction du Sorcier

Le soleil est encore bas dans le ciel lorsque les adolescents se réveillent, allongés les uns contre les autres dans la cellule de Joachim.

– Tout le monde va bien ? s'inquiète le prince.

– Oui, marmonne Élina.

– Ça va, dit Siba en s'étirant.

– Aussi bien qu'un jeune et talentueux conteur au tout début de sa vie qui va bientôt être transformé en créature de cauchemar, termine Fifrelin.

Joachim se tourne vers lui, le cœur serré, et croise le regard pétillant de son ami.

– C'était une blague ! précise Fifrelin.

– Tu n'es pas drôle, maugrée le prince.

– Au point où on en est, il vaut mieux en rire. Ça ne servira à rien de se morfondre.

Il observe ses compagnons, puis ajoute :

– Et je suis certain qu'à nous quatre, on y arrivera.

La porte s'ouvre, révélant à contre-jour la silhouette inquiétante de l'émissaire.

Le silence, aussitôt, s'abat dans la pièce.

– C'est… C'est maintenant ? demande Joachim.

L'âme damnée du Sorcier hoche sa tête encapuchonnée.

Le prince se lève, imité par ses camarades. Sans un mot, ils rassemblent leurs maigres affaires devant le hanteur qui, une fois qu'ils ont terminé, leur dit simplement :

– Suivez-moi.

Il fait demi-tour et s'éloigne en direction de la grande porte du château. Les prisonniers échangent un regard inquiet puis sortent de la masure.

La cour est toujours aussi vide. Le donjon s'élève face à eux, massif, projetant son ombre au sol. Les communs aux murs abîmés, aux pierres descellées, semblent sans vie. Le vent s'est éteint.

Les adolescents se hâtent afin de rattraper l'émissaire. Dans un silence lugubre, ils passent sous la herse levée et se retrouvent de nouveau face aux montagnes.

Le champ de coquelicots noirs s'étend autour de la forteresse, immobile comme une mer morte. Le sentier qui mène aux autres royaumes le traverse de part en part, descend plus bas dans la vallée, vers Virevent puis Valroc. Vers la liberté.

L'émissaire lui tourne le dos pour prendre la direction de la crête rocheuse qui couronne le sommet tout proche.

Joachim soupire, jette un regard coupable à ses compagnons.

– Haut les cœurs, lance Fifrelin avec un sourire forcé. Parce que si tu continues à faire cette tête, tu vas finir par nous porter malheur !

– Je n'ai pas réussi à vaincre le Sorcier. J'ai essayé d'atteindre le médaillon d'or qu'il porte au cou, mais sans succès. Et en plus, rien ne dit qu'il s'agissait vraiment de l'artefact à la source de ses pouvoirs.

– On réussira autrement, lui répond Siba.

Au milieu de ses amis, la Brune-Soleil semble plus frêle encore que d'habitude, ses lunettes sur le front, son aile volante repliée sur son dos. Malgré cela, son visage affiche une volonté de fer.

– Fais-nous confiance, insiste Élina, à côté d'elle.

Ils grimpent en silence l'étroit sentier qui escalade la montagne, lacet après lacet. Derrière eux, le château rapetisse rapidement. La vue se dégage, révélant la vallée et le village désert coincé entre les pics, les volutes de brouillard qui lèchent les contreforts, les forêts de pins qui partent à l'assaut des cimes. Quelques bouquetins grignotent des touffes d'herbes au loin, le museau et les oreilles en alerte, prêts à déguerpir au moindre signe de danger.

Le chemin se raidit à l'approche du sommet. L'émissaire allonge le pas. Joachim, Élina, Siba et Fifrelin sont obligés de s'aider de leurs mains pour agripper les pierres ou des racines afin de se hisser, toujours plus haut, jusqu'à ce qu'enfin ils rejoignent leur guide qui s'est arrêté un peu plus loin.

– Sang de dragon…, murmure Siba, abasourdie.

Ses compagnons, eux, sont incapables d'émettre le moindre mot.

Tout en haut du pic, un long promontoire rocheux se dresse en surplomb de l'océan de brouillard. Le Sorcier de Mondebrume s'y trouve, entouré de ses hanteurs cachés sous leurs manteaux.

Une dizaine d'oiseaux-cauchemars sont posés derrière.

Les ailes repliées, leurs gueules squelettiques tournées vers les nouveaux arrivants, les créatures font chacune presque la moitié d'un dragon. Des serres acérées terminent leurs pattes musclées, des dents crasseuses dépassent de leur bec noir comme la nuit. Un froid terrible émane de leur corps.

L'un d'eux croasse soudainement, aussitôt imité par les autres.

– Non, non, non, murmure Élina, le visage pâle comme la mort.

– Vous pouvez encore fuir, souffle Joachim entre ses lèvres, pour que seuls ses amis l'entendent. Il suffit que vous couriez vers la vallée et…

– Jamais, l'interrompt Fifrelin.

– Approchez ! claque la voix du Sorcier.

Les adolescents s'avancent sur la langue de pierre grise, des centaines de mètres au-dessus de la brume. Du coin de l'œil, ils surveillent les hanteurs tout en jetant des regards effrayés aux oiseaux qui les fixent en retour de leurs yeux vides.

Joachim fronce les sourcils. Installé près du rebord, le dernier des monstres a le crâne traversé d'une longue balafre, comme le garçon aperçu dans la chambre des cauchemars. Le prince en est sûr : il s'agit du même oiseau qui l'observait dans la cour intérieure.

Les quatre compagnons s'immobilisent à quelques pas du Sorcier.

– Ma fille a disparu il y a de longues années, commence-t-il. Enlevée par des chasseurs de brume.

Fifrelin tique, surpris. Dans aucune histoire il n'a entendu que les chasseurs pouvaient s'attaquer aux gens des montagnes !

– J'ignore qui ils étaient et pourquoi ils ont fait cela. Tout ce que je sais, c'est qu'ils sont repartis avec elle dans le brouillard, et que je ne l'ai plus jamais revue.

Le froid s'intensifie sur le promontoire.

– J'ai envoyé des soldats, des éclaireurs dans les brumes, à la recherche de leur princesse. Beaucoup se sont enfuis, certains sont morts, peu sont revenus. Et aucun n'a trouvé Alaïs.

– C'est l'ancien roi Berthold ! comprend Fifrelin, stupéfait. Alors il n'a pas été assassiné par le Sorcier ! Il *est* le Sorcier !

– Mais les oiseaux-cauchemars finiront par me la ramener ! rugit l'ancien souverain. Les oiseaux-cauchemars sont plus forts, plus courageux que n'importe quel homme !

Siba s'avance d'un pas vers le Sorcier.

– Pour faire ça, vous avez utilisé la magie des anciens artefacts. Cependant, vous savez comme nous tous de quelle manière la magie a perdu notre monde dans les brumes il y a des siècles de cela. De quelle manière elle peut nous détruire au lieu de nous sauver. Ce que vous avez fait…

– J'ai fait ce que tout père ferait ! la coupe sèchement le Sorcier. Qui abandonnerait son enfant dans la brume ?

– Les artefacts sont dangereux pour ceux qui ne les maîtrisent pas ! insiste la Brune-Soleil.

Elle examine la silhouette décharnée face à elle, cherchant désespérément l'objet qui lui donne son pouvoir et le rend si puissant. Est-ce vraiment le médaillon d'or, ou l'une des bagues à ses doigts, ou sa cape, ou autre chose encore ?

– Certains peuvent même prendre possession de ceux qui les utilisent. Les hanteurs…

– Ils sont à mon service ! hurle le Sorcier. Grâce à eux, vous allez vous aussi partir à la recherche de ma fille bien-aimée, explorer la brume, partout ! Et me la ramener.

Il fouille l'intérieur de ses vêtements et en sort une fiole remplie de liquide noir.

L'élixir de cauchemar.

Joachim tressaille malgré lui. Il aimerait se tourner, s'assurer que ses amis ne regrettent pas leur geste et ne lui en voudront pas, aimerait leur jurer qu'il…

– Buvez ! ordonne le Sorcier, interrompant le cours des pensées du prince.

La première, Élina s'avance. Sans trembler, elle tend la main pour s'emparer du flacon. L'homme le lui donne, et la jeune fille en avale deux, trois gorgées d'un trait.

– Au suivant ! commande le Sorcier.

Siba rejoint la chasseresse. Elle observe une dernière fois le Sorcier, espérant un miracle qui mettrait fin à ses maléfices. Si seulement elle pouvait détruire la source de sa magie !

Mais comment deviner où frapper, comment réussir là où tant d'autres ont échoué ?

Elle soupire et, à son tour, ingère le liquide couleur de nuit, imitée enfin par Fifrelin.

Satisfait, le maître de la forteresse range la fiole à l'intérieur de sa cape et se baisse pour attraper, posé à ses pieds, un cor ivoire.

– Dans quelques jours, l'élixir aura fait effet et vous vous transformerez en oiseaux-cauchemars, annonce-t-il. Dans quelques jours, soit vous serez revenus avec ma fille, soit vous la chercherez à jamais dans la mer de brume.

Il donne le cor à Joachim.

– Quand vous aurez réussi, ou quand vous serez trop fatigués à cause de la magie des cauchemars, soufflez là-dedans. Mes oiseaux vous entendront où que vous soyez, et vous ramèneront ici.

Le prince déglutit, le cœur serré.

Quelques jours.

Ils n'ont que quelques jours.

Une main se glisse dans la sienne.

Il tourne la tête, croise le regard d'Élina qui lui sourit.

– On va réussir, murmure-t-elle.

– On va réussir, répète-t-il.

Le Sorcier s'efface, laissant les adolescents face au vide et à l'océan de brouillard.

– Maintenant, rejoignez les oiseaux, ordonne-t-il. Ils vous conduiront dans la brume. Allez !

CHAPITRE 36

Au-dessus des brumes

Les monstres de cauchemar lancent un hurlement strident et, d'un bond, s'envolent dans le ciel bleu. Leurs cris résonnent dans la montagne, se répètent sans fin dans le lointain, mêlés au bruissement de leurs ailes.

– Mais..., murmure le jeune prince, déconcerté.

– Comment doit-on faire ? s'inquiète Élina.

Les créatures tournent autour du promontoire, puis soudain piquent sur les adolescents.

– Sautez ! ordonne le Sorcier. Sautez sur leur dos !

Les oiseaux prennent de plus en plus de vitesse, passent au-dessus des quatre amis abasourdis.

– Allez ! rugit l'émissaire.

Sans réfléchir, Joachim se jette dans le vide.

– Non ! s'écrie Élina.

Trop tard.

– Je vais le sauver ! s'exclame Siba.

La Brune-Soleil s'élance à la poursuite du prince, ses lunettes de vol sur le nez et son aile déjà déployée.

L'oiseau-cauchemar à la cicatrice pivote, d'un battement sinistre se rapproche de Joachim, prêt à le récupérer.

– Ils le rattrapent ! comprend Fifrelin.

Les yeux écarquillés, le garçon observe Joachim atterrir brusquement sur le dos de la créature squelettique et se raccrocher à son ramage sombre, Siba à ses côtés.

– On y... On y va aussi, souffle-t-il.

Il prend une inspiration rapide et, livide, se laisse tomber du promontoire à son tour.

– Fifrelin ! appelle Élina, effarée.

Le garçon hurle de terreur et ses cris, comme ceux des oiseaux, résonnent dans la montagne. Les monstres de plumes, d'os et de cuir se ruent dans sa direction. L'un d'eux ralentit, se place sous l'adolescent terrifié et le récupère sur son dos.

– Saute ! lance Joachim à l'intention de la chasseuse.

– J'ai trop peur ! gémit l'adolescente.

Les créatures du Sorcier s'éloignent doucement, filant au-dessus de l'immensité blanche de la brume.

– Vite ! insistent Fifrelin et Siba.

Leurs voix, déjà, paraissent lointaines.

Le front mouillé de sueur, le cœur emballé sous l'effet

de la panique, Élina ferme les paupières, écarte les bras… et avance d'un pas dans le vide.

Elle tombe.

L'air fouette son visage, ses cheveux, sa chemise, son pantalon de toile. Elle ouvre la bouche pour hurler, le vent s'y engouffre, l'empêchant d'émettre le moindre mot.

– Élina ! s'écrient ses amis.

Trop affolée pour réfléchir, elle regarde autour d'elle.

La brume ! La brume sous elle se rapproche à une vitesse incroyable !

– Prépare-toi à…

Elle n'entend pas la fin de la phrase de Siba. Une énorme masse noire apparaît soudain en périphérie de sa vision et se positionne sous elle.

Dans un choc sourd, la jeune fille s'écroule sur le dos d'un oiseau-cauchemar.

– Oui ! s'exclame Joachim non loin.

Le souffle coupé, Élina se tient de toutes ses forces aux plumes rêches de la créature et gémit, des larmes aux yeux.

– Je vais tomber ! crie-t-elle. Je vais tomber !

– Ne t'en fais pas, la rassure Siba.

La voix de la Brune-Soleil est toute proche.

Prenant son courage à deux mains, Élina tourne lentement la tête.

Accrochée à son aile volante, son amie se tient juste à côté d'elle !

– Je..., commence la chasseuse.

Elle regarde autour d'elle, n'en croit pas ses yeux.

– On vole, Élina ! crie Joachim, à califourchon sur le dos de l'oiseau à la cicatrice. On vole !

La montagne et le promontoire rocheux sont déjà loin derrière, les silhouettes du Sorcier, de l'émissaire et des hanteurs sont minuscules. Sous eux, la brume s'étend à perte de vue, immensité blanche et ouatée, seulement tachée par l'ombre des créatures volantes.

– J'aurais préféré le faire à dos de dragon, maugrée Fifrelin.

Élina lâche un rire nerveux, se redresse avec précaution, les articulations des mains douloureuses tellement elle serre les plumes entre ses poings.

– Je ne suis jamais allé aussi vite de ma vie ! s'enthousiasme le prince malgré l'étrangeté de la situation. C'est... C'est juste incroyable !

Les oiseaux-cauchemars filent plein est, suivis par Siba. Les autres créatures les ont abandonnés et se dispersent déjà à l'horizon.

– Où vont-ils ? se demande Élina.

– Certainement poursuivre leurs recherches, imagine Joachim.

– Et nous ?

Le prince hausse les épaules.

– Je ne sais pas. Je crois que nous n'avons pas d'autre choix que de nous laisser conduire...

– ... et faire ami-ami ? intervient Fifrelin.

Puis, l'air sombre, il ajoute :

– Bientôt, on sera comme eux.

– On a sept jours, lui rappelle son camarade. Enfin, moi, à peine six.

Son ami parcourt du regard l'océan qui s'étire à perte de vue.

– Et une immensité à explorer...

Les oiseaux-cauchemars virent et changent de direction pour s'orienter plein nord, longeant les falaises qui brillent, au loin, sous l'éclat du soleil. Installés sur leur dos, les adolescents observent le paysage en silence, fouillent le brouillard des yeux, essayant de distinguer ou d'imaginer l'endroit où les créatures les conduisent.

– Regardez derrière nous ! les interpelle tout à coup Siba.

Tous se retournent, et les visages se figent. Au sommet d'une crête rocheuse bordant la brume, une demi-douzaine de silhouettes trapues les fixent, la main en visière.

– Les brigands, encore... toujours, annonce Joachim, sa voix hachée par le vent.

– Comment ont-ils fait pour venir jusqu'ici ? s'étonne Fifrelin.

– Jamais ils ne nous lâcheront ? peste la Brune-Soleil sous son aile.

– Je ne crois pas, lui répond Élina. S'ils ont surmonté leur peur des dragons, s'ils ont osé s'aventurer sur les terres du Sorcier et s'ils ne s'enfuient pas de terreur en nous voyant sur les oiseaux-cauchemars, c'est qu'ils sont prêts à tout.

– Même s'aventurer dans la brume ? insiste Fifrelin, le regard braqué sur le groupe d'hommes en armes.

– Il faut espérer que non, répond Joachim, un peu plus loin, forçant la voix pour se faire entendre. On a pu s'échapper de l'embuscade à Valroc, mais on a eu de la chance. Je ne suis pas sûr qu'on puisse réussir une seconde fois.

Indifférentes aux inquiétudes des adolescents, les créatures d'os et de plumes poursuivent leur voyage, distançant peu à peu les brigands.

– Et comment pourraient-ils nous retrouver dans le brouillard ? ajoute Siba. C'est impossible.

– Il me tarde presque qu'on y soit alors, soupire Fifrelin.

– On sera peut-être définitivement débarrassés d'eux, espère Élina.

– Croisons les doigts !

Les hommes rapetissent au fur et à mesure que les

oiseaux-cauchemars s'éloignent et, bientôt, ils ne forment plus que quelques taches sombres sur le gris de la roche.

Les quatre amis détournent le regard pour explorer à nouveau le brouillard. Le paysage est monotone, gigantesque étendue pâle à perte de vue, seulement perturbée çà et là par quelques volutes qui apparaissent puis s'évanouissent tout aussi vite.

– Je ne sais pas ce qui est le plus dangereux, se demande Élina, brisant le silence qui s'est installé. Les brigands ou les monstres qui vivent là-dessous.

– On l'apprendra bien assez tôt, répond Joachim.

– Il n'y a pas que des monstres, leur rappelle Fifrelin. Il n'y a pas que des vers de brume, des garloups ou des Albins là-dessous. Les chasseurs racontent qu'ils y ont vu des cerfs, des lapins et des tricornes au pelage ivoire, des plantes aux fleurs lumineuses, des arbres à l'écorce couleur de brouillard. Ils disent que c'est étrange certes… mais que c'est beau.

– Je préfère nos royaumes à ciel ouvert, soupire Siba, au-dessus d'eux. Au moins, eux, on les connaît.

Le temps passe. La peur des oiseaux et des brigands comme l'émerveillement du vol laissent peu à peu place à l'ennui. La montagne du Sorcier n'est plus qu'un îlot de roches au loin surmonté d'une couronne de neige. Le soleil, radieux, va bientôt atteindre le zénith. Il fait chaud, très chaud.

– Là-bas ! s’écrie tout à coup Élina.

Au loin, une lueur rouge illumine la brume.

– C’est quoi ? s’alarme Siba. On dirait la lumière d’un grand feu…

– Je sais ce que c’est, annonce Fifrelin. Je crois qu’on est arrivés.

CHAPITRE 37

L'Île-Brume

Fifrelin ne s'est pas trompé. Sitôt la lueur aperçue, les oiseaux-cauchemars bifurquent dans sa direction, accélérant encore le battement de leurs ailes puissantes. L'éclat orangé se fait de plus en plus vif. Au travers du brouillard qui recouvre le sol, les adolescents distinguent le haut d'une colline rocheuse, des flammes qui brûlent dans ce qui semble être une immense coupole de pierre à son sommet.

– Qu'est-ce que c'est ? demande Joachim.

– Le phare de l'Île-Brume, répond Fifrelin.

– Le phare de l'Île-Brume ? répète Siba, le nez plissé d'incompréhension.

Le garçon hoche la tête.

– Si vous écoutiez attentivement les histoires incroyables que j'ai la bonté de vous raconter, vous sauriez que plusieurs phares ont été construits autour des royaumes dans les montagnes, sur les collines les plus élevées.

– À quoi ils servent ? l'interroge Élina, sans quitter des yeux leur destination.

– À se repérer dans la brume. Leurs flammes sont visibles de loin malgré le brouillard, et encore plus la nuit.

– Mais qui pourrait en avoir besoin ?

Le visage de Fifrelin s'éclaire d'un sourire.

– Les seuls qui ont le courage de voyager là-dessous, dit-il. Les chasseurs de brume. Ce sont eux qui entretiennent les brasiers et les rallument lorsqu'ils s'éteignent.

Les amis du jeune conteur hochent la tête et, fascinés, reportent leur attention sur le phare. Les oiseaux-cauchemars volent désormais au ras de la mer ouateuse, créant d'innombrables vagues blanchâtres qui se creusent et s'élèvent, révélant sous eux un monde rocheux qui ne voit jamais le soleil.

– Je... Je ne me suis jamais aventuré aussi loin des montagnes, murmure Joachim.

– Moi non plus, admet Élina. Comment va-t-on se repérer là-dedans ?

– Grâce au phare, dit Fifrelin. Il n'y a que ça.

– J'ai apporté ma boussole, les informe Siba. Elle nous aidera également.

Les créatures du Sorcier ralentissent et, les ailes déployées, basculent en arrière, pattes devant, prêtes à atterrir.

– Attention ! s'écrie Élina qui, surprise, manque de tomber.

– Accrochez-vous ! leur lance Joachim.

Les oiseaux descendent dans la brume et se posent au pied de la colline. Siba les rejoint un instant plus tard, terminant son vol en une course de quelques pas aux côtés de ses amis.

Les adolescents regardent autour d'eux avec appréhension.

Le sol – presque plat – est pierreux, comme dans les montagnes. De la terre brunâtre remplit quelques trous. De l'herbe rase y pousse, d'un vert sombre, presque noir. Des arbustes rachitiques s'élèvent çà et là. L'endroit ressemble à un désert étrange et inquiétant, noyé dans le brouillard. Des ombres se distinguent au loin. Est-ce un buisson, une créature des brumes ? Impossible de le savoir. Le silence, enfin, est pesant. Il n'y a aucun son en dehors de celui des flammes qui crépitent au sommet.

– On… On fait quoi ? demande Joachim.

Le premier, Fifrelin saute de sa monture et atterrit près de Siba.

– Je doute que les oiseaux nous ramènent, dit-il.

Comme pour confirmer ce que vient d'annoncer le jeune conteur, la créature qui l'a transporté jusque-là recule puis, d'un battement d'ailes sonore, reprend son envol avant de disparaître dans le ciel brumeux.

– Puisqu'il le faut, soupire Élina.

À son tour elle descend, imitée par Joachim, et aussitôt les deux derniers monstres repartent également.

Ils sont désormais seuls dans le brouillard.

– On ne voit vraiment rien, souffle Siba.

Tout est blafard, jusqu'au soleil, vague disque pâle au-dessus d'eux.

La Brune-Soleil ôte ses lunettes d'un air déçu.

– Et mes verres magiques ne m'aident pas.

– Je déteste cet endroit, murmure Élina.

– Moi aussi. On n'aperçoit même pas le ciel, ni les montagnes.

Siba secoue la tête d'un air dégoûté.

– Je comprends maintenant pourquoi les dragons n'y vont jamais eux non plus. Ils aiment les grands espaces.

– On en ressortira d'autant plus vite qu'on aura trouvé la fille du Sorcier, intervient Joachim.

– Par où on commence ? demande Élina.

Son ami hausse les épaules.

– Je n'en ai absolument aucune idée.

– Moi, je sais, dit Fifrelin. On va essayer de rejoindre des chasseurs de brume.

– Tu crois qu'ils nous aideraient ? s'étonne Joachim.

– Sans doute que non. Mais on pourrait les interroger au sujet d'une princesse emmenée dans le brouillard.

– Mais cela s'est passé il y a plusieurs années ! s'exclame Siba. Et imagine si ceux à qui on pose la question sont ceux qui l'ont enlevée ?

– Tu as une meilleure idée ? réplique son ami.

L'adolescente fait non de la tête.

– Tu sais où les trouver ? demande Joachim.

– Le phare leur sert de point de ralliement. Il doit y avoir un campement dans les environs.

– Et s'il n'y a personne ?

– Il y a forcément quelqu'un, affirme Fifrelin.

Du doigt, il désigne le sommet flamboyant de l'Île-Brume, et termine :

– Sinon, le feu serait éteint.

– Et comment on va le trouver, ton campement ? s'enquiert Élina. On ne voit rien à dix pas, on va se perdre.

– Il faut s'éloigner un peu et chercher.

– Tu es sûr qu'on ne va pas tomber sur des créatures ? s'inquiète Siba.

– Je l'espère.

– Tu n'en es pas certain ? gémit Élina.

Fifrelin hausse les épaules.

– Comment veux-tu que je le sois ? Je ne suis jamais venu si loin dans les brumes moi non plus. La seule chose que je peux te dire, c'est que dans toutes les histoires que je connais, les chasseurs reviennent près des phares pour se reposer entre deux expéditions et préparer leur retour dans les montagnes.

Il sourit d'un air espiègle, puis conclut :

– Au moins, on est tranquilles ici, on sait que les brigands qui nous ont suivis ne nous trouveront pas.

– Espérons que personne d'autre ne nous trouvera non plus, ajoute Joachim d'un ton préoccupé.

Il vérifie que Croc-de-dragon glisse facilement dans son fourreau, ajuste les lanières de son sac sur ses épaules.

– Allez, dit-il. On y va.

CHAPITRE 38

UNE ÉTRANGE RENCONTRE

Le monde des brumes est un monde de fantômes. Les volutes blanches glissent et s'agitent au rythme du vent qui s'infiltre sous la nappe de brouillard. L'air est humide, le bruit des pas étouffé. Les arbres malingres forment des silhouettes menaçantes, les pieds s'enfoncent, parfois, dans la boue qui emplit les creux des rochers.

– Je déteste *vraiment* cet endroit, grommelle Siba.

– Moi aussi, renchérit Élina.

Son arc à la main, la chasseuse semble prête à tirer sur tout ce qui pourrait surgir devant eux.

– Tu es sûr de toi ? demande Joachim à Fifrelin.

– Pour la dixième fois, non, répond ce dernier. La seule chose que je peux te dire, c'est qu'on est toujours à distance visible du phare de l'Île-Brume.

Du doigt, il désigne la lueur rougeâtre qui nimbe le brouillard à leur droite.

– Tant qu'on aperçoit les flammes, c'est qu'on n'est pas perdus.

– Et c'est censé nous rassurer ? ironise Élina.

– Chut ! la coupe Fifrelin.

La chasseuse s'immobilise, les sens aux aguets, flèche encochée.

– Qu'est-ce qu'il y a ? murmure Joachim.

Lentement, le prince tire sa dague de son fourreau, prêt à se battre lui aussi.

– J'ai cru entendre du bruit, chuchote Fifrelin.

Il tend l'oreille, pivote sur lui-même jusqu'à tourner le dos à la colline.

– Ça vient de là-bas, dit-il.

– Un ver de brume ? demande Joachim.

– Des Albins ? redoute Siba.

– Les brigands ? imagine Élina.

– Non. On dirait quelqu'un… qui chante.

Ses amis se décomposent.

– Quoi ? souffle la Brune-Soleil. Quelqu'un chante ?

– Suivez-moi !

Ramassé sur lui-même afin d'être le moins visible possible, Fifrelin avance dans la direction opposée à celle de la colline.

– Mais tu avais dit que le campement était forcément près du phare ! s'exclame Siba en tentant de le retenir.

– Venez ! insiste le garçon.

Il s'éloigne sans attendre ses compagnons. Ces derniers échangent un regard interrogateur puis, d'un commun accord, le suivent à pas feutrés.

Le sol forme une pente légère. Au fil de l'avancée des quatre amis, des rochers émergent de la brume – on jurerait des géants assis ! –, ainsi que des arbres décharnés – une ronde de fantômes ? –, un bosquet de plantes hérissées d'épines grises longues comme une main.

Assourdie par le brouillard, une chanson leur parvient.

Loin de ma mie, moi je chantonne,
Loin de ma mie, je saucissonne,
Dans ma cass'role, ça s'ra meilleur
En ajoutant tout un tas d'beurre.

Fifrelin jette un regard stupéfait à ses amis.

– Tu crois que c'est un spectre ? murmure Siba, aussi déconcertée que ses compagnons.

– Drôle de spectre, alors, répond-il.

– Un chasseur de brume ? hasarde Joachim.

Fifrelin secoue la tête.

– Les chasseurs sont des guerriers et des aventuriers, pas des chanteurs !

Deux trois racines, pour la texture,
Un peu d'épices, ça s'ra moins dur,
Et quand on ferme les yeux,
Le rat des brumes, c'est délicieux.

– Pouah ! s'exclame Élina. Du rat ?

– Un fou qui s'est perdu ? propose Joachim.

– Il n'y a qu'un moyen de le savoir, réplique Fifrelin.

– Non ! veut l'arrêter Joachim, qui a deviné l'intention de son ami.

Fifrelin l'ignore, se redresse et crie :

– Salut, par là-bas !

La voix se tait. Un bruit de métal résonne quelque part, en même temps qu'un juron étouffé.

– Bravo ! peste Élina, agacée.

À côté d'elle, Joachim a sorti Croc-de-dragon et fouille des yeux le brouillard.

– On dirait qu'il y a une bâtisse plus loin, murmure-t-il.

– Qui va là ? demande la voix de l'homme qui chantait peu de temps auparavant.

– Des voyageurs, répond Fifrelin.

– Combien vous êtes ?

– Nous sommes armés ! prévient Joachim.

L'étranger laisse échapper un ricanement sonore.

– Z'êtes surtout des gamins, lâche-t-il d'une voix suffisamment forte pour porter jusqu'à eux.

Joachim se rembrunit, vexé.

– Z'avez été attirés par l'odeur de ma soupe, c'est ça ?

– Nous cherchons quelqu'un, annonce Fifrelin. Nous sommes venus près du phare pour essayer de trouver des chasseurs de brume.

– Z'êtes pas des Albins ni des garloups, rassurez-moi ? Z'avez pas leur voix, mais on sait jamais avec ce fichu brouillard.

– Non, intervient Élina. Nous arrivons des montagnes.

– Alors approchez ! Quand y'en a pour dix, y'en a pour… Vous êtes combien déjà ?

Les quatre amis s'avancent, toujours méfiants. Élina a baissé son arc mais reste prête à tirer, Joachim n'a pas rangé sa dague. Devant eux, appuyée contre un immense rocher, une étrange bâtisse apparaît. Elle possède un toit soutenu par des piliers en bois, une cheminée mais aucun mur, ouverte aux quatre vents. Un homme se tient face à l'âtre dans lequel bout une marmite. Il est maigre, les cheveux attachés et des vêtements rapiécés sur le dos. Il tient une cuillère en bois dans une main et un long couteau dans l'autre.

– Des mioches ! s'exclame-t-il. J'en étais sûr !

Il jette un regard circonspect au contenu de son chaudron.

– Y en aura assez, je pense.

– Qui êtes-vous ? demande Fifrelin.

– Philémon, compagnon de Sekou Tueur-de-monstres.

Le conteur écarquille les yeux, abasourdi.

– Je... Vous..., essaie-t-il de dire.

L'homme face à lui éclate de rire.

– Je suis le cuisinier de la troupe.

Siba s'approche de quelques pas hésitants, intriguée par un tas de fourrures pâles près du foyer.

– Et ça, c'est quoi ? demande-t-elle.

Le sourire de Philémon s'élargit.

– Des ralbinos, pardi !

La Brune-Soleil jette un regard à l'intérieur de la marmite, observe les morceaux de viande qui y cuisent au milieu de légumes qu'elle n'a jamais vus.

– Ne me dites pas que vous mangez du rat..., murmure-t-elle.

Le cuisinier ouvre de grands yeux surpris.

– Bien sûr que si ! s'exclame-t-il. C'est la seule bête qu'on peut à peu près mitonner dans le coin.

D'un air malicieux, il ajoute :

– Les autres, c'est elles qui nous mitonnent.

Joachim, Fifrelin et Élina échangent un regard dégoûté.

– On n'a pas trop faim, intervient le conteur. Mais... vous connaissez vraiment Sekou ?

– Évidemment ! répond Philémon, retournant à sa

marmite. Y sera là avant la tombée de la nuit. Pour ça que j'ai allumé le phare et que j'prépare la pitance. C'est mon occupation dans la troupe.

Il lâche un petit rire et ajoute :

– Les bagarres, c'est pas mon truc. J'ai trop peur des choses qui vivent ici pour me battre contre elles.

Élina examine le brouillard qui encercle la bâtisse, comme si elle craignait qu'une bête des brumes n'en surgisse tout à coup.

– Il y a beaucoup de créatures dans les parages ? demande-t-elle.

– Elles aiment pas trop l'odeur du feu, pour ça qu'on est assez tranquilles près des phares.

Il hausse les épaules, et ajoute :

– Normalement.

– Normalement... répète la chasseuse en frissonnant.

Philémon hume le parfum qui s'échappe de son chaudron, l'air satisfait.

– Z'êtes sûrs que z'avez pas faim ?

– Certains, grimace Siba.

– On peut attendre le retour de Sekou ? intervient Joachim.

– Si vous avez perdu quelqu'un dans la brume comme z'avez dit, il pourra rien pour vous.

– Il faut absolument qu'il nous aide, insiste Fifrelin. Sinon...

Il s'arrête brusquement.

– Sinon quoi ? demande Philémon.

– Sinon… Sinon nous ne retrouverons jamais notre amie, termine Joachim.

Le cuisinier se gratte la tête.

– Oui, grommelle-t-il. Logique. Z'êtes bizarres.

Il hausse les épaules.

– Restez ici, conclut-il. Et bougez-y pas loin. Même si les vers de brume rampent pas dans l'coin, on sait jamais c'qui rôde.

CHAPITRE 39

SEKOU TUEUR-DE-MONSTRES

Assis à l'écart de Philémon et de son chaudron, les quatre compagnons discutent à voix basse.

– Pourquoi tu ne lui as pas dit qu'on cherche la fille du Sorcier ? demande Élina à Joachim.

– Je pense que les chasseurs n'auront pas trop envie de nous aider s'ils savent qu'on peut se transformer en monstres d'un moment à l'autre, répond le prince d'un air sombre.

– On a six jours devant nous, rappelle Siba.

– Sauf si le Sorcier a menti.

– Pourquoi l'aurait-il fait ? s'étonne Fifrelin.

– Je ne sais pas, soupire Joachim. Peut-être pour nous avoir tous les quatre. Peut-être a-t-il dit la vérité. Mais quoi qu'il en soit, je crois qu'il vaut mieux que Philémon et les autres nous imaginent comme de simples voyageurs à la recherche d'une amie plutôt qu'en potentiels oiseaux-cauchemars en mission pour un Sorcier maléfique.

Ses amis hochent la tête en signe d'assentiment.

– Toujours pas faim ? demande le cuisinier, à quelques pas de là.

– Non merci ! répond aussitôt Siba.

L'estomac de Fifrelin émet un gargouillis bruyant.

– Z'êtes sûrs ?

– Certains ! dit Élina, avant que quiconque n'ait le temps d'ouvrir la bouche.

Le conteur grimace, la main sur le ventre.

– Tu ne vas quand même pas manger *ça* ?! gémit la Brune-Soleil, écœurée.

– Non, bien sûr que non ! Mais on n'a rien avalé depuis hier soir. Peut-être que les légumes…

– Qui ont mariné avec des *rats* ? Jamais de la vie !

– Imaginons que moi je goûte d'abord et…

– Et que tu risques de finir empoisonné ?

Fifrelin cherche du regard le soutien du prince. Ce dernier ne les écoute pas, perdu dans ses pensées.

– Joachim ? chuchote-t-il. Ça va ?

L'adolescent revient à lui, se force à sourire.

– Oui, dit-il. Oui, ça va.

– Tu es sûr ? insiste Élina. Tu n'as pas l'air bien.

– C'est juste que…

Il secoue la tête, abattu.

– Valroc me manque.

Ses amis acquiescent.

– J'ai faim, poursuit le prince. J'ai froid. Je suis fatigué, tout le temps. On est ici, perdus dans la brume, et bientôt on va se transformer en oiseaux-cauchemars à moins de trouver la fille du Sorcier dans l'immensité qui nous entoure.

Il laisse échapper un soupir.

– Vous n'auriez jamais dû m'accompagner. Je m'en veux terriblement.

Il passe la main sur sa dague.

– J'aurais dû tuer le Sorcier.

– Il était plus fort que nous, lui rappelle doucement Élina.

– Au moins, vous ne seriez pas là, à mourir de faim avec moi.

– Moi, je n'ai certainement pas faim ! intervient Siba.

– Tes montagnes ne te manquent pas ? murmure Joachim.

L'adolescente hésite.

– Si. Si, bien sûr. Le ciel. Le fait de voler, là-haut, alors qu'ici il n'y a même pas de vent pour me faire décoller. Mais on a une mission, lui rappelle-t-elle. Et on va la réussir, on se l'est promis !

– Les chasseurs vont nous aider, j'en suis certain,

affirme Fifrelin. Ils connaissent les brumes comme personne !

– Vous ne voulez pas abandonner ? propose Joachim. Revenir au château du Sorcier, lui dire que j'ai poursuivi seul, et que vous avez changé d'avis ?

D'un seul mouvement, Élina, Fifrelin et Siba font signe que non.

– Plutôt manger du ralbinos ! s'exclame la Brune-Soleil.

Les quatre compagnons éclatent de rire, repoussant un instant la tristesse qui s'était installée.

– J'ai de la chance de vous avoir, murmure Joachim.

– Ça sert à ça, les amis, dit Élina.

– Ah, v'la de la compagnie ! les interrompt Philémon.

Les adolescents bondissent sur leurs pieds, arcs, couteaux et dagues à la main, prêts à se défendre.

– Du calme, les p'tiots ! se moque le cuisinier. J'ai pas sonné l'alarme.

De sa cuillère, il pointe le brouillard devant lui.

– Sekou et les autres. Ils sont de retour.

Les voyageurs abaissent leurs armes, rassurés, et se tournent dans la direction indiquée par leur compagnon. Des ombres approchent, accompagnées d'un étrange grincement.

– C'est quoi ce bruit ? s'interroge Élina.

Plusieurs silhouettes apparaissent autour d'un

chariot : une femme en armure de cuir, aux cheveux blonds tressés, suivie d'un archer au visage balafré, d'un adolescent muni d'une longue pique, puis de deux gaillards à la même barbe courte et aux mêmes yeux bleus rieurs. Un dernier homme ferme le cortège. La peau brune, le crâne rasé, il est de haute taille. Une fourrure blanche est attachée sur ses épaules larges. Il porte deux épées dans le dos.

Siba tressaille et, d'un geste vif, rabat sa capuche sur sa figure.

– Ça sent bon ! s'exclame celle qui mène la petite compagnie.

– Mitonnée des brumes au ralbinos, ma très chère Skara, annonce fièrement Philémon.

– Et des visiteurs avec, grommelle l'adolescent en dévisageant Joachim et ses camarades.

– Qui êtes-vous ? demande le Brun-Soleil, qui dépasse ses compagnons d'une tête.

Il s'avance en direction des nouveaux venus, sourcils froncés.

– Des voyageurs, répond Joachim, impressionné malgré lui.

– Ils cherchent une amie à eux, explique le cuisinier de la troupe.

– Une amie ?

– C'est une longue histoire, dit Élina.

– Vous êtes… Vous êtes vraiment Sekou Tueur-de-monstres ? murmure Fifrelin, les yeux écarquillés.

L'homme éclate d'un rire sonore.

– Oui, garçon, c'est bien moi. Est-ce qu'on s'est déjà vus quelque part ?

Fifrelin secoue la tête avec véhémence.

– Non… Je… C'est que…

Il rougit, puis termine :

– Je connais tout de vos aventures.

Les compagnons de Sekou s'esclaffent de bon cœur.

– On dirait que ton nom a fait le tour des montagnes ! s'amuse Skara la guerrière.

– Et que tu es le héros des gamins, ajoute l'archer, tout en lançant un clin d'œil à Fifrelin.

– De tout le monde ! précise ce dernier, toujours cramoisi. Dans les auberges de Valroc, on écoute vos histoires, à vous, mais aussi celles de Ronan le Géant, d'Albane Mange-Vers et de Dmitri le Mercenaire.

– Vous êtes donc de Valroc ? demande Sekou. Vous avez fait un long chemin pour venir jusqu'ici.

Il se retourne, examine le chariot rempli à craquer, aux roues de bois déformées.

– Vous allez me raconter ce que vous faites ici, dit-il mais avant cela, on met la récolte à l'abri.

Manifestement habitués à exécuter cette tâche, ses comparses forment aussitôt une ligne entre le chariot et la bâtisse puis se transmettent de l'un à l'autre les objets à décharger. Des branches de bois blanc – du chêne des brumes ! –, du cuir ivoire, des dents larges comme une paume, des pierres opalines passent de main en main puis s'entassent peu à peu près de la marmite de Philémon.

– On va vous aider ! propose Joachim.

Les adolescents se précipitent et intègrent la chaîne, attrapent à leur tour des fourrures blanchâtres, des racines à l'odeur forte attachées entre elles, la carapace vide d'un animal, une épée à la lame couleur de lune, et les posent avec le reste des trésors rapportés par les chasseurs.

– Vous trouvez tout ça au pied des montagnes ? demande Fifrelin, qui ne quitte pas Sekou des yeux.

– Oui, répond le guerrier.

– Ce n'est pas trop dangereux avec les spectres ?

Sekou tique.

– N'appelle pas les Albins comme ça, gamin. Pas tant que tu n'es pas certain qu'il n'y en a pas un qui t'écoute.

Fifrelin jette tout de suite un regard inquiet autour de lui.

– Ils voient mal, mais ont l'ouïe bien plus développée que toi et moi. Ils peuvent entendre des discussions à des dizaines de mètres de distance malgré le brouillard.

– Et leurs archers sont redoutables, ajoute Skara. Presque autant que Flèche-Noire !

Le compagnon de la jeune femme, qui a accroché son arc au chariot, sourit.

– On est sur leur domaine, ici ? demande Joachim.

– Toute la brume est à eux, répond Sekou. Ils se partagent l'immensité de ce territoire entre les différentes tribus. Certaines nous acceptent, tant qu'on ne s'aventure pas trop près de leurs villages. D'autres, celles de Lac-Salé, du Creux-de-l'Ombre ou des Nébuleux par exemple, attaquent les montagnards à vue. Ils sont redoutables, de vrais fantômes dans le brouillard. Je ne connais pas une troupe de chasseurs capable de leur tenir tête bien longtemps.

– Pour ça qu'faut avoir le cœur bien accroché par ici, intervient Philémon. Et l'estomac bien plein !

– Pour revenir à ta question, poursuit Sekou à l'intention de Fifrelin, si, c'est dangereux. Sinon, il n'y aurait pas de chasseurs de brume.

– Et on serait bien plus tranquilles, pas vrai, Valentin ? demande l'un des deux frères à l'autre.

– Sûr, pardi, Léon !

– Et bien moins riches ! termine le premier.

Tous deux se tapent dans la main en souriant.

– Mais les royaumes des montagnes ont besoin de ce que nous ramenons d'ici, explique Sekou. D'anciens artefacts magiques, quand on a de la chance. Du bois de brume, plus solide que le plus solide des pins. Des pierres d'opale, qui reflètent la lumière et permettent de passer des messages de sommet en sommet, de château en château. Des os et des dents, pour façonner des armes plus tranchantes, plus acérées que n'importe quel fer qu'ils pourraient forger. Ils adorent aussi les fourrures des créatures d'ici que nous rapportons au péril de nos vies. Alors c'est dangereux, oui. Mais nous, nous aimons l'aventure.

Le chef des chasseurs se tourne vers Siba, restée à l'écart.

– Et toi, petite ? appelle-t-il. Tu as la même couleur de peau que moi. Tu es de Valroc, toi aussi ?

Siba fait signe que oui et, d'un geste, rabaisse encore plus sa capuche sur son visage.

Joachim et Élina échangent un regard surpris.

Que lui arrive-t-il ?

CHAPITRE 40

DÉMASQUÉE !

La marmite de Philémon est vide, son contenu dévoré par les chasseurs de brume. Joachim et ses amis, eux, n'ont grignoté que les quelques fruits secs retrouvés au fond de leurs sacs.

– Je donnerai cher pour un ragoût de chèvre ou de bonnes pommes bien juteuses, se lamente Fifrelin.

– Une soupe à l'oignon, soupire Élina.

– Des carottes rôties..., ajoute Joachim en salivant.

La lumière blafarde au-dessus du brouillard s'est atténuée. La nuit approche. Le chariot a été déchargé, prêt à repartir dès le lendemain pour une dernière expédition avant que toute la compagnie revienne à ses montagnes natales et aux marchés qui attendent, impatients, les trésors des brumes.

– Alors, commence Sekou, crachant un os de rat

derrière lui. Dites-nous maintenant. Qu'est-ce qui vous amène, et pourquoi avez-vous besoin de nous ?

Fifrelin et Élina se tournent vers Joachim. Le garçon abandonne la vision de Siba restée en retrait tout l'après-midi, cachée sous sa capuche, pour répondre.

– Nous cherchons quelqu'un, déclare-t-il. Une jeune fille.

– Il n'y a pas de jeune fille par ici, annonce immédiatement Skara. Entre les Albins et les créatures des brumes, aucune ne pourrait survivre.

– Laisse-les finir, mon amie, la coupe Sekou.

– Il s'agit… Il s'agit de la fille d'un seigneur très important. C'est lui qui nous envoie. Elle a disparu depuis plusieurs années. Elle était avec des chasseurs de brume.

– Pas avec nous, en tout cas, affirme Valentin.

– Et elle est forcément morte, ajoute Léon à travers sa barbe.

– Celui qui nous envoie est persuadé du contraire, affirme Élina.

– Et comment peut-il le savoir ? demande Skara.

– Les parents sentent cela.

Les chasseurs ricanent bêtement.

– Je suis désolé, dit Sekou. On n'a jamais entendu parler d'une jeune montagnarde qui vivrait avec des chasseurs de brume. De plus, personne ne peut survivre seul ici, et encore moins la fille d'un seigneur.

– Vous connaissez les oiseaux-cauchemars ? s'enquiert Fifrelin.

Les rires se taisent aussitôt, et l'attention se focalise sur le jeune conteur.

– Pourquoi tu parles de ça, gamin ? l'interroge Sekou, le visage grave.

Fifrelin se tourne vers Joachim et Élina – Siba est trop loin –, attendant leur assentiment.

Lentement, le prince hoche la tête.

– Ils la recherchent eux aussi.

Sekou fronce les sourcils, jette un coup d'œil à Siba, assise à l'écart, puis revient au garçon.

– Sois plus clair. Dis-nous toute la vérité, sinon nous ne pourrons pas t'aider.

Il sourit, puis ajoute :

– Tu peux me faire confiance. *Nous* faire confiance.

Fifrelin regarde Joachim, l'invitant à parler. Ce dernier lâche un long soupir, puis cède :

– Tout a commencé lors de la fête du château de mon père, le roi de Valroc...

La nuit a envahi le brouillard lorsque Joachim termine son récit. Il a tout dit, tout raconté, de l'arrivée de l'émissaire jusqu'au vol sur le dos des oiseaux-cauchemars, en passant par la visite à la reine Sorbe et les attaques de brigands sur leur chemin.

Sekou laisse échapper un sifflement d'admiration.

– Vous êtes des jeunes gens bien courageux, lâche-t-il. Tous, y compris votre mystérieuse amie cachée sous sa capuche.

– Veuillez excuser mon impolitesse, répond Siba de sa place. Mon visage est difforme, et je vous assure que vous préférez ne pas le voir.

Ses amis la regardent d'un air étonné.

– Je n'ai rien aperçu de tel, remarque Sekou.

Il revient à Joachim.

– Donc, vous avez six jours pour retrouver la fille du Sorcier, sans quoi vous deviendrez à votre tour des oiseaux-cauchemars, c'est bien ça ?

– Bientôt cinq jours, maintenant, pour notre ami, précise Élina.

Le chef des aventuriers soupire.

– Je regrette, dit-il. Malheureusement, comme je vous l'ai dit, aucun des autres groupes de chasseurs de brume ne nous a parlé d'une jeune fille qui les auraient rejoints et nul ne peut survivre seul dans ces brumes.

– Elle est forcément vivante ! insiste la jeune chasseuse.

– C'est juste qu'on ne sait pas par quel endroit commencer à la chercher, intervient Fifrelin. Vous connaissez le brouillard mieux que quiconque, peut-être avez-vous vu ou entendu quelque chose, n'importe quoi, qui pourrait nous mettre sur la piste ?

– Sinon nous allons tous nous transformer en cauchemars, termine Joachim d'une voix sombre. Moi. Ainsi que mes amis, par ma faute.

Les chasseurs échangent un regard désolé, leurs sourires disparus. Chacun attend qu'un autre dise quelque chose. En vain.

– J'aurais vraiment aimé faire quelque chose pour vous et pour tous ces prisonniers, regrette Sekou. Mais nous ne pouvons pas partir à la recherche de tous les chasseurs pour savoir s'ils ont aperçu la fille du Sorcier, cela nous prendrait des années entières ! La brume est vaste, et nous sommes nombreux.

Joachim, Élina et Fifrelin baissent la tête, envahis par la déception.

– Ce n'est pas grave, murmure Fifrelin d'une voix qui atteste le contraire. On va... On va chercher. Ailleurs.

– On finira par la trouver, poursuit Joachim sans y croire lui-même. Il y a bien un moyen, quelque chose.

– J'ai peut-être une idée, les coupe Philémon.

Tous se tournent vers lui, surpris, sauf Sekou. Le front plissé, il observe à la dérobée la silhouette encapuchonnée de Siba, assise dans l'ombre du chariot.

– Le Sage du rocher de Lac-Salé, dit le cuisinier, sans remarquer le trouble de son chef. Tout le monde le respecte et il sait tout ce qui s'passe dans les brumes.

– Jamais un Albin ne les aidera, affirme Skara.

– Et encore faudrait-il qu'ils arrivent jusqu'à lui, ajoute Flèche-Noire.

– Ils n'y parviendront jamais, je suis d'accord, admet Philémon. Sauf si on les accompagne.

Le silence accueille sa proposition.

– Ça nous ferait un sacré détour, observe Valentin. On est censés aller de l'autre côté. Sans compter qu'on serait bien près des villages de Lac-Salé. C'est dangereux là-bas. Très dangereux.

– On peut bien faire ça pour sauver ces enfants, quand même, grommelle Léon.

– Mais pourquoi un Albin, aussi sage soit-il, aiderait ces gamins ?

Sans paraître écouter la conversation, Sekou se lève et s'approche du chariot.

– Parce que ce sont des gamins, justement, explique Philémon.

– Mon père pourra lui donner de l'or ! propose Joachim. Il sera d'accord, j'en suis certain.

– Qu'en ferait le Sage ? s'amuse Philémon.

– Tu le connais ? s'interroge Flèche-Noire.

Dans l'ombre de la bâtisse, Sekou rejoint discrètement Siba sans que cette dernière, concentrée sur la discussion, le remarque.

– Non, répond Philémon. Mais j'ai parlé avec

les gars d'la bande à Dala l'an passé, au marché. Un de ses éclaireurs avait rencontré le Sage.

– On peut toujours essayer, propose Skara. Vous en pensez quoi ?

Elle jette un regard à ses compagnons, cherche leur chef.

– Sekou ? appelle-t-elle.

Ce dernier l'ignore, se précipite sur Siba dont il arrache la capuche, révélant le visage de l'adolescente.

– Toi ?! s'exclame Sekou, les traits déformés par la colère. J'en étais sûr !

CHAPITRE 41

La colère de Sekou

Siba crie de surprise et recule, affolée, devant le chef des chasseurs de brume.

– Tu dissimulais trop ton visage pour n'avoir rien à cacher ! rugit Sekou. Et j'ai reconnu le nez, le menton de ta lignée.

– Siba ! s'exclame Élina, abasourdie. Qu'est-ce qu'il se passe ?

Joachim a pris sa dague, Fifrelin a posé la main sur le couteau dans sa poche. Les compagnons de Sekou ne sont pas en reste. Skara s'est emparée de sa lame, Flèche-Noire a récupéré son arc, les trois autres ont sorti leurs armes.

L'ambiance jusque-là chaleureuse est devenue glaciale.

– Il se passe que c'est à cause des siens que j'ai été banni d'Aiguille-Soleil ! gronde Sekou.

Il s'approche d'un pas de l'adolescente qui s'éloigne d'autant.

– La petite y est pour quelque chose ? demande Philémon, tentant d'apaiser la situation.

– Sa mère l'est, crache le chasseur, enragé. Elle a ruiné ma vie !

– Le vote ? dit Skara. C'est elle ?

Sekou hoche la tête.

– Quel vote ? grommelle Valentin.

– Celui qui m'a condamné et a sali mon honneur, lâche Sekou. Celui qui a permis à l'assassin des miens de garder le sien.

– C'est faux ! proteste Siba.

– Comment ?! lui hurle le guerrier, les yeux injectés de sang. Comment oses-tu prétendre le contraire ?

Malgré la peur, malgré la silhouette épaisse de Sekou face à elle, Siba poursuit :

– Personne n'a le droit de se faire justice. C'est ça que le Conseil a jugé. Pas le reste.

– Il a tué ma femme et mon fils ! hurle le chef de la petite troupe. Et le Conseil m'a puni de m'être vengé !

– Nous les avons tous pleuré, Adama.

– Adama ? s'étonne Léon.

– C'était mon nom, avant, répond Sekou.

– Avant quoi ?

Le chasseur baisse la tête.

– Raconte-leur, Sekou, chuchote Skara.

Le silence s'installe sous le toit de la bâtisse, seulement perturbé par le doux bruissement du feu qui se consume.

– J'étais un grand guerrier, commence Sekou. Je m'appelais Adama. J'étais au service du Conseil des Bruns-Soleil, l'assemblée des princes et princesses de notre peuple. Je protégeais avec mes soldats les frontières des montagnes. Nous pourchassions et faisions fuir les brigands. Nous aidions les villages à se développer et s'étendre. J'étais heureux, alors. J'avais une femme, un fils.

Il serre les poings, et son regard se durcit.

– Il y avait un homme, chez nous. Un homme qui me jalousait. Il voulait prendre ma place à la tête des guerriers. Il prétendait être plus fort que moi, plus rusé. Il m'a provoqué en duel, et je l'ai battu. L'histoire aurait dû s'arrêter là.

Sekou crispe les mâchoires.

– Mais il n'a pas accepté sa défaite et son humiliation. Pour se venger, il est venu dans ma maison un jour où j'étais parti, a assassiné ma femme et mon fils. Il voulait me briser. Et il a réussi.

Chacun est suspendu aux lèvres du chasseur.

– Lorsque je suis revenu chez moi, cet homme avait été arrêté et était en prison, attendant son jugement.

Mais moi, je n'ai pas attendu. Je suis allé le trouver et je l'ai tué pour lui faire payer la mort des miens.

Le nez plissé de rage, il crache :

– Le Conseil des Bruns-Soleil m'a enfermé à mon tour, et m'a jugé pour le meurtre de cet assassin. Il y avait sept voix. Trois me menaçaient de bannissement. Trois autres voulaient me mettre simplement à l'épreuve, que je rembourse ma dette en comprenant ma douleur.

Il lève un doigt en direction de Siba.

– La princesse Aneke, sa mère, a été la dernière à voter. Et j'ai été banni.

– Elle n'a fait que respecter les lois ancestrales, insiste Siba, toujours impressionnée malgré elle. Nul ne doit tuer, quelle qu'en soit la raison. Et celui qui souffre ne doit jamais faire justice lui-même, car il est aveugle.

D'un coup de pied rageur, le chasseur envoie un bout de bois voler et disparaître dans le brouillard.

– Ainsi vous avez rejeté celui dont la vie a été brisée ! gronde-t-il. Celui qui avait servi son peuple depuis son plus jeune âge, celui qui avait promis de l'honorer jusqu'à son dernier souffle !

– C'est comme ça que tu es arrivé ici ? demande Léon, toujours assis aux côtés de son frère.

Sekou acquiesce, jette un regard circulaire autour de lui, dévisage ses compagnons, les yeux brillants de colère.

– Sa mère est la cause de mon malheur. Alors nous ne les aiderons pas !

– Mais..., tente Philémon.

– C'est dit ! rugit le chasseur. Et d'ailleurs je ne sais pas ce qui me retient de...

Il s'approche de Siba la main sur l'une des épées à son dos.

– Non ! hurle Élina.

L'adolescente et ses amis se sont levés d'un bond, prêts à intervenir bien qu'ils ne fassent pas le poids.

– N'ayez crainte, grogne Sekou. Je ne lui ferai pas de mal.

Il jette son arme à terre et crache au sol.

– Vous dormirez ici cette nuit, à l'écart. Et demain, à l'aube, vous partirez. Je ne veux rien avoir à faire avec vous.

CHAPITRE 42
ADIEUX

Le soleil s'est levé, éclairant le brouillard d'une faible lueur jaune. Le feu s'est éteint dans l'âtre de la cheminée, et a laissé une vague odeur de fumée dans le campement. La troupe de Sekou s'est déjà mise en branle. Tous sont debout, occupés à préparer leur départ. Philémon termine d'accrocher le chaudron au chariot, aidé par les frères Léon et Valentin. Flèche-Noire ramasse les paillasses. Skara et Sekou discutent dans un coin de la bâtisse ouverte aux quatre vents, au-dessus de ce qui semble être une carte dessinée sur un morceau de cuir pâle.

– Vous avez bien dormi ? s'enquiert Joachim, mal réveillé.

Ses amis ne répondent pas. Le prince comprend aux traits tirés, aux mouvements lents de ses compagnons que leur sommeil a été hanté par des cauchemars.

Comme le sien.

Il frissonne en repensant à ses bras terminés par des griffes de rapace, aux plumes sombres qui poussaient sur son torse, son visage, aux cris stridents qui sortaient de son bec.

Il secoue la tête pour effacer les souvenirs de la nuit et repousser la fatigue.

Je ne veux pas m'endormir pour toujours et devenir un oiseau-cauchemar !

– Qu'est-ce qu'on va faire, maintenant ? demande Fifrelin à ses amis.

Joachim s'extrait de ses pensées et hausse les épaules, aussi découragé que le conteur.

– Je suis désolée, murmure Siba d'un air grave. J'aurais dû vous dire que je connaissais Adama… enfin, Sekou, lorsqu'il est arrivé. Mais tout s'est passé si vite ! J'ai cru que je pourrais me cacher, j'ai espéré qu'il ne verrait pas la ressemblance avec ma mère.

Elle soupire.

– J'ai tout fait rater, lâche-t-elle, des sanglots dans la voix.

– Tu n'y es pour rien, tente de la réconforter Élina.

– On peut essayer de retrouver nous-mêmes le Sage, celui dont parlait Philémon, propose Joachim.

– Mais comment faire s'ils ne nous y emmènent pas ? soupire Siba. On ne sait pas où il vit et on ne connaît rien des brumes. Et puis, les chasseurs l'ont dit : c'est trop dangereux.

L'air soudain malicieux, Fifrelin jette un regard en direction de Sekou et de Skara.

– J'ai une idée ! annonce-t-il. Restez là.

Il se lève et, d'un pas décidé, rejoint le chef de la troupe et la jeune femme.

– Puis-je vous parler ? demande-t-il au Brun-Soleil.

Sekou le toise sans répondre.

– J'ai réfléchi toute la nuit à ce que vous nous avez appris hier soir, commence tout de même Fifrelin. Je pensais connaître votre histoire qu'on raconte dans toutes les auberges de Valroc, là d'où je viens. Mais j'ignorais ce qu'il s'était passé auparavant. Quand j'ai entamé ce voyage avec mes compagnons...

– Tu parles pour ne rien dire, garçon, l'interrompt Skara. Que souhaites-tu vraiment ?

Fifrelin tressaille et lève des yeux gênés vers elle.

– Je... Rien, dit-il. Je voulais juste dire... dire... que je suis désolé que tout ceci se termine de cette manière.

S'adressant à Sekou, il conclut :

– Vos hauts faits dans les brumes ont bercé toute mon enfance. Je suis heureux de vous avoir rencontré.

Il salue le guerrier puis retourne auprès de ses compagnons, suivi par le regard pensif des deux chasseurs.

– Tu leur as dit quoi ? l'interroge tout de suite Élina.

– Oh, rien d'important, répond le conteur, un grand sourire aux lèvres.

– Pourquoi tu es allé les voir, dans ce cas ? s'étonne Joachim.

– Pour observer leur carte, pardi ! s'exclame Fifrelin d'un ton amusé.

Ses camarades échangent une grimace médusée.

– Tu… Tu es incroyable ! murmure Siba, se retenant de montrer sa joie.

– Tu as bien ta boussole avec toi ? lui demande Fifrelin.

– Bien sûr !

– Alors nous allons pouvoir poursuivre ! Je sais maintenant où se trouve le rocher de Lac-Salé !

Son expression victorieuse disparaît quand il ajoute :

– Même si j'aurais préféré y aller avec les chasseurs.

– Moi aussi, admet Joachim. Mais on n'a pas le choix. Et tu viens de nous sortir d'un bien mauvais pas, l'ami !

Le bruit d'une branche qui craque les fait sursauter. Les voyageurs se figent, prêts à déguerpir ou se battre.

– Ce n'est rien, marmonne Flèche-Noire, accroupi non loin, occupé à rassembler ses maigres affaires. C'est juste Kin qui revient.

Confirmant les dires de l'archer, la silhouette de l'adolescent à la longue pique émerge du brouillard. Ses cheveux noirs sont humides de rosée, ses joues rougies par le froid.

– Tout va bien, annonce-t-il à la cantonade. J'ai jeté un œil un peu partout, de l'Île-Brume jusqu'au croisement des deux chemins, vers le lac. Aucune trace d'Albin. Aucune trace de ver, de garloup ni d'autre créature. La voie est libre.

– Bien, répond Sekou, repliant sa carte sans un regard à Joachim et ses amis. On termine les préparatifs et on lève le camp.

Kin se dirige vers son paquetage, aperçoit le chef des chasseurs retourner au chariot afin d'en vérifier le harnachement. L'éclaireur hésite l'espace d'un instant, puis bifurque en direction des jeunes voyageurs.

– Il ne faut pas en vouloir à Sekou, murmure-t-il, une fois qu'il les a rejoints. Il a beaucoup souffert. Il se réveille parfois encore, la nuit, en hurlant leur nom. Sa femme et son fils. Et c'était pire quand je l'ai rencontré.

Kin s'assure que le guerrier est toujours occupé, se rapproche des adolescents.

– Il m'a sauvé la vie. Il m'a libéré des brigands qui m'avaient capturé et qui avaient fait de moi leur esclave. Un jour, ils ont eu la mauvaise idée de s'attaquer à Sekou. Ils étaient six contre lui tout seul, mais il les a vaincus, l'un après l'autre. Il les a attachés à un arbre, a pris leurs armes et leur or, puis m'a trouvé dans leur campement, tout tremblant. Il m'a proposé la liberté. Je l'ai jamais quitté depuis. C'est un homme bon, malgré ce qu'il a fait.

– Je suis désolée pour lui, murmure Élina, touchée.

– Je voulais vous dire autre chose, poursuit Kin sur le ton de la confidence. Les brigands dont vous avez parlé, je les connais. C'est leur commandant, Evrard le Rouge, qui m'a enlevé de mon village. Ils sont sans pitié, et n'abandonnent jamais. Ils ne vous lâcheront pas, même si vous êtes cachés ici. Lorsque vous ressortirez, ils seront toujours là, à vous attendre.

Les voyageurs se taisent, impressionnés.

– Pourquoi tu nous dis tout ça ? demande finalement Joachim.

– Parce que ce que vous faites est bien. Parce que le Sorcier, il a pris mon frère. Et que cette malédiction doit cesser.

– Alors aide-nous à trouver le Sage ! le supplie Élina. Aide-nous à convaincre Sekou !

– Désolé, je ne peux pas. Sekou est comme un père pour moi. Jamais je ne...

– Kin ! appelle le guerrier, interrompant leur discussion. Viens ici.

L'éclaireur recule, fait un discret signe d'au revoir puis rejoint le chef des chasseurs.

– Dommage, soupire Fifrelin. J'ai vraiment cru qu'il allait nous aider.

– Il l'a fait en nous prévenant au sujet des brigands, dit Joachim d'un air soucieux.

Élina tourne son regard vers Fifrelin, qui baisse la tête.

– Allez, dit-il, s'emparant de son sac. Il est temps de partir.

CHAPITRE 43

VOYAGE DANS LE BROUILLARD

La brume brouille tout, dissimule tout. Les arbres ressemblent à d'étranges squelettes aux griffes gigantesques. Des rochers apparaissent au dernier moment lorsque se lève une volute de brouillard, faisant sursauter les voyageurs qui y voient des monstres prêts à bondir. Les bruits sont déformés et assourdis, menaçants. Un battement d'ailes au loin annonce-t-il un corbeau étrange, un oiseau-cauchemar ? Le craquement d'une branche prévient-il de l'arrivée d'un garloup affamé, d'un ver de brume terrifiant ?

Aussi inquiète que ses amis, Siba mène comme elle le peut la petite troupe aux côtés de Fifrelin, le visage rivé sur sa boussole de cuivre.

– Tu es bien sûr qu'il faut aller vers le nord ? demande-t-elle encore.

– Certain, répète le conteur, tout en surveillant les environs. Normalement, on devrait arriver à un bosquet. C'était marqué « Bois-Figé » sur la carte. Après, il devrait y avoir une rivière avec un gué en aval, puis nous devrons suivre le bras d'eau le plus étroit jusqu'au rocher du Sage.

– Si on ne fait pas de mauvaise rencontre, murmure Joachim.

La main sur sa dague, il ne cesse lui aussi de fouiller la brume. À ses côtés, Élina n'est pas en reste, son arc à moitié bandé, prête à décocher une flèche au moindre signe de danger.

– Je suis triste pour lui, lâche Siba.

– Pour Kin ? demande Élina.

– Non, pour Adama. Enfin, Sekou, je veux dire. Je n'arrive pas à me faire à son nouveau nom. C'était un héros, vous savez. Le plus grand capitaine du Conseil depuis bien longtemps. Il était aimé et respecté de tout le monde, c'est pour ça que le Conseil a eu tant de mal à trancher.

– Et c'est ta mère qui..., commence Joachim, sans finir sa phrase, les yeux soudain plissés.

Il a cru apercevoir quelque chose dans le brouillard, mais rien ne bouge. A-t-il rêvé ?

– Oui, répond Siba, qui n'a rien remarqué. Elle a beaucoup réfléchi avant, nous a même parlé à la maison de ses doutes, des questions qu'elle se posait. Mais finalement, elle nous a expliqué à mes frères et moi que la justice n'est pas la vengeance, qu'elle ne peut pas le devenir, et que la vengeance n'apaise jamais. Je suis triste de voir qu'elle avait raison. Sekou est toujours envahi par la peine, son geste ne l'a pas soulagé.

– Je le comprends un peu, murmure Fifrelin, qui continue de scruter le paysage tout en suivant la discussion de ses camarades. Il a été banni de chez lui après avoir perdu sa femme et son fils.

– Parce que tu crois qu'il aurait oublié tout cela s'il était resté à Aiguille-Soleil, avec lui aussi du sang sur les mains ?

Siba secoue la tête.

– Moi je suis certaine que non, affirme-t-elle. Comme on dit chez nous, « la vengeance est une soif qui ne s'apaise jamais ».

– Il ne pourra pas revenir ? intervient Élina.

– Non, à moins que le Conseil n'estime qu'il a payé sa faute et ne lui donne son pardon. Mais pour quelqu'un qui a tué, cela ne s'est jamais vu.

– C'est vraiment triste, en effet…

Les quatre compagnons poursuivent leur voyage dans la lande désolée. La roche est omniprésente, seulement trouée çà et là de quelques poches d'herbe ou d'arbustes qui parviennent tant bien que mal à pousser dans l'environnement hostile, baigné d'une lumière blafarde. Quelques insectes rampent parfois au sol. Le brouillard est trop épais pour les distinguer clairement avant qu'ils se soient enfuis.

– Je pensais qu'il y aurait plus de monstres que ça, chuchote Fifrelin, brisant le silence après qu'ils ont passé un long moment sans parler. Les histoires dans les auberges sont pleines de vers de brume gigantesques, de fantômes assoiffés de sang, d'araignées dévoreuses d'hommes et de tant d'autres créatures encore…

– On peut en effet s'estimer heureux de n'en avoir croisé aucune jusqu'ici, grommelle Joachim.

– N'oublions pas ce qu'ont dit Sekou et les chasseurs, leur rappelle Élina. Les Albins vivent eux aussi ici, on est chez eux. Et a priori ils sont tout sauf accueillants.

– Il paraît que la tribu de Lac-Salé utilise des flèches empoisonnées. J'espère qu'on aura le temps de discuter avant qu'ils nous attaquent.

Fermant la marche, Joachim glisse sur un caillou et trébuche, manquant de tomber.

– Aïe ! crie-t-il, plus de surprise que de mal.

– Ça va ? s'inquiètent tout de suite ses amis qui s'arrêtent.

– Oui, oui, les rassure-t-il.

Il examine la brume infinie qui les entoure.

– On fait une pause ? propose-t-il. Je n'en peux plus…

– Avec plaisir ! s'exclame Fifrelin en se laissant tomber au sol.

Il secoue la tête, soudain contrarié.

– Si seulement on avait de quoi manger, ajoute-t-il. Je meurs de faim.

– Moi aussi, soupire Élina en s'asseyant à côté de lui.

– Ce fameux Sage aura peut-être un peu de nourriture à partager, espère Joachim. Il faut qu'on tienne jusque-là.

Son estomac résonne d'un cri rauque. Fifrelin, Siba et Élina se regardent et, ensemble, éclatent de rire.

– On dirait que ton ventre n'est pas de cet avis ! se moque la Brune-Soleil.

– Eh ! s'exclame la chasseuse, la main dans son sac. Il y a des racines là-dedans !

– Quoi ? s'étonnent ses amis.

Élina extrait de son paquetage plusieurs tubercules blancs filamenteux.

– Beurk, grimace Fifrelin.

– C'est quoi ? s'enquiert le prince.

– J'ai vu les mêmes près du chaudron de Philémon, annonce Siba. Ça doit être des légumes.

– Il a dû les cacher dans mes affaires cette nuit, pendant que tout le monde dormait…

– J'en ai aussi ! s'exclame Siba.

– Je n'en reviens pas..., murmure Joachim, un large sourire aux lèvres. Il nous a aidés, malgré tout !

Élina croque dans l'une des racines et mâche avec application.

– C'est bon, articule-t-elle. Ça a un goût de carotte mais en un peu plus sucré.

– T'es sûre que ce n'est pas du rat ? la taquine Fifrelin.

– Si tu n'en veux pas, donne-moi ta part !

– Jamais ! réplique le conteur.

Il enfourne l'un des tubercules dans sa bouche et l'engloutit presque aussitôt.

– Alors ? demande Joachim, occupé lui aussi à manger.

– Dé-li-chieux !

Les quatre compagnons dévorent une bonne partie des provisions de Philémon, le cœur plus léger. Les sourires sont revenus malgré la fatigue, la désolation des brumes et le refus de Sekou de les aider.

Lorsque enfin ils sont rassasiés, ils se relèvent, prêts à repartir.

– Prochaine étape : Bois-Figé ! annonce Fifrelin.

– S'il y a vraiment des arbres, ajoute Siba, on pourra s'abriter dessous et faire du feu. Je rêve de me débarrasser de cette horrible humidité ambiante.

– En route, alors ! s'exclame Élina. Sage de Lac-Salé, on arrive !

Les voyageurs repartent avec un entrain renouvelé. Suivant la boussole de Siba et les indications de Fifrelin, ils avancent sur l'infinie lande pierreuse, toujours en direction du nord. Après quelques histoires du conteur, quelques souvenirs de leurs jeux à Roc-Tonnerre ou quelques-unes de leurs aventures à Valroc, la monotonie du paysage finit par avoir raison des discussions et les adolescents poursuivent sans un mot, plongés dans leurs pensées, leurs bottes raclant la roche, glissant sur les cailloux, de la buée s'échappant de leurs lèvres ouvertes.

– Regardez, dit Siba, rompant le silence au bout d'un long moment.

Elle montre du doigt une zone sombre au loin.

– Qu'est-ce que ça peut être ? s'inquiète tout de suite Joachim.

Le prince plisse les yeux dans la lumière déclinante de fin de journée.

– Un monstre ? s'interroge-t-il.

– Normalement, ça devrait être notre première étape, répond Fifrelin.

– Espérons que tu ne te sois pas trompé, soupire Élina.

– Je l'espère autant que toi, murmure le conteur. Allons-y.

Les voyageurs poursuivent, sur leurs gardes. Des formes apparaissent dans la brume. Des traits sombres. Ce qui ressemble à des branches grises. Des troncs, étroits. Des arbres sans feuilles, torturés, au bois blanc derrière l'écorce arrachée.

Bois-Figé.

– On y est ! s'exclame Élina, radieuse.

Ils accélèrent malgré la fatigue et les premiers chênes des brumes apparaissent rapidement. Les adolescents poursuivent leur avancée, s'enfonçant de plus en plus dans la sylve, ralentis seulement par Siba qui, de temps à autre, récupère quelques brindilles pour le feu.

– On va pouvoir s'installer ici pour la nuit, s'enthousiasme Fifrelin.

– J'aurais détesté dormir au milieu de rien, ajoute Élina.

– Moi aussi ! renchérit Joachim.

Ils passent un immense rocher haut comme un arbre, un tronc plus large que les autres, et soudain s'immobilisent.

Au cœur d'une clairière, un groupe d'énormes rats blancs dévorent la carcasse d'un garloup. Tous s'interrompent pour tourner leur gueule ensanglantée vers les quatre compagnons.

CHAPITRE 44

L'ATTAQUE DES RALBINOS

Joachim déglutit, les mains moites. Siba retient un cri, les yeux écarquillés. Tremblante, Élina tire lentement sur la corde de son arc afin de ne pas faire de bruit. Fifrelin fouille d'un regard paniqué la clairière devant eux, sans bouger la tête, cherchant désespérément un endroit où fuir.

Les créatures au pelage ivoire, chacune aussi grande qu'un agneau, couinent. Leur museau maculé du sang de leur victime s'agite dans le brouillard du soir, reniflant l'odeur des intrus.

Et essayant de savoir si elles pourront les manger.

– Reculez lentement, murmure Élina. Avec un peu de chance, ils vont préférer poursuivre leur festin plutôt que de nous…

Elle ne termine pas sa phrase.

Les ralbinos se ruent sur eux !

– Derrière moi ! crie Joachim.

Il se met en garde, Croc-de-dragon devant lui, prêt à frapper le premier monstre qui attaquera. Une flèche siffle derrière lui, se plante dans l'échine de l'un des rats qui s'écroule.

– Touché ! s'exclame Élina.

– Siba, attention ! s'alarme Fifrelin.

Les ralbinos manœuvrent pour encercler les voyageurs !

– Partez, sales vermines ! crie la chasseuse, encochant une nouvelle flèche.

La plus proche des créatures s'élance sur Joachim. Le prince l'esquive comme il a appris à le faire avec Perrine – jamais il n'aurait imaginé devoir affronter un rat ! –, frappe aussi fort qu'il le peut du tranchant de sa lame. L'énorme rongeur vagit de manière abjecte et retombe à terre, une patte blessée.

Joachim n'a pas le temps de se réjouir : un autre fonce sur lui !

– On ne tiendra pas ! lance-t-il, évitant de justesse une griffure à la jambe. Il faut trouver un moyen de les faire fuir !

– Je tente… ce que je peux ! halète Élina.

Une de ses flèches se plante au sol à côté d'un ralbinos. Indemne, celui-ci se précipite sur la chasseuse, sa gueule affreuse ouverte.

– J'ai une idée ! annonce Siba d'une voix tremblante. Tenez bon !

Élina s'écarte au moment où la bête cherche à l'atteindre et la repousse d'un coup de pied.

– Facile à dire ! peste Fifrelin.

Son couteau dégainé, il tient à distance l'un des plus gros rats qui, les yeux vicieux, le museau retroussé de rage, essaie de trouver une ouverture pour l'attaquer sans rencontrer la dent d'acier qui le menace.

– Surtout on reste dos à dos ! conseille Joachim. Sinon ils vont nous prendre à revers !

Deux rongeurs bondissent en même temps. Avec agilité, le prince les évite, pivote juste à temps pour entailler de sa lame le dos du plus proche.

– Impressionnant ! lâche Élina.

– Des heures d'entraînement, répond Joachim.

La bête touchée gémit et reflue en tremblant.

– Je n'ai jamais vu une dague aussi tranchante, ajoute le garçon.

Il agite son arme devant lui, faisant reculer trois monstres qui sifflent de rage.

– Normal, intervient Siba, fouillant dans son sac. C'est une dent de dragon !

Élina tire deux flèches l'une après l'autre, effrayant plusieurs créatures.

– Tu te dépêches de nous sauver au lieu de parler ? peste Fifrelin.

– Je m'en occupe ! réplique la Brune-Soleil.

Fifrelin s'écarte d'un ralbinos qui tente de le faire tomber en lui fonçant dessus, mais ne voit pas son congénère qui s'est approché par-derrière.

– Aaaah ! hurle-t-il. Il m'a mordu !

Du sang apparaît sur sa cuisse et coule doucement.

– Attention ! s'alarme Élina. D'autres arrivent !

Une dizaine, peut-être plus, d'yeux rouges brillent dans l'ombre des arbres gris, de l'autre côté de la clairière.

– Siba, je t'en supplie ! insiste Joachim. On ne va pas les retenir longtemps !

Le prince fond sur un rongeur pour l'effrayer et le faire reculer.

– J'ai mal ! gémit Fifrelin.

– Ça va aller ? s'inquiète son ami.

– J'espère…

– Je regarderai dès qu'on sera débarrassés de ces horreurs, dit Élina, ramenant son attention sur les ralbinos qui approchent pour avoir leur part du festin.

– J'ai trouvé ! annonce la Brune-Soleil à mi-voix. Heureusement que j'avais… Aaaah !

Joachim se retourne, a tout juste le temps comme Siba d'apercevoir trois autres énormes rongeurs bondir depuis les bois. Il pousse brusquement son amie pour l'écarter des assaillants, avance sa dague sur l'un d'entre eux qui la reçoit en plein dans l'abdomen.

– Ça se complique ! gémit Élina, son arc bandé visant les monstres, prête à tirer sur le premier qui bougera.

Les adolescents sont encerclés par une trentaine de bêtes maintenant !

– Ils s'approchent encore…, s'inquiète Fifrelin d'une voix faible.

– Siba je t'en supplie ! murmure Joachim.

– Je fais aussi vite que je peux ! Mon briquet est tombé et je…

Les ralbinos s'avancent, de plus en plus nombreux, les museaux frémissants.

– La flamme ne s'allume plus ! s'angoisse la jeune fille.

L'un des rongeurs gronde.

Comme s'il s'agissait d'un signal, tous s'élancent en même temps !

– Non ! hurle Joachim, au bord de la panique.

La masse grouillante de fourrure ivoire aux multiples yeux rouges se précipite sur les adolescents.

– Ils vont nous dévorer ! s'affole Élina.

Elle tire une flèche qui se plante quelque part, en prépare une autre. Joachim agite sa dague en de larges moulinets pour effrayer les ralbinos qui ralentissent mais ne reculent pas pour autant.

– Ils sont trop…, commence Fifrelin, son couteau prêt à frapper malgré la douleur.

– … nombreux ! termine Joachim.

Des coups de pied accompagnent les parades et les hurlements des adolescents. Les couinements des rats fusent, leurs dents sont partout !

– Siba ! supplie Élina.

– Voilà ! rugit la jeune fille.

Les ralbinos refluent soudain, laissant derrière eux un cercle de poils blancs arrachés et de taches de sang.

Le pantalon déchiré au genou et à la cuisse, Joachim les menace de sa dague. Du coin de l'œil, il devine une étrange lueur rougeâtre près de Siba.

– Reculez ! hurle la Brune-Soleil, la voix encore emplie de terreur. Reculez !

Elle avance d'un pas et les bêtes s'éloignent.

Tremblant de tous ses membres, Joachim jette un regard vers son amie.

Elle a allumé des brindilles pour former une torche !

– Faites comme moi ! lance Siba. Prenez les fagots dans mon sac, ces monstres craignent le feu !

Ses compagnons ne se le font pas dire deux fois. Profitant du répit que leur a offert la Brune-Soleil, ils récupèrent tout ce qu'ils peuvent de petit bois.

– Vite ! les presse Siba.

Un mouvement agite la masse impatiente des ralbinos, tenaillée par la faim.

– J’y suis ! s’exclame Élina.

Elle se redresse aux côtés de son amie, un brandon dans les mains.

– Moi aussi ! lance Fifrelin.

Il secoue devant lui une flamme orange, faisant reculer les créatures aux yeux rouges.

– Pareil ! termine Joachim.

Gémissant de frustration, les rats observent un moment les adolescents armés de feu, trop apeurés pour attaquer.

Un premier s’éloigne en direction des bois, suivi par un deuxième.

Un troisième.

Encore d’autres.

Puis, un à un, les ralbinos abandonnent le combat et disparaissent dans les ombres de Bois-Figé, laissant les voyageurs épuisés.

Et blessés.

CHAPITRE 45

UNE NUIT CAUCHEMARDESQUE

Le calme dans la clairière est impressionnant après la bataille contre les rats. Les halètements des adolescents s'élèvent dans la brume. Les flammes font doucement craquer les brindilles. Une flèche tombe à terre, résonnant au cœur de Bois-Figé.

– On a…, commence Élina, les larmes aux yeux.

– … survécu, termine Joachim.

Il se tourne vers Siba.

– C'est la deuxième fois que tu nous sauves la vie en quelques jours, murmure-t-il.

– Je n'aurais jamais réussi si vous n'aviez pas tenu aussi longtemps, répond la Brune-Soleil.

– Ého ! râle Fifrelin. Je vous rappelle que je suis blessé !

Les cheveux emmêlés de sueur, il est assis, les mains serrées autour de sa cuisse.

– Ça fait de plus en plus mal, grommelle-t-il.

– J'arrive ! souffle Élina.

Elle jette un dernier regard en direction de l'endroit où les ralbinos ont disparu, puis rejoint son ami.

– Je me blesse parfois dans les montagnes, explique-t-elle, examinant la plaie. Et à la ferme, c'est moi qui m'occupe des bêtes.

Elle fronce les sourcils, appuie doucement là où les dents du ralbinos se sont enfoncées.

– Aïe ! proteste Fifrelin. Je te signale que je ne suis pas une chèvre !

– Désolée, murmure la chasseuse, concentrée.

Elle arrache un bout de tissu de sa chemise, la mouille de l'eau d'une gourde et commence à nettoyer le sang.

– Une fois, j'ai été mordue par une belette, raconte-t-elle. Je l'avais trouvée près d'un rocher, en revenant une après-midi au château. Elle avait la patte coincée dans un piège à lapins.

Ayant détourné l'attention de Fifrelin sur son récit, elle approche le chiffon de la blessure.

– Aaaah !

Ignorant les protestations de son ami, elle poursuit :

– Je l'ai libérée mais elle a pris peur et m'a laissé une belle petite cicatrice.

La plaie nettoyée, la chasseuse pose dessus un second

morceau de tissu qu'elle serre fortement afin d'empêcher le sang de couler.

– Ouch…, gémit Fifrelin.

– Voilà, c'est fini, lâche Élina. La blessure est plus profonde que ce que je pensais.

Elle lève les yeux vers Joachim et Siba.

– Il ne doit pas marcher dans les heures qui viennent, sinon ça risque de saigner beaucoup.

Le front du prince se plisse d'inquiétude.

– Ça va aller quand même ?

– S'il ne bouge pas, oui.

– De toute manière, la nuit tombe, observe Siba. On n'aurait pas pu avancer beaucoup plus.

– Je suis désolé, les amis, gémit Fifrelin.

– Tu n'y es pour rien, l'arrête Joachim. Les brumes sont effectivement dangereuses…

Il pose la main sur l'épaule de Fifrelin.

– Tu t'es battu comme un héros contre ces horreurs. C'est aussi grâce à toi qu'on a tenu. Maintenant, c'est à nous de nous occuper de toi.

Il jette un regard soucieux à la blessure.

– Les rats ne vont pas revenir ? s'inquiète Fifrelin.

– On va faire un grand feu, ça les repoussera, propose Siba.

Joachim tique.

– La lumière risque de se voir de loin.

– On n'a pas le choix, insiste Siba. C'est le seul moyen de tenir les ralbinos à distance.

– … et d'aider Fifrelin à se remettre au plus vite, termine Élina.

Allongé par terre, la tête appuyée sur son paquetage, Fifrelin frémit, pâle, tremblant déjà de fièvre.

Les flammes crépitent et s'élèvent haut dans la clairière, teintant le brouillard d'une lueur orangée. Elles éclairent les silhouettes d'Élina et de Joachim assis côte à côte sur une pierre, celles de Siba et Fifrelin endormis un peu plus loin, mais aussi les troncs des arbres décharnés, les rochers et le sol caillouteux de Bois-Figé. Le ciel est noir. On ne voit pas les étoiles, masquées par la brume. La lune est invisible.

– Son front est toujours brûlant, soupire Élina.

– Il reste encore de l'eau ? demande le jeune prince.

Son amie fait signe que non.

– J'irai en chercher lorsque le jour se lèvera. S'il y a des arbres, c'est qu'il doit y en avoir quelque part.

– Pas sûr que ces arbres-là aient besoin d'eau, remarque l'adolescente.

Joachim observe les lignes grises des branches dépourvues de feuilles, la clarté du bois sous l'écorce.

– Je n'ai pas l'impression qu'ils soient morts.

– Sont-ils vivants pour autant ?

Joachim ne répond pas. Ses yeux reviennent à son

ami, allongé à même le sol. Il tressaille régulièrement. Des gémissements de douleur passent ses lèvres à intervalles réguliers. Ses mains se crispent.

– Il fait des cauchemars. Peut-être faut-il le réveiller ?

– Surtout pas, l'arrête Élina. Il doit absolument se reposer. Un mauvais sommeil sera meilleur que pas de sommeil du tout. Et même avec ça...

Elle s'interrompt un instant, soucieuse.

– ... même avec ça, je ne suis pas certaine qu'il puisse marcher demain.

Joachim acquiesce.

Perdu dans ses pensées, il caresse inconsciemment Croc-de-dragon sur ses genoux, songe à tout ce qui leur est arrivé depuis que l'émissaire l'a désigné au château de Valroc, à toutes les épreuves qu'ils ont affrontées, ensemble.

Il soupire.

Vont-ils trouver la fille du Sorcier ?

Vont-ils sauver les prisonniers de la malédiction, se sauver eux-mêmes... et survivre aux brumes où ils sont peut-être perdus ?

– Joachim ? dit Élina.

– Oui ? répond le garçon, se tournant vers elle.

– Non, non..., geint Fifrelin dans son sommeil.

La chasseuse s'interrompt et retourne voir le conteur, pose sa main sur son front humide.

– Pas mieux, murmure-t-elle d'un air contrit.

Elle revient sur le rocher.

– Je pensais aux brigands, dit-elle, reprenant le fil de sa discussion. Aux brigands et à Fifrelin.

Le visage de Joachim se ferme.

– Arrête avec ça ! s'agace-t-il. Pourquoi en parles-tu maintenant, alors qu'on est au fin fond du brouillard, qu'on n'a toujours aucune idée de l'endroit où se trouve Alaïs, qu'on risque d'être transformés en oiseaux-cauchemars et que Fifrelin est si mal en point ?

– C'est justement parce qu'il ne peut pas nous entendre que je t'en parle, murmure Élina.

Joachim se raidit.

– Je refuse de croire qu'il nous a trahis, l'arrête-t-il d'un ton ferme. C'est notre ami ! Et il nous a sauvés sur le chemin, souviens-toi ! Sans lui, nous serions tombés du pont lorsque nous avons traversé pour atteindre le domaine du Sorcier.

– Je sais, soupire Élina. Je sais tout ça.

– Non ! Non ! répète Fifrelin, pris dans sa fièvre.

La chasseuse s'assure d'un coup d'œil qu'il n'est pas en train de se réveiller, puis revient à sa conversation.

– Si on sort du brouillard, dit-elle, je veux juste qu'on soit très prudents, d'accord ?

– Évidemment !

– Je parie que la bande d'Evrard nous attendra là où on l'a vue la dernière fois.

– Sans doute.

Elle hésite, comme si les mots qu'elle allait prononcer lui coûtaient.

– Il faudra se méfier de Fifrelin.

Joachim sursaute, les yeux écarquillés.

– Quoi ? s'exclame-t-il.

– On ne sait jamais ! se défend la chasseuse. C'est par précaution. N'oublie pas que c'est lui qui nous a envoyés sur la route où se trouvaient les brigands lorsque nous avons quitté Roc-Tonnerre.

– C'était du pur hasard ! proteste Joachim.

– Peut-être. Mais je pense qu'il vaut mieux être prudent.

Joachim tourne la tête en direction de son compagnon d'enfance, endormi près du brasier qui éclaire et réchauffe la clairière. Le garçon s'agite dans son sommeil, marmonnant des paroles inintelligibles, le visage crispé.

– Il s'est battu avec nous contre les rats, murmure le prince.

– Je sais.

– C'est mon ami.

– C'est le mien aussi.

Fifrelin ouvre tout à coup grands les yeux et se redresse à moitié.

– Papa ! hurle-t-il. Papa !

CHAPITRE 46

Echappée belle

Le soleil s'est levé, encore bas dans le ciel au-delà les brumes. Les dernières ombres de la nuit refluent et la petite forêt, plongée dans le brouillard, retrouve son aspect fantomatique de la journée.

Près du feu à moitié éteint, Joachim, Élina et Siba terminent de ranger leurs affaires lorsque Fifrelin émerge du sommeil.

– Comment tu te sens ? demande aussitôt le prince à son ami.

Ce dernier grimace, des mèches brunes encore collées au front.

– Mieux, je crois, bredouille-t-il.

Il porte les marques de la fatigue – des yeux cernés, le teint pâle –, mais ne tremble plus. Sa fièvre semble avoir diminué.

– Tu as parlé dans ton sommeil, dit Élina.

– Ah bon ?

– Oui, poursuit-elle d'un air gêné. Tu as… appelé ton père.

Fifrelin se fige, tourne vers elle un regard inquiet.

– Mon père ?

Elle hoche la tête.

– J'ai dit quelque chose de particulier ? insiste le conteur.

– Non, rien, répond Joachim. Tu criais juste « Papa ! ».

– Il est mort il y a longtemps, n'est-ce pas ? demande Siba. Tu ne nous as jamais dit comment tu avais fait, après.

Fifrelin s'assied sans répondre, le visage fermé, occupé à rassembler ses affaires en hâte.

– La nuit a été difficile pour tout le monde, murmure Joachim.

La fatigue se lit sur ses traits comme sur ceux de ses compagnons. Ils en ont discuté rapidement au réveil, mangeant du bout des lèvres les racines de Philémon. Eux aussi ont été hantés par des cauchemars. Des oiseaux terribles ont croassé dans leurs rêves ; ils se sont vus couverts de plumes, le visage squelettique, volant au-dessus de la brume, le cœur empli d'urgence, de peur et de tristesse. Joachim a même juré avoir entendu dans sa tête des cris en réponse aux siens, comme s'il pouvait parler aux oiseaux-cauchemars à travers la nuit.

Tous se sentent épuisés, leurs nuits empoisonnées par l'élixir de cauchemar.

Ils n'ont plus que cinq jours.

– Je crois qu'on ferait bien d'y aller, dit Fifrelin.

– Tu pourras marcher ? s'inquiète Joachim.

– Il le faut bien.

– Tu ne veux pas manger quelque chose ? propose Siba. On t'a gardé des racines.

Il fait signe que non.

Les quatre amis quittent Bois-Figé sans rencontrer de nouveaux ralbinos. Sur leurs gardes, sursautant au moindre bruit, au moindre mouvement, ils émergent des troncs gris et des branches mortes alors que le soleil approche déjà de son zénith.

Le ventre d'Élina gargouille.

– J'ai faim, murmure-t-elle.

– Moi aussi, grommelle Joachim.

La lande s'étire de nouveau devant les adolescents, immense et désertique. Quelques taches sombres au loin laissent deviner des bosquets, de rares étendues d'herbes et de mousse. Une chute d'eau gronde, quelque part.

– La rivière, comprend Siba.

Elle se tourne vers Fifrelin et demande :

– Par où faut-il aller, maintenant ?

Son ami fronce les sourcils. Il est blafard.

– J'ai du mal à me souvenir, murmure-t-il. Tout se mélange un peu dans ma tête…

– Sans doute l'effet de la fièvre, s'inquiète Joachim. Tu n'as pas l'air en grande forme.

– Ne t'en fais pas.

Fifrelin fouille dans sa mémoire, cherche à se remémorer la carte aperçue entre les mains de Skara.

– Il faut trouver le gué, affirme-t-il. Il doit être…

Il se tait, hésite.

– … au nord-est. Je crois.

– Et après ? l'interroge Joachim.

– Après, on arrivera à la grotte du Sage en suivant le bras de la rivière.

La chasseuse se tourne vers Siba.

– Tu ne peux pas voler ?

– L'air est trop froid et humide. Il n'y a pas assez de vent, rien pour me porter.

Elle soupire puis ajoute :

– Et de toute manière, il me serait impossible de distinguer quoi que ce soit dans cette purée de pois, même avec mes lunettes. On n'a pas d'autre choix que de poursuivre avec les indications de Fifrelin.

Ils reprennent leur marche en silence, la Brune-Soleil rivée à sa boussole, ses compagnons l'oreille tendue, scrutant la brume. Le bruissement de la rivière se renforce à mesure qu'ils progressent. Les rochers autour d'eux sont de plus en plus nombreux, de plus en plus imposants.

Élina se fige soudain.

– Vous avez entendu ? chuchote-t-elle.

Tous s'immobilisent, aux aguets.

– Entendu quoi ? s'inquiète Joachim.

– On se cache, vite ! lance l'adolescente.

Ses amis ne se le font pas dire deux fois. D'un bond, ils la rejoignent derrière l'une des grosses pierres qui parsèment la lande.

Un étrange hennissement brise le silence.

Élina pose un doigt sur sa bouche puis prend lentement son arc, faisant signe à ses camarades de s'armer également.

Tendus, ils suivent son exemple.

Un second cri s'élève quelque part sur leur droite.

Les adolescents pivotent pour se mettre à l'opposé de l'endroit d'où provient le bruit.

– Des animaux ? murmure Siba.

Élina fait non de la tête.

Joachim lève sa dague devant lui, prêt à se battre.

– Tu as… traces… odeur ? demande une voix.

Les amis se raidissent.

– Impossible de suivre… trace à l'odeur… humidité… ouest…, répond une autre.

Un groupe de cavaliers approche !

Rapidement, l'écho de sabots raclant la pierre résonne dans la brume, et une demi-douzaine de silhouettes apparaissent. Hautes, les cheveux clairs et la peau blanche comme la neige, elles chevauchent d'étranges créatures ressemblant à des chevaux, mais aux poils plus drus et plus épais et à la tête surmontée de trois longues cornes. Plusieurs créatures bipèdes à tête de loup et au pelage ivoire les accompagnent, transportant des sacs et des provisions.

Des Albins voyageant sur leurs légendaires tricornes et accompagnés de garloups !

Joachim, Fifrelin, Élina et Siba se recroquevillent sur eux-mêmes, cachés dans l'ombre de leur rocher, priant pour ne pas être vus ni entendus.

– On devrait rattraper les bicheblanches avant le zénith, assure celui qui mène la petite troupe.

Des nattes fines pendent de son crâne jusqu'à ses épaules. Ses bras tatoués émergent d'une tunique pâle, de la même couleur que la bête qu'il chevauche et que l'arc qu'il porte à la main.

– On sera sans doute rentrés à Lac-Salé avant la nuit, termine le jeune éclaireur.

Joachim déglutit.

Ce sont des Albins de Lac-Salé, l'une des tribus les plus dangereuses des brumes d'après Sekou et ses chasseurs !

– Accélérons quand même, conclut l'homme en robe près de lui. J'ai entendu le sifflement d'un ver, au nord.

Ses comparses talonnent doucement leurs montures et, accompagnés du claquement des sabots des tricornes, s'éloignent rapidement des adolescents dissimulés dans l'ombre de la roche.

– On l'a échappé belle ! soupire de soulagement Siba, une fois le silence revenu.

– On repart tout de suite, propose Élina. Apparemment on touche au but. Et on essaie de marcher le plus vite possible. Je n'ai pas envie de rencontrer d'autres groupes… ni un ver de brume.

Tous acquiescent et, aussitôt, reprennent la direction de la rivière.

CHAPITRE 47

À LA RECHERCHE DU SAGE

Siba reprend la tête de la petite compagnie, suivie par ses compagnons leurs armes à la main, prêts à s'enfuir ou lancer l'alarme à tout moment. Le bruit de l'eau se renforce à chaque pas et, bientôt, les voyageurs atteignent les berges d'une large rivière.

– Comment va-t-on passer ? s'inquiète Élina, criant presque pour se faire entendre.

Face à eux, le courant se fracasse contre les rochers, projetant tout autour des gerbes d'écume. De hautes herbes grises poussent sur les rives, fournissant des cachettes dans lesquelles de petits poissons aux écailles claires se faufilent.

– Impossible de traverser à la nage, observe Joachim.

– Un gué était indiqué sur la carte, rappelle Fifrelin.

Ses compagnons fouillent la grève du regard sans y déceler de passage.

– De quel côté faut-il aller ? l'interroge la chasseuse.

Fifrelin plisse le front. La fièvre est revenue. Elle lui martèle le crâne, lui paralyse le cou et les épaules. Il a du mal à réfléchir, à se souvenir.

Il frissonne.

Ses amis comptent sur lui.

– À droite, dit-il.

– Tu es sûr de toi ? demande une nouvelle fois Élina.

Il hoche la tête.

À quoi cela servirait-il de les inquiéter ?

Il ajuste les lanières de son paquetage, prend une longue inspiration, et part en direction de l'amont.

Après un instant d'hésitation, ses compagnons lui emboîtent le pas.

Le brouillard est encore plus dense le long de l'eau, et les voyageurs ne voient presque rien. Joachim et Élina ferment la marche, jetant régulièrement des regards soucieux autour d'eux.

N'importe quoi pourrait surgir de la brume et les attaquer : un ver, les Albins et les garloups qu'ils ont entendus tout à l'heure, et qui sait quels autres monstres encore ?

– Là ! s'exclame Siba.

Ses amis sursautent et se retiennent de crier.

– J'en étais sûr ! lâche Fifrelin, rassuré.

Près d'un amas de grandes pierres, la rivière forme un coude. Plusieurs rochers en émergent, luisants d'humidité.

– Si on arrive à sauter de l'un à l'autre, on pourra traverser.

Joachim fronce les sourcils. Il devine sur la rive opposée un bras d'eau qui serpente vers le nord.

– C'est comme tu disais, annonce-t-il à Fifrelin.

Le prince lâche une tape sur l'épaule de son ami qui répond d'un grognement.

– On y est presque ! se réjouit Joachim.

– Dépêchons-nous, propose Siba. On ne sait pas à quelle distance se trouve le rocher du Sage, et j'aimerais qu'on l'atteigne avant la nuit. Je n'ai pas du tout envie de dormir encore à la belle étoile.

Elle envoie un sourire rassurant à Fifrelin.

– Et je pense que ça te fera le plus grand bien de te reposer dans un endroit sec et chaud, si ça existe par ici.

Les adolescents rejoignent les écueils qui traversent le lit de la rivière. Le bruit de l'eau y est assourdissant, et le paysage presque totalement caché par le brouillard et les gouttelettes en suspension.

– Je passe le premier, annonce Joachim.

Il range sa dague dans son fourreau et grimpe sur la première pierre.

– Sois prudent ! lui demande Élina.

– Promis.

Il pose ses mains sur le rocher humide, l'escalade en manquant de glisser à plusieurs reprises jusqu'à atteindre le sommet. Impressionné malgré lui, il se retourne, lance un dernier regard à ses amis, puis d'un bond disparaît.

– À nous, dit Siba. Vas-y, Fifrelin. Tu es encore faible, on pourra t'aider si besoin.

Sans protester, le garçon suit Joachim en grimaçant chaque fois qu'il s'appuie sur sa jambe blessée, imité par les deux adolescentes. Les uns après les autres, ils passent de pierre en pierre au milieu du rugissement des flots, dérapent, se rattrapent de justesse, mais rejoignent, sains et saufs, la rive opposée.

– Je n'en reviens pas ! s'exclame Siba, les mains sur les cuisses, essoufflée après ses efforts.

Elle observe la rivière bruyante derrière eux, les rochers luisants, le paysage englouti dans la brume.

– Si on m'avait dit que nous ferions un tel voyage…

– Et on n'est pas au bout de nos surprises, je crois, la coupe Élina.

La chasseuse désigne l'affluent qui serpente dans la lande jusqu'au pied d'une petite élévation pierreuse, à peine visible dans les volutes de brouillard.

– Ça doit être là que vit le Sage, imagine-t-elle.

– Forcément, renchérit Fifrelin.

Son visage se rembrunit lorsqu'il rajoute :

– J'espère qu'il nous aidera.

– Pourquoi est-ce qu'il ne le ferait pas ? s'étonne Joachim.

– On n'a rien à lui offrir…

– Tout ne s'échange pas, tout ne se monnaye pas, intervient Élina.

– On est là pour essayer de lever la malédiction du Sorcier, pour sauver d'autres que nous. Il y sera forcément sensible.

– J'espère…, soupire Fifrelin. J'espère vraiment.

Malgré la fatigue et la peur, malgré la pâleur de Fifrelin et les gémissements qui s'échappent parfois de ses lèvres, les adolescents avancent rapidement le long du ruisseau. Leur destination grandit à vue d'œil. Ce qui paraissait être un simple monticule de pierres se révèle être une haute colline dont le sommet, comme l'Île-Brume, semble affleurer la surface de l'océan de brume. Un sentier en longe la falaise, menant jusqu'à un trou dans la roche.

– Pour une fois, ça a l'air facile ! se réjouit Élina avec un sourire.

– Attendons d'y être, répond Joachim, plus mesuré.

– Rabat-joie ! peste Siba. Avec un peu de chance, le Sage nous dira où trouver Alaïs, et c'en sera fini de notre voyage ! On pourra rentrer chez nous, retrouver le ciel, le soleil, la chaleur… et être libérés, nous comme les autres, de la malédiction du Sorcier !

– Espérons, dit le prince, sans se départir d'un air soucieux. Il ne nous reste plus que quatre jours.

– Ça ira, ne t'en fais pas, dit Élina. On ne peut pas avoir que de la malchance.

Pressés d'arriver, les amis accélèrent encore. Suivant le cours d'eau, ils atteignent la base de l'élévation, puis abandonnent le ruisseau pour s'engager sur un sentier. La montée, douce au début, se fait de plus en plus rude à mesure que les voyageurs se rapprochent de l'entrée d'une grotte. Cependant, lacet après lacet, courbe après courbe, ils poursuivent au même rythme, haletants, le front luisant de sueur.

– Enfin ! s'exclame Élina, arrivée la première.

Ses compagnons la rejoignent, Fifrelin le dernier, manifestement épuisé.

– Tu veux qu'on se repose un peu avant d'entrer ? lui demande Joachim.

Le souffle court, incapable de parler, son ami secoue la tête.

Élina prend alors une longue inspiration et s'avance dans la caverne.

Il fait sombre à l'intérieur, très sombre, et la lumière pâle du soleil disparaît dès les premiers pas.

– Je vais allumer une torche, annonce Siba à voix basse.

Elle fouille l'intérieur de son sac, en extrait son briquet et les dernières brindilles récupérées dans Bois-Figé.

Elle frappe ses deux silex usés, ne réussissant qu'à obtenir quelques étincelles.

– Saleté de brouillard ! peste-t-elle. Le bois est trop humide.

– Tant pis, murmure Joachim. On va faire sans.

– Mais comment ? s'inquiète Fifrelin.

– On va marcher au milieu de la grotte. On finira bien par apercevoir de la lumière. Mettez-vous derrière moi, chacun les mains sur les épaules de l'autre pour ne pas se perdre.

Les voyageurs s'enfoncent dans la caverne, menés par le prince. Ils avancent ainsi durant un long moment, bifurquant à droite, à gauche au fil des culs-de-sac, des « Aïe ! », des « Ouille ! » et des détours de la roche.

– Oh, non… soupire tout à coup Joachim.

– Quoi ? s'alarment en chœur ses compagnons.

– Je viens de me cogner, mais au fond cette fois. On est arrivés à l'extrémité de la grotte. Il n'y a rien derrière.

– On a dû rater un embranchement, s'inquiète Élina.

– Les chasseurs n'ont pas pu nous mentir, le Sage vit forcément ici ! ajoute Siba. À moins qu'on ne se soit trompés de rocher ? Fifrelin ?

Malgré le noir absolu qui règne, la Brune-Soleil se tourne vers le conteur derrière elle, comme si elle pouvait l'interroger du regard.

– Je… Je ne me souviens pas, répond le garçon, la

voix pâteuse de fièvre. Tout... tout se mélange dans ma tête. Je suis désolé...

– On va revenir sur nos pas, propose Joachim.

– Je suis fatiguée, lâche Élina.

– Moi aussi. Mais on va y arriver, je te le promets. Il faut y croire...

Dans une ambiance lourde, les adolescents repartent en sens inverse.

Est-ce l'effet de l'épuisement, de l'élixir de cauchemar ? L'obscurité de la caverne semble plus oppressante qu'à l'aller. Le cœur battant, Joachim fouille les ombres en quête d'un passage qu'il n'aurait pas vu, craignant à tout moment de discerner les tentacules qui l'ont attaqué dans la salle du Sorcier ou le loup terrible de ses cauchemars d'enfant.

Arrête ! se sermonne-t-il. *Le Sorcier ne vit pas ici !*

Le prince ferme les paupières, et l'image d'oiseaux-cauchemars l'envahit, volant dans un ciel nocturne.

Il rouvre brusquement les yeux et tressaille, faisant sursauter Élina derrière lui.

– Cette grotte devient effrayante..., murmure-t-elle.

– Il faut... penser à quelque chose de positif, propose Siba. Pour repousser la peur...

La voix de la Brune-Soleil ne semble pas plus assurée que celle de son amie.

Joachim déglutit, se force à songer à sa mère lorsqu'elle courait après lui dans les galeries du château ; à son père et à leurs promenades dans les pins, juste tous les deux, à…

Le jour blafard apparaît soudainement, au loin.

La sortie.

– Ouf ! s'exclame le prince.

Sans masquer leur soulagement de laisser derrière eux la noirceur, les adolescents retrouvent enfin l'entrée de la grotte.

– Ce n'est pas possible, soupire Élina. Il n'y a personne, absolument personne ici. On s'est trompés.

– Pas forcément, répond une voix.

Ils sursautent et se retournent, effrayés. Une silhouette élancée se forme dans la caverne derrière eux, les traits dissimulés dans l'ombre.

– Si vous n'utilisez que vos yeux, vous passez à côté de beaucoup de choses, poursuit l'homme.

Il écarte les bras en signe de bienvenue, et ajoute :

– Je suis Qerio, je vis ici. J'imagine que c'est moi que vous cherchez ?

CHAPITRE 48

QERIO

Les adolescents restent un moment interdits.

– Vous… Vous étiez où ? balbutie Joachim.

– Simplement assis derrière un rocher. Je vous ai entendus avancer et vous cogner un peu partout. Je me demandais quand vous alliez tomber ou vous faire suffisamment mal pour vous décider enfin à utiliser votre intelligence et vos autres sens que la seule vue.

Toujours en partie dissimulé dans l'ombre, il secoue la tête d'un air résigné.

– J'ai attendu en vain.

Bien que piquée au vif, Élina préfère ignorer sa moquerie.

– Vous êtes le Sage ? l'interroge-t-elle.

Qerio fait un pas en avant, révélant son visage pâle d'Albin, ses cheveux couleur de neige, ses épaules larges et ses grands yeux verts.

– Sage, je ne sais pas. Par contre, moi, je réfléchis, en effet.

– Mais vous n'êtes pas vieux du tout ! s'exclame Siba, surprise.

Qerio l'observe en retour, interloqué.

– Parce qu'il faut être vieux pour se poser des questions ?

La Brune-Soleil ouvre la bouche pour répondre, mais aucun mot ne passe ses lèvres.

Qerio sourit.

– Le monde n'est que questions, dit-il. Partout. Et sans fin.

Il rejoint l'entrée de la caverne, là où, du cœur de la colline pierreuse, il peut apercevoir la lande engloutie par la brume, la ligne diffuse du fleuve qui coule au loin ; là où il peut entendre le bruit de la rivière, le doux souffle du vent, sentir l'air sur sa peau.

– Pourquoi notre monde est-il encore recouvert par le brouillard ? Comment l'herbe, les arbres font-ils pour ne pas mourir avec si peu de lumière ? Où va l'eau, une fois qu'elle quitte Lac-Salé ? Y a-t-il d'autres montagnes que les vôtres, ailleurs ?

Il fait volte-face, dévisageant ses visiteurs.

– La toute dernière de mes questions est celle-ci : que font quatre jeunes voyageurs au beau milieu de la brume, sur les terres des Albins ?

– On a besoin d'aide, répond tout de suite Joachim.

– J'imagine, pour avoir pris tant de risques à venir jusqu'ici.

Il s'approche de Fifrelin, colle sa paume sur le front luisant de sueur du garçon.

– Avant que vous me racontiez tout cela, je vais m'occuper de lui. Venez avec moi.

Qerio s'enfonce dans la grotte, imité par les voyageurs. Rapidement, la lumière disparaît, avalée par l'obscurité. Joachim, Élina, Siba et Fifrelin avancent comme le leur a conseillé l'Albin, l'oreille tendue, les mains sur la roche, suivant la courbe des murs et le bruit des pieds nus de leur guide.

– Ouille ! s'exclame soudain Joachim. Pardon !

– Tu n'avais pas entendu mes pas s'arrêter ? demande Qerio.

– Non, désolé ! Je ne voulais pas vous foncer dedans !

– Ce n'est pas grave. Approchez, et asseyez-vous.

Les quatre amis s'exécutent tant bien que mal. Quelques instants plus tard, des étincelles jaillissent dans l'obscurité et un feu s'allume sous une marmite juste devant eux, éclairant également le visage concentré de Qerio.

L'Albin s'empare de plusieurs feuilles posées à même le sol dans un fatras de fruits séchés, de racines et de graines, puis les jette dans l'eau.

– Pendant que je prépare de quoi faire tomber la fièvre de votre ami – rassurez-moi, c'est bien votre ami ? –, racontez-moi. Racontez-moi tout. Je suis curieux.

Joachim se racle la gorge, et se lance.

Dans la vapeur dégagée par le chaudron, dans le froid de la grotte qui se dissipe peu à peu avec les flammes, accompagné des grelottements et des claquements de dents de Fifrelin qui résonnent, le prince relate une fois encore la fête au château de Valroc, l'appel de l'émissaire, leur départ pour la montagne du Sorcier, la poursuite des brigands, leur rencontre avec les chasseurs de brume et leur arrivée enfin à la caverne, malgré les ralbinos, la fatigue, la peur et les blessures.

– Eh bien, murmure Qerio, impressionné, lorsque Joachim a terminé. Quelle histoire !

Il attrape la louche accrochée à l'anneau de la marmite, l'utilise pour prélever un peu de sa préparation qu'il verse dans un bol en bois.

– Tiens, dit-il à Fifrelin. Bois ça. Ça devrait te guérir.

– Sinon ? s'inquiète Élina.

– Sinon il mourra dans d'atroces souffrances, prévient le Sage d'un air détaché. La fièvre des ralbinos est plus terrible encore que leurs griffes.

Face aux adolescents abasourdis, il complète aussitôt :

– Mais ne vous affolez pas. Ce remède fonctionne toujours.

Joachim observe son ami avaler le bouillon, puis s'oblige à revenir à Qerio.

– Alors ? demande-t-il. Maintenant que vous savez pourquoi nous sommes là, vous allez nous aider à trouver Alaïs ?

Qerio réfléchit, les yeux perdus dans les volutes de fumée qui s'échappent de son chaudron.

– Grâce à vous, je comprends enfin pourquoi ces oiseaux de cauchemar hantent nos terres depuis si longtemps, pourquoi ils errent dans le brouillard sans jamais se poser, sans jamais attaquer ni Albin, ni animal. Leur apparition a provoqué bien des craintes, ici, au pays des brumes. Et bien des questions.

Il secoue la tête, contrarié.

– Mais, malheureusement, j'ignore l'endroit où se trouve la fille du Sorcier.

– Oh, non…, murmure Joachim, sans masquer sa déception.

Fifrelin s'étouffe dans son bol et se redresse, croise le regard découragé d'Élina. Siba, elle, fixe le Sage, ne pouvant croire que tous leurs efforts restent vains.

– Je sais autre chose, par contre, poursuit Qerio.

Les adolescents se ressaisissent, suspendus à ses lèvres.

– Je me souviens de son passage. Elle est arrivée il y a plusieurs années, avec une troupe de chasseurs de brume.

– Ceux qui l'avaient enlevée ! lâche Joachim, impatient d'en apprendre plus.

– Peut-être, imagine l'Albin. Elle n'était cependant pas attachée.

Pensif, il observe le prince assis en face de lui, comme s'il essayait de lire quelque chose dans son visage.

– Elle a erré dans le brouillard avec eux longtemps, très longtemps. Puis les oiseaux sont arrivés et, du jour au lendemain, je n'ai plus entendu parler d'elle. Elle n'était plus avec les chasseurs, en tout cas.

– Elle… Elle serait morte ? redoute Élina.

– Votre sorcier prétend que non.

– Mais où peut-elle être alors, si elle est toujours en vie ? s'interroge Joachim. Les oiseaux-cauchemars hantent Mondebrume partout, à sa recherche. Il est impossible qu'ils ne l'aient pas trouvée !

Qerio observe ses compagnons, l'air vaguement amusé.

– À moins que…, commence Siba.

Ses amis braquent leur regard sur la Brune-Soleil.

– À moins qu'elle ne soit cachée dans un endroit où les oiseaux-cauchemars ne peuvent se rendre, poursuit-elle.

– Mais ils vont partout ! lui oppose Joachim.

– Qu'est-ce qui les guide ? demande Qerio.

– Les cauchemars, murmure Élina pour elle-même. Ils sont guidés par les cauchemars. Nous-mêmes, nous commençons à les sentir, à les deviner et les entendre, la nuit… et même dans l'obscurité.

Elle frissonne, et termine :

– C'est horrible. Je ne veux pas… Je ne veux pas me perdre dans les cauchemars.

– Le Val d'Oubli ! s'exclame Siba, bondissant sur ses jambes.

Qerio opine de la tête.

– Là-bas, les cauchemars n'existent pas !

– Je n'ai jamais entendu parler de cet endroit, intervient Joachim.

– C'est une vallée dans les contreforts du royaume de Virevent. On dit qu'une enchanteresse y accueille celles et ceux qui viennent demander son aide pour oublier.

– Pour oublier ? répète Élina, une grimace d'incompréhension sur le visage.

Siba hoche la tête.

– Oublier des peines, oublier des erreurs qu'ils ont faites, et tout recommencer.

– Même si oublier ne répare rien, intervient doucement Qerio.

– Vous pensez qu'Alaïs pourrait être là-bas ? l'interroge Joachim.

L'Albin hausse les épaules.

– Où pourrait-elle être sinon ?

– Mais jamais on n'y sera à temps, soupire le prince, abattu. Virevent se trouve à plusieurs jours de marche d'ici. Nous serons tous prisonniers de nos cauchemars bien avant d'y arriver.

– J'ai peut-être de quoi vous aider, annonce l'Albin.

Il se relève, époussette sa robe de lin claire et ajoute :

– Vous venez ?

Étonnés, les adolescents se lèvent à leur tour et le suivent jusqu'à l'entrée de la grotte. L'Albin balaie du regard la lande au pied de la montagne, fouille, à la recherche de quelque chose.

Il tique puis, les doigts dans la bouche, lance un sifflement strident.

– C'est horrible ! gémit Élina, les mains sur les oreilles.

Fifrelin acquiesce. Ses yeux sont encore brillants de fièvre, mais la sueur ne perle plus sur son front, et sa figure a repris quelques couleurs.

– Là-bas ! s'exclame Siba.

Plusieurs créatures aux longs poils blancs et aux cornes aiguisées surgissent de la brume.

– Des tricornes ! s'émerveille Joachim.

– Ils vous conduiront jusqu'à Virevent et au Val d'Oubli, dit Qerio.

Les animaux semblables à d'immenses chevaux finissent de gravir la colline et s'immobilisent à quelques pas de l'Albin. Celui-ci s'approche d'eux, leur chuchote à chacun un mot à l'oreille. L'un après l'autre, les tricornes s'agenouillent, attendant que leurs cavaliers les rejoignent.

– Pourquoi acceptez-vous de nous aider ? demande Joachim. Je croyais que les Albins de Lac-Salé détestaient les montagnards...

– Je vous l'ai dit, d'innombrables questions me taraudent, lui répond Qerio. Vous m'avez appris aujourd'hui la raison pour laquelle les oiseaux-cauchemars survolent nos terres. Vous m'avez appris, aussi, que le courage n'a pas d'âge. Les sages peuvent être jeunes. Les héros également.

Un sourire étire les lèvres de l'Albin.

– Soyez prudents. Et prenez bien soin de votre malade.

CHAPITRE 49
ENCERCLÉS !

La grotte de Qerio disparaît lentement derrière les voyageurs, avalée par le brouillard. Assis sur le dos des tricornes, les quatre adolescents se laissent conduire, aussi impressionnés qu'émerveillés.

– Jamais je n'aurais imaginé ça, répète à voix basse Élina, pour la dixième fois au moins.

– Je n'ai jamais, jamais entendu d'histoire où des gens montaient des tricornes, renchérit Fifrelin. Personne ne me croira à l'auberge !

Après une courte hésitation, le garçon flatte l'encolure de sa monture, mêlant ses doigts aux longs crins de l'animal. Le conteur ne tremble plus, une partie de ses cernes a disparu sous l'effet de la décoction de Qerio.

– Il y a beaucoup de récits au sujet du Val d'Oubli, également, commence-t-il.

– Oh, non, pas encore des histoires..., marmonne Élina.

La chasseuse affiche cependant un air joyeux malgré sa fatigue, soulagée elle aussi de la guérison rapide de leur ami.

– Il faut bien que je vous parle un peu de l'endroit où l'on va, non ? proteste Fifrelin. Que je vous raconte l'enchanteresse qui vit là-bas, les philtres magiques qu'elle prépare, les...

– Au galop ! le coupe Élina, pressant de ses bottes les flancs de son tricorne.

Dans un éclat de rire, elle s'éloigne sur l'animal qui accélère, la crinière au vent, les poils de ses pattes et de sa queue battant l'air humide. Les yeux plissés de plaisir, Élina se laisse conduire, goûtant enfin un peu d'espoir dans cette quête cauchemardesque.

Ils sont finalement sur la bonne piste.

Ils savent où trouver Alaïs, pourront libérer Mondebrume des oiseaux-cauchemars et échapper à la malédiction du Sorcier qui pèse sur eux, par la même occasion.

La lande s'étire à l'infini. Les sabots claquent sur la pierre dans un son étouffé, au cœur du brouillard qui enferme les adolescents et les empêche de voir au-delà de quelques dizaines de pas. Comme ailleurs dans l'océan de brume, seule une maigre végétation pousse par endroits, mousses vertes ou grises, quelques tiges d'ajoncs qui se dressent en quête de lumière. Les animaux, cependant, semblent être plus nombreux. Des lapins à la fourrure de neige détalent derrière des rochers, et un oiseau – une colombe ? une pie blanche ? – s'est envolé à l'approche des voyageurs.

– ... et donc, d'après ce que j'ai entendu à l'auberge de Fonroc, il y a trois, quatre hivers peut-être, poursuit Fifrelin, l'enchanteresse accueille tous ceux qui souhaitent boire de son philtre d'oubli. On dit qu'ils perdent tous leurs souvenirs, oublient parfois même qui ils étaient !

– Mais c'est horrible ! s'exclame Siba. Qui voudrait oublier qui il est ?

– Ceux qui ont trop souffert, peut-être, imagine Élina.

– « Pardonne à ceux qui t'ont blessé, apprends de tes erreurs et de celles des autres », récite Siba. C'est un proverbe brun-soleil. Si on oublie, comment apprendre ?

– Je ne sais pas, admet Élina.

– Chuuut, les interrompt Joachim.

Derrière eux, à moitié tourné sur le dos de son tricorne, le prince arbore une expression soucieuse.

– Un problème ? s'inquiète aussitôt la chasseuse.

Il hoche la tête.

– J'ai cru voir des ombres par là-bas, dit-il, désignant une zone de rochers à leur droite.

– Des ralbinos ? s'alarme Fifrelin.

– C'était plus grand...

– Un ver de brume ? demande Siba, soudain toute pâle.

– Des Albins, peut-être. On dirait qu'ils nous suivent.

Le garçon jette un regard soucieux au-devant d'eux.

– Vous pensez qu'on arrive bientôt à Virevent ?

– Impossible, dit Élina. Il nous faudra au moins deux jours pour atteindre les montagnes.

– J'espère que cela suff…

Un hennissement l'interrompt. Des ombres jaillissent de la brume et une dizaine d'Albins montés sur des tricornes encerclent les voyageurs, arcs et lances à la main.

– Oh, non…, gémit Fifrelin.

– Arrêtez-vous ! ordonne la femme qui semble commander les nouveaux venus.

Les cheveux courts, des lignes rouges peintes sur le visage et protégée d'un plastron de cuir pâle, elle pointe sur les adolescents une épée menaçante.

– Que faites-vous sur les terres de la tribu de Lac-Salé ? demande-t-elle.

Élina cherche autour d'eux un moyen de s'enfuir, mais les Albins ne leur ont laissé aucune échappatoire. Ils sont prisonniers !

– Nous recherchons quelqu'un, répond Joachim.

Sa voix est forte, posée, et Élina devine qu'il essaie de masquer sa peur, la même que celle qu'elle ressent elle aussi.

Pourquoi a-t-il fallu qu'ils les trouvent, juste au moment où ils s'apprêtent à quitter les brumes ?

– Vous avez capturé des tricornes, rugit un des guerriers Albin. Vous avez pillé nos terres !

Il sort une lame de son fourreau, un rictus mauvais sur les lèvres.

– Nous allons vous le faire regretter !

– Attendez ! lance Siba.

L'adolescente n'en mène pas large.

– C'est le Sage qui nous a confié ces tricornes, dit-elle. Qerio. Pour nous aider à partir.

Les Albins échangent un regard étonné.

– Tu mens ! lâche le guerrier.

– On va très vite le savoir, dit leur cheffe.

Elle adresse un signe de tête à une jeune fille restée en retrait, munie d'un arc accroché à son dos. Cette dernière saute sur le sol et approche de la monture de Siba. Sans prêter attention à la Brune-Soleil, elle colle sa bouche contre l'oreille de l'animal et, doucement, lui murmure quelques mots tout en lui caressant le museau. La bête renâcle.

L'Albine recule, surprise, et rejoint la meneuse de leur expédition. Les deux femmes discutent un instant, puis la cheffe hoche la tête, étonnée.

– Ces montagnards disent vrai, annonce-t-elle. Qerio a appelé les tricornes pour qu'ils les conduisent.

– Il n'en a pas le droit ! peste le guerrier. Ce n'est qu'un…

– Llandre ! l'arrête tout de suite la cheffe. Ce n'est pas à toi d'en décider. Mais à moi.

La femme au plastron talonne sa monture et rejoint les adolescents, un air de défi sur le visage.

– Quittez vite ces terres qui ne sont pas les vôtres, marmonne-t-elle. Nous ne serons pas aussi cléments avec vous la prochaine fois.

Elle se tourne vers sa troupe et crie :

– D'autres intrus nous menacent ! Et ceux-là ne sont pas des protégés de Qerio. En route pour le gué !

Sans un regard aux adolescents, elle repart au trot, imitée par ses compagnons.

Seul Llandre ne l'a pas suivie et dévisage les montagnards d'un air mauvais.

– Vous ne perdez rien pour attendre, gronde-t-il.

Il remet son épée à son fourreau, crache par terre et, d'un geste brusque, fait faire volte-face à son tricorne avant de disparaître à son tour dans la brume.

– C'était…, murmure Élina, sans finir sa phrase.

– … le pire moment de ma vie, termine Fifrelin.

Il fronce les sourcils et ajoute :

– En dehors de la bataille contre les ralbinos, de la fièvre, du combat contre le Sorcier, des cauchemars, de…

– Il faut partir, le coupe Joachim. Ils l'ont dit : la prochaine fois risque de ne pas se passer aussi bien. En route !

Le prince fait avancer son tricorne en direction du nord.

– Attendez, l'arrête Siba.

Ses amis se tournent vers elle, surpris.

– Quoi ? s'étonne Fifrelin. Tu veux donner aux Albins une deuxième chance de nous trouer la peau ?

– Ils ont parlé d'autres intrus, dit la Brune-Soleil.

– Et alors ? demande Élina.

– Les seuls autres intrus que nous savons être dans les parages sont Sekou et les autres.

Fifrelin se décompose.

– Tu... Tu crois qu'ils vont les attaquer ?

– Ça me semble évident, répond l'adolescente.

– On n'a pas le temps de les prévenir, intervient Joachim. Et ce serait beaucoup trop dangereux.

– Mais ils nous ont aidés, eux ! proteste Siba.

– Sekou ne le voulait pas, lui rappelle le prince. Si cela n'avait été que de lui, il t'aurait sans doute attachée à un rocher en attendant que les Albins te découvrent, juste pour se venger.

– Ce n'est pas une raison pour que j'agisse de la même manière, réplique Siba.

Elle secoue la tête.

– Je… Je suis désolée, je crois vraiment qu'il faut les avertir, au moins essayer. Ils vont se faire capturer, sans doute même tuer !

– On ne peut pas ! s'exclame le prince. On n'a plus que quatre jours pour atteindre Virevent, trouver le Val d'Oubli et espérer qu'Alaïs y soit avant de revenir chez le Sorcier. Tu sais comme moi ce qui nous attend si nous échouons.

– Oui, répond l'adolescente. Mais… Mais je crois que je ne vaudrai pas beaucoup plus qu'un oiseau-cauchemar si je laisse des gens mourir alors que je peux les sauver.

Furieux, Joachim se tourne vers ses compagnons.

– Sekou est un héros, lance Fifrelin, gêné. On ne peut pas l'abandonner comme ça…

– Sans eux, on serait sans doute morts de faim, ajoute Élina. Et ils nous ont guidés jusqu'au Sage.

– Bien malgré eux ! lui rappelle Joachim.

Il dévisage ses amis l'un après l'autre.

– Non ! insiste-t-il.

– S'il te plaît, murmure Siba.

CHAPITRE 50
L'EMBUSCADE

Accrochés aux cornes de leurs montures, les quatre adolescents galopent à travers la lande.

– Plus vite ! crie Siba. Plus vite !

Derrière elle, Élina, Joachim et Fifrelin talonnent leurs tricornes, les encouragent, les supplient.

– Il faut absolument arriver avant les Albins ! répète la Brune-Soleil.

Mal à l'aise sur le dos de l'imposante créature, Fifrelin s'agrippe de toutes ses forces de peur de tomber.

– On risque de se rompre le cou ! peste-t-il. Franchement, il vaut mieux être ton ennemi que ton ami !

La Brune-Soleil l'ignore, cherche dans la brume des traces de la rivière traversée la veille.

– Et rien ne nous dit que les Albins vont attaquer Sekou au même gué, intervient Joachim.

– Il n'y en avait aucun autre indiqué sur la carte ! lance Siba dont la voix, portée par le vent, leur parvient entrecoupée du martèlement des sabots sur la pierre.

– Il faut au moins essayer ! renchérit Élina.

Le brouillard mouille les cheveux, les vêtements des adolescents, le crin pâle des tricornes. Le bruit de leur cavalcade résonne partout dans la lande déserte, comme un roulement de tambour ou une avalanche de cailloux.

– Les Albins vont nous entendre de loin, s'inquiète Joachim.

Le prince vérifie une nouvelle fois que sa dague n'a pas glissé de son fourreau, même s'il se doute qu'elle ne lui serait pas d'une grande utilité contre les guerriers de la tribu de Lac-Salé.

– Là-bas ! s'exclame Siba.

Au-devant, la rivière forme un ruban bleuté dans le brouillard.

– On y est presque, se réjouit Élina.

– Sekou ! Philémon ! appelle Siba.

– Kin ! Skara ! Flèche-Noire ! l'imite Joachim. Léon, Valentin !

Pressant plus fortement la panse des tricornes, les adolescents accélèrent encore. Leurs montures galopent aussi vite qu'elles le peuvent, esquivent les rochers les plus imposants, sautent les plus petits, leurs sabots martelant le sol pierreux.

– Répondez-nous, par pitié ! lance Élina, se joignant à ses camarades.

– Je vois une ombre ! annonce Fifrelin.

Du bras, il indique un roc immense, sur la berge opposée.

– Je crois qu'on est presque au gué ! dit Siba, un œil sur sa boussole.

Les adolescents bifurquent en direction de la silhouette qu'ils devinent en hauteur, priant pour qu'il s'agisse des chasseurs et non pas des Albins.

– Par ici, les gamins ! entendent-ils.

Ils reconnaissent tout de suite la voix de celui qui les appelle à son tour.

– C'est Philémon, se réjouit la Brune-Soleil.

Elle se retourne vers ses compagnons, radieuse.

– On est arrivés à temps.

Les cavaliers atteignent rapidement la berge. De l'autre côté, le cuisinier les salue, les bras levés, accompagné par les membres de sa troupe.

– Il faut partir d'ici ! hurle Siba.

– Les Albins ! ajoute Joachim. Ils approchent !

Le visage de Sekou, auparavant crispé de colère, se teinte de surprise.

– On vous rejoint ! annonce-t-il.

Les chasseurs de brume disparaissent un instant pour reparaître à la base du rocher. Ils étudient rapidement les flots qui se fracassent contre la pierre dans des éclats d'écume, puis Kin attrape quelque chose au ras de l'eau.

Une corde !

Arrimé au filin, chacun des membres de la troupe traverse le courant, arrivant trempé mais sain et sauf de l'autre côté.

– Vous devez absolument vous cacher, explique Siba, aussi vite qu'elle le peut.

– Les Albins vous ont repérés, poursuit Joachim. Ils veulent vous tuer !

– Comment avez-vous fait pour leur échapper ? demande Sekou d'un air méfiant. Et comment avez-vous fait pour capturer des tricornes ? Ces bêtes sont parmi les plus sauvages des brumes !

– On n'a pas le temps, l'interrompt Joachim. C'est Siba qui a insisté pour qu'on vienne vous prévenir, alors écoutez-nous bien.

Le chef des chasseurs jette un regard étonné à la Brune-Soleil.

– Ils sont une dizaine, continue Joachim.

– Armés d'arcs, de lances et d'épées, ajoute Élina.

– Et ils ont des tricornes eux aussi, termine Fifrelin.

– Pourquoi tu nous aides, alors que moi j'ai refusé de le faire ? demande Sekou à Siba.

– Parce que ma mère m'a toujours appris qu'une vie est précieuse. Quelle qu'elle soit.

Le son d'une corne de brume résonne au loin.

– Non ! murmure Joachim, soudain livide. Ils arrivent !

– Fuyez ! lâche Sekou. On va se cacher et essayer de les retarder le plus possible. Mais fuyez, ils ne vous pardonneront pas de nous avoir prévenus !

– Prenez ça ! dit Philémon, lançant à Fifrelin un sac.

– Et prenez garde aux brigands ! ajoute Kin.

Des hurlements leur parviennent derrière les volutes de brouillard.

– On y va ! s'exclame Joachim. Vite !

Les quatre compagnons talonnent la panse musclée des tricornes qui aussitôt repartent au galop.

– Là-bas ! rugit la voix d'un Albin. Les montagnards de Qerio ! Ils nous ont trompés !

Les adolescents ne prennent pas le temps de se retourner. Criant, priant, ils filent aussi rapidement qu'ils le peuvent en direction du nord, là où les guide Siba.

– Baissez-vous ! prévient Élina.

Une flèche siffle dans le brouillard et frappe le sol dans un tintement sourd.

– Ils nous tirent dessus !

Joachim risque un regard en arrière, distingue trois, puis quatre tricornes lancés à leur poursuite, portant tous un archer albin.

– Ils nous ont pris en chasse ! hurle-t-il à ses amis.

Sa monture bondit soudain afin d'éviter un rocher ! Joachim hoquette de peur, se raccroche au dernier moment d'une main sur une corne, de l'autre à la crinière de l'animal. Surpris, ce dernier hennit, dévie de sa trajectoire et manque de glisser sur une large pierre humide.

Une nouvelle flèche passe à un coude du prince.

– Quelqu'un nous attaque par-derrière ! alerte la voix gutturale d'un Albin.

Joachim remercie silencieusement Sekou.

– Ils essaient de faire diversion ! lance-t-il à ses amis. Avec un peu de chance...

Un bruit sec dans son dos suivi d'un choc sourd l'arrête.

– Aaaah ! hurle-t-il.

– Joachim ! s'alarme Élina.

Elle se retourne dans sa direction, les cheveux dans le vent, les yeux agrandis d'effroi.

– Tu es touché ?

Joachim jette un regard par-dessus son épaule.

– Non ! Nooon ! rugit-il, le visage défait.

– Quoi ? Qu'est-ce qu'il y a ?

Élina ralentit afin de se laisser rattraper par son ami.

Un trait à la plume blanche manque de l'atteindre au bras, un second à la cuisse.

– Plus vite, plus vite ! les presse Fifrelin.

– Llandre, Cerid, revenez ! appelle la cheffe des Albins. On est pris à revers !

Les cavaliers qui les poursuivent hésitent puis, à regret, rebroussent chemin pour rejoindre les leurs, attaqués par les chasseurs de Sekou.

– Ne vous sacrifiez pas ! hurle Siba dans le vent. Fuyez !

Élina, elle, s'approche encore de Joachim, inquiète.

– Tu vas bien ? demande-t-elle, cherchant une blessure ou une tache de sang sur les vêtements de son ami.

Le prince lui fait signe que oui, les yeux remplis de larmes.

– Le cor, articule-t-il, bouleversé. Le cor pour appeler les oiseaux-cauchemars. La flèche dans mon dos. Elle l'a brisé.

Cinquième PARTIE

ALAÏS

CHAPITRE 51

UN ACCUEIL GLACIAL

Combien de temps a passé ?

Combien de temps à galoper dans la brume, à talonner les tricornes épuisés et à tendre l'oreille ; à redouter chaque ombre, chaque bruit dans les volutes de brouillard ?

Ils n'en ont aucune idée.

Les adolescents poursuivent leur chevauchée, tête baissée au milieu d'un silence pesant. Les yeux traînent au sol. Les bras pendent, amorphes, éreintés, comme les jambes.

Pour la troisième fois en peu de temps, Fifrelin glisse de sa monture et se rattrape au dernier moment.

Élina fronce les sourcils, lève la tête. Le brouillard commence à s'obscurcir au-dessus d'eux.

La nuit, sans doute, ne va pas tarder.

– Il faut s'arrêter, dit-elle. On n'ira pas beaucoup plus loin.

Siba fouille la brume derrière eux, anxieuse.

– Mais s'ils nous suivent encore ? redoute-t-elle.

– Si nous ne faisons pas de bruit, ils ne nous trouveront pas, murmure Fifrelin, exténué.

Sans attendre l'accord de ses compagnons, il se laisse glisser, presque tomber à terre.

– Ici, ça sera bien, dit-il sans réfléchir à ce qu'il raconte, trop fatigué pour penser, trop fatigué pour poursuivre.

Il rejoint un petit groupe de rochers qui forment un cercle étroit. Il s'immisce entre deux d'entre eux, y disparaît.

– Je crois qu'on n'a pas vraiment le choix, murmure Élina.

Elle saute à son tour de sa monture et suit les traces de son ami.

Joachim s'apprête à l'imiter quand un bras sur son épaule l'arrête.

– Tu m'en veux ? l'interroge Siba.

– T'en vouloir de quoi ? demande-t-il, les yeux cernés, ses cheveux suintant de l'eau de la brume.

– D'avoir tenté de sauver Sekou et les autres.

– Ils sont peut-être encore vivants, répond Joachim.

– Je l'espère.

Elle baisse la tête.

– Tu m'en veux, donc.

– Non, lâche le prince. Tu as eu raison.

L'adolescente se redresse.

– Il faut toujours protéger une vie. Essayer, en tout cas. Je crois… Je crois que j'aurais eu honte de n'avoir rien fait. Alors au contraire, merci de nous avoir rappelé cela.

Il soupire, autant d'épuisement que d'inquiétude.

– Je me demande juste qui nous protégera, nous. Qui nous aidera comme on aide les autres.

– Les chasseurs l'ont fait, lui remémore Siba. Qerio aussi.

Joachim hoche la tête.

– Sans le cor, on ne pourra pas prévenir le Sorcier si on retrouve Alaïs. Qu'on réussisse ou pas, nous serons transformés en oiseaux-cauchemars.

– On a accompli tant de choses qu'on n'aurait pas crues possibles, réplique Siba. Nous trouverons un moyen, j'en suis certaine.

– Comment peux-tu le savoir par avance ?

– Et toi, comment peux-tu savoir par avance que nous échouerons ?

Un léger sourire éclaire le visage du prince.

– Tu as raison, Siba. Tu as raison, une fois encore.

La tête d'Élina apparaît entre deux langues de pierre.

– Vous venez ? demande-t-elle.

Derrière elle, Fifrelin dort déjà, allongé contre son tricorne.

La nuit tombe sur la brume et les adolescents endormis. Ils n'ont pas mangé, trop éreintés pour cela. Leurs respirations se mélangent à celles de leurs montures, projetant une pâle vapeur dans l'air qui se mêle au brouillard. La lune, loin, tellement loin au-dessus d'eux, nimbe le paysage et les rochers d'un éclat froid, métallique.

Il n'y a pas un bruit, pas un mouvement sur la lande.

Un gémissement passe au travers des lèvres de Joachim. Les mains du prince s'ouvrent puis se ferment à intervalles réguliers, comme s'il faisait un rêve.

Ou un cauchemar.

À côté de lui, Élina se tourne et se retourne. Ses yeux roulent derrière ses paupières, une grimace d'effroi déforme son visage. Siba agite les jambes comme pour s'échapper. Collé à son tricorne, Fifrelin est immobile, pâle, la bouche grande ouverte dans un cri inaudible.

Ils n'ont plus que trois jours.

Élina est la première à se lever sous les rayons du soleil qui traversent vaguement la brume.

Elle a mal partout, sa tête la fait souffrir.

Elle grimace. Ses compagnons dorment toujours. Ils ont le souffle court, les visages torturés et donnent l'impression de se débattre dans leurs rêves.

Leurs cauchemars.

La chasseuse s'approche de Siba, la secoue doucement.

– Réveille-toi, chuchote-t-elle.

– Nooon !

L'adolescente se relève en sursaut, terrorisée.

– Quoi ! s'exclame Joachim en se redressant, les yeux bouffis d'un sommeil mauvais.

– Pap…, commence Fifrelin.

Il ouvre les paupières, reconnaît ses camarades, les rochers où ils ont trouvé refuge.

Il déglutit, pâle comme l'écume.

– Dure nuit, murmure Élina.

Elle n'a pas besoin de la réponse de ses amis.

– Partons vite, propose Joachim. Ça devient… de plus en plus…

Il se tait, les cris des oiseaux-cauchemars résonnant encore dans son esprit. Il rassemble ses affaires et les enfouit dans son sac, imité par ses compagnons. En quelques instants, ils sont à nouveau prêts et émergent des rochers sur le dos de leurs montures reposées.

– Par tous les dragons…, murmure la voix de Siba.

Ses compagnons tressaillent aussitôt.

– Quoi ?! s'alarme Joachim, la main sur la garde de Croc-de-dragon.

– Là-bas, dit l'adolescente.

Elle tend le bras et désigne, un peu à l'écart des rochers où ils ont dormi, un amoncellement d'os et de crânes éparpillés un peu partout.

Les quatre amis déglutissent avec effort.

– Vous... Vous croyez que c'est..., commence Fifrelin.

– Le reste d'un repas d'un ver de brume ? hasarde Élina.

– Je ne sais pas, dit Joachim d'une voix étranglée. Mais on n'a pas intérêt à rester ici.

– Combien de temps avant d'atteindre le Val d'Oubli ? demande Fifrelin.

– Trop, répond le prince.

Il talonne sa monture, et les tricornes se mettent en marche en direction du nord.

Peu à peu, le soleil réchauffe le brouillard. L'humidité reflue, à tel point que les cheveux des voyageurs, collants depuis leur arrivée à l'Île-Brume, sont désormais presque secs. Le désert de roche, de cailloux et d'arbustes devient de plus en plus lumineux.

Un éclat de bleu apparaît entre deux volutes de brume.

– Le ciel ! C'est le ciel ! s'émerveille Siba.

– On émerge de l'océan ! crie Joachim avec enthousiasme.

Les adolescents pressent leurs montures pour accélérer le pas. La brume se fait moins dense, se déchire, révèle la pente douce d'une montagne couverte de pins et au sommet enneigé.

Le soleil.

Le soleil, enfin, éclaire leur visage et les réchauffe.

– Nous avons réussi ! s'exclame Élina, le visage éclairé de soulagement. On a survécu au brouillard, aux Albins, aux ralbinos, aux vers de brume et…

– Ne bougez plus ! ordonne une voix provenant de la forêt.

Deux archers émergent des arbres les plus proches, la corde tendue, une flèche prête à partir en direction des adolescents.

– Au moindre mouvement, nous tirons, annonce un troisième homme à la tunique bleu et or.

CHAPITRE 52

L'ENCHANTERESSE DU VAL D'OUBLI

Les traits tirés, épuisés par leur voyage et leurs nuits de cauchemars, Fifrelin, Joachim, Élina et Siba observent sans bouger les hommes s'approcher, menaçants.

– Ce sont des gamins ! annonce l'un d'eux, à mi-genoux dans la brume.

– Pourquoi êtes-vous là ? demande le chef des archers. Et qu'est-ce que vous faites sur ces créatures ?

– Nous cherchons l'enchanteresse, déclare Joachim.

Sa voix est lasse, ses épaules basses, et chaque parole semble lui coûter un effort surhumain. Il regarde autour de lui, essaie de reconnaître l'endroit où ils sont arrivés, sans succès. La forme des montagnes, les pins qui la recouvrent – plus hauts, plus foncés que ceux de Valroc – ne lui évoquent rien.

– Sommes-nous bien au Val d'Oubli ?

Les gardes s'interrogent du regard, puis celui qui les mène hoche la tête.

– Suivez-nous, dit-il.

Les voyageurs descendent de leurs montures qui font aussitôt demi-tour pour disparaître dans le brouillard.

– Merci…, souffle Siba à l'intention des créatures ivoire.

– Ils nous ont sauvés, ajoute Élina. Eux, et Qerio.

– La demeure de l'enchanteresse se trouve loin ? demande Joachim aux soldats.

– Non, répond l'un d'eux. Nous allons vous y conduire.

– Soyez juste sur vos gardes, leur conseille un autre. Des brigands rôdent dans le coin.

Joachim et Élina échangent un regard. La chasseuse tourne les yeux vers Fifrelin. Aussi épuisé qu'eux, le garçon d'auberge observe les tricornes disparaître dans le brouillard.

– Ils ont attaqué des villages ou des marchands ? s'enquiert Joachim.

– Non, dit l'homme en tunique. C'est ça le plus étrange.

Examinant les adolescents aux vêtements sales et déchirés, il ajoute :

– Mais guère plus que quatre jeunes gens qui émergent

de l'océan à dos de tricorne. Vous allez devoir m'expliquer tout ça.

– C'est une longue histoire, soupire Joachim.

La petite troupe se met en route. Encadrés par les soldats, les voyageurs racontent une nouvelle fois leur quête sans évoquer pour autant la malédiction du Sorcier, de peur de les effrayer. Qui sait alors s'ils ne refuseraient pas finalement de les mener à l'enchanteresse ?

– Et vous pensez que cette princesse est ici ? demande l'un des hommes, lorsqu'ils ont terminé.

– Nous l'espérons, dit Élina. C'est la seule piste que nous ayons.

Suivant l'un des archers, ils pénètrent dans la forêt. L'odeur des pins envahit leurs narines, les teintes vives – le vert, le brun, le gris des rochers – émerveillent leurs yeux. Des mésanges, des pies volent dans les arbres, leurs ailes battant dans le vent. Un lapin détale, non loin. Joachim laisse échapper un sourire. Après des jours passés dans le brouillard et sa lande désolée, les montagnes ressemblent à un paradis de senteurs, de sons et de couleurs.

Derrière leur guide, les adolescents empruntent un sentier à flanc de coteau. Grimpant entre les racines, les rochers et les buissons, ils s'élèvent peu à peu et, rapidement, atteignent le versant opposé.

– Incroyable…, murmure Élina.

– C'est magnifique, renchérit Siba.

De l'autre côté d'un étroit ravin, une tour immaculée se dresse devant le ciel bleu.

– L'enchanteresse vit ici ? demande Fifrelin, aussi ébahi que ses amis.

– Oui. Nous y serons très bientôt.

Ils poursuivent dans les bois, traversent quelques villages installés dans des clairières. Les cris des enfants qui jouent, l'odeur du pain qui cuit, le bruit du marteau dans la forge, tout ravit les adolescents qui s'abreuvent de la vie et de la paix retrouvées.

Après avoir disparu derrière les arbres, la tour blanche réapparaît au détour d'un chemin, sur un promontoire rocheux accessible par un pont-levis abaissé.

– Il n'y a pas de soldats pour protéger l'entrée ? s'étonne Joachim.

L'homme à la tunique sourit.

– L'enchanteresse n'en a pas besoin.

Les voyageurs traversent la passerelle, leurs bottes résonnant sur le bois, et pénètrent dans la bâtisse.

L'intérieur est de la même pierre claire que l'extérieur. Plusieurs portes fermées émaillent le hall majestueux, au plafond sculpté de volutes semblables à des nuages. Au fond, un grand escalier aux marches recouvertes d'un épais tapis donne accès aux étages. Des bancs sont disposés de part et d'autre de l'entrée.

– Patientez ici, dit leur guide.

Les adolescents s'asseyent, épuisés. Ils ont cependant à peine le temps de se reposer que le soldat revient, souriant.

– J'ai raconté votre histoire à l'enchanteresse, annonce-t-il. Elle vous attend. Suivez-moi.

Reprenant le chemin qu'il a suivi après avoir abandonné les voyageurs, il passe l'une des portes, traverse une salle aux murs ornés de tapisseries et s'arrête face à une tenture magnifiquement brodée.

– Maîtresse ? demande-t-il.

– Entrez, ordonne une voix.

L'homme écarte le tissu, révélant une cuisine occupée par une demi-douzaine de personnes. Trois jeunes hommes assis à une grande table en bois effeuillent une étrange plante aux fleurs roses et aux racines rouges. Une adolescente, installée devant un large chaudron dans la cheminée, mélange un liquide bouillonnant. Une autre, un peu plus âgée et en pantalon, travaille avec acharnement près des effeuilleurs, à l'encre et à la plume. Le front barré d'un pli de concentration – ou de contrariété ? –, elle dessine, rature et réécrit sur un parchemin des lignes et des signes incompréhensibles. Au milieu d'eux tous, une femme d'âge mûr aux longs cheveux roux dévisage les nouveaux arrivants.

– Bienvenue en ma demeure, dit-elle en les accueillant.

Joachim effectue une révérence polie, imité par ses amis.

– Je suis Maude, l'enchanteresse du Val d'Oubli.

Elle désigne la table, et ajoute :

– Asseyez-vous. Vous devez être épuisés après votre périple.

Les nouveaux venus ne se font pas prier. Fourbus, ils s'écroulent sur les chaises les plus proches. Tandis que la cuisinière leur verse de grands verres de lait, ils écoutent leur hôtesse poursuivre.

– Théobald m'a raconté ce qui vous amène. Vous avez été courageux, et même plus que ça, d'avoir accompli ce long voyage.

Elle fronce les sourcils.

– J'ai une question, cependant. Qu'est-ce qui vous fait dire que celle que vous cherchez est ici ?

Autour d'eux, tous poursuivent leurs tâches aux épluchures, à la marmite ou sur la table, sans pour autant manquer une miette de la conversation. La jeune fille au parchemin s'arrête un instant, puis reprend ses annotations avec brusquerie.

– C'est Qerio, le Sage de Lac-Salé, explique Élina. Il nous a permis de comprendre que les oiseaux-cauchemars auraient déjà dû ramener Alaïs à son père depuis longtemps, où qu'elle soit, à moins qu'ils ne puissent se rendre à l'endroit où elle se trouve.

– Et cet endroit, c’est ici, termine Joachim. Le seul où il n’y a pas de cauchemars, où leurs ailes ne peuvent les porter.

L’enchanteresse acquiesce lentement.

– Ils sont nombreux à venir en mon domaine, dit-elle. Ils sont nombreux à venir avec leurs peines, leurs tourments. Je les aide – nous les aidons, se reprend-elle –, à oublier, à ne plus y penser. Uniquement pour un temps, cependant. Car l’oubli n’est pas un baume de guérison. Il permet juste de se reconstruire, de reposer le corps et l’esprit avant de faire face à ses blessures. Le temps de comprendre qu’on peut se relever, souvent, la plupart du temps. Et que tout se cicatrise, si l’on prend soin de soi et qu’on ne se laisse pas dévorer par la tristesse.

Les yeux profonds de la femme s’illuminent alors qu’elle continue :

– Certains viennent ici pour soulager la douleur provoquée par la disparition d’un parent…

Joachim tressaille imperceptiblement.

– … pour effacer des secrets difficiles à garder…

Fifrelin lève la tête de son verre de lait.

– … pour apaiser la peur de ne pas être à la hauteur du destin que l’on rêve d’accomplir…

Élina se fige.

– … ou échapper à la solitude qui les enserre et les étouffe.

Siba détourne les yeux, gênée.

– Le Val d'Oubli est un endroit paisible, poursuit l'enchanteresse, ignorant les réactions des voyageurs. Le seul en effet qui n'ait jamais été survolé par l'une de ces terribles créatures.

Évitant le regard de ses compagnons, Siba demande, pleine d'espoir :

– Alaïs est donc bien ici ?

Maude hésite, puis acquiesce.

– Nous devons absolument lui parler ! s'exclame Joachim, repoussant la tristesse qui l'a un moment envahi.

– ... si elle le veut bien, ajoute Élina.

L'enchanteresse se tourne vers la jeune fille la plus âgée, sa plume d'oie à la main.

– Qu'en penses-tu, Alaïs ?

Les adolescents écarquillent les yeux, abasourdis, et dévisagent celle qui jusque-là écrivait rageusement, les doigts tachés d'encre, ses cheveux blonds attachés en une longue tresse qui pend sur sa robe d'un vert pâle.

– Je... Je ne suis pas prête, murmure-t-elle.

– Il est peut-être temps, l'encourage doucement Maude. Temps d'affronter ton père.

CHAPITRE 53

L'HISTOIRE D'ALAÏS

L'enchanteresse a quitté la pièce, emmenant avec elle une partie de ses protégés. Il ne reste à la table qu'Alaïs et ceux venus la chercher.

– Co… Comment ça ? balbutie Joachim.

– Tu dois *affronter* ton père ? poursuit Élina.

L'adolescente, presque une adulte, pose délicatement la plume dans son encrier, attentive à ne pas tacher le parchemin sur lequel elle écrivait, et acquiesce lentement.

– Je suis désolée, dit-elle.

– Tu n'as pas été enlevée par les chasseurs de brume, alors ? lui demande Siba.

Alaïs hoche la tête.

– Mais… Pourquoi t'es-tu enfuie de chez toi ? s'étonne Joachim.

La fille du Sorcier plonge son regard d'acier dans celui du prince.

– Parce que mon père voulait faire de moi ce que je ne suis pas, et que j'ai refusé cela.

Joachim grimace d'incompréhension.

– Il voulait te marier ? imagine Élina.

– T'empêcher d'être qui tu voulais ? ajoute Siba.

La toute jeune femme laisse échapper un sourire.

– Un peu tout cela en même temps.

Les yeux de la princesse reviennent aux plans et aux calculs sur lesquels elle travaillait, errent dans la cuisine pendant qu'elle rassemble ses souvenirs afin de raconter son histoire.

– J'étais très jeune à l'époque, encore plus que vous aujourd'hui, commence-t-elle, s'adressant surtout à Élina et Siba. J'étais une fille curieuse et...

Son sourire s'élargit.

– ... et dynamique, on va dire. Je passais mes journées à courir dans les montagnes, à me bagarrer avec les enfants du village et, surtout, surtout, à construire mille choses. C'était là mes seuls moments de calme.

Elle pose un doigt sur le parchemin, suit les lignes des murs et des pièces qu'elle y a dessinés.

– Thibault, le fils du menuisier, était mon meilleur ami. Nous étions tout le temps ensemble. Son père nous emmenait souvent sur ses chantiers et nous l'aidions à redresser des granges, à construire des moulins, un fournil ou même des fermes entières. J'adorais ça.

– Mais... ? imagine Joachim.

– Mais mon père jugeait que la place d'une princesse n'était pas auprès d'un menuisier et de son fils à tailler des planches, calculer des pentes ou le nombre de pierres qu'il faudrait pour tenir un mur. Cependant, j'étais têtue et il fermait les yeux, jusqu'à ce qu'un jour, nous ayons un accident.

– Un accident ?

Le doigt d'Alaïs s'immobilise au niveau du toit dessiné sur le parchemin.

– Une poutre qui soutenait le plafond d'une des maisons que nous construisions a craqué. Nous étions à l'intérieur, Thibault, son père et moi. Tout de suite ils se sont précipités pour me faire sortir.

Elle soupire.

– Lorsque la poutre a cédé, un morceau est tombé sur le visage de Thibault, et il a été défiguré. Il a perdu un œil.

Joachim tressaille et relève la tête.

– Lorsque le père de Thibault m'a ramenée, poursuit Alaïs, mon père s'est mis dans une rage folle, et m'a interdit de ressortir du château et de revoir mes amis. Je l'ai supplié, des jours durant, pour qu'il revienne sur sa décision. Mais il a refusé. Alors, j'ai décidé de m'enfuir. Si je ne pouvais pas avoir la vie que je désirais, jamais je n'aurais celle que mon père voulait m'imposer.

Elle jette un regard aux adolescents, et continue :

– J'ai profité de la présence de chasseurs de brume au marché d'Avalanche pour m'échapper avec eux, sans leur révéler mon identité bien sûr. Je les ai suivis de longs mois dans le brouillard, craignant d'être rattrapée par les soldats, priant pour qu'aucun ne me retrouve. Puis les oiseaux sont apparus.

– Les oiseaux-cauchemars ? demande Fifrelin.

– Oui. Les rumeurs racontaient que ces monstres venaient d'Avalanche. J'ai tout de suite compris qu'ils étaient là pour moi, que mon père, qui s'intéressait beaucoup aux artefacts que les chasseurs rapportaient de la brume, avait, je ne sais comment, invoqué ces créatures.

– Le roi Berthold a été emporté par la peine et la colère, explique Élina. Il nous l'a dit lorsqu'il nous a envoyés à ta recherche.

Alaïs baisse la tête, peinée.

– Et ensuite ? la relance doucement Fifrelin. Que s'est-il passé ?

– Quand les oiseaux ont commencé à fouiller le brouillard, je me suis enfuie à nouveau, explique la princesse. J'avais entendu parler du Val d'Oubli par l'un des chasseurs qui y était venu des années auparavant. J'ai imaginé et espéré que ces monstres ne pourraient pas m'y trouver. Alors j'ai voyagé seule dans la brume, jusqu'à arriver ici vivante, par chance. J'ai proposé mes services à dame Maude en échange de sa protection.

– Et… Et tu as laissé faire ton père, tu as abandonné tous ceux qui ont été transformés ? s'étouffe Joachim.

– Je ne le savais pas ! se défend Alaïs. Comment aurais-je pu imaginer ce que mon père faisait ?

– Personne ne le savait, leur rappelle Élina, prenant la défense de la jeune fille.

Alaïs jette à la chasseuse un regard reconnaissant.

– J'étais ici, loin de tout. J'ai supplié Maude de me donner de son philtre d'oubli pour effacer ma mémoire, raconte-t-elle, désignant les flacons au liquide bleuté posé sur une étagère. Mais elle a toujours refusé, arguant qu'il me faudrait faire face un jour à mon père.

Elle essuie des larmes à ses yeux.

– Si j'avais su tout ça, évidemment… je serais revenue à Avalanche.

– Tu vas nous accompagner alors ? espère Élina.

Alaïs acquiesce.

– Je… Je suis tellement désolée. Jamais je n'aurais imaginé que ces oiseaux soient…

Elle ne termine pas sa phrase.

– Nous allons devoir faire vite, dit la chasseuse.

– Pourquoi ? demande Alaïs.

Les voyageurs se taisent, à leur tour gênés.

– Ton père… Il nous a maudits, commence Siba.

– Il a envoyé son émissaire me chercher pour faire de moi un oiseau-cauchemar, raconte Joachim. Et mes amis sont venus avec moi. Nous devions le prévenir avec un cor, mais il a été brisé alors que nous fuyions les Albins. À cause de cela, nous devons revenir par nous-mêmes au château, sans quoi nous deviendrons tous des oiseaux-cauchemars. Et il ne nous reste que deux jours pour cela.

Alaïs se lève d'un air décidé.

– Alors, allons-y. En marchant nuit et jour, nous pourrons peut-être arriver à temps !

Elle se force à sourire, et ajoute :

– J'en suis même certaine !

Gagnés par un espoir soudain, les adolescents abandonnent en même temps leur chaise, toute fatigue pour le moment disparue, prêts à reprendre la route une dernière fois, pour l'ultime partie de leur voyage.

– J'ai une idée ! s'exclame Siba.

Elle extrait l'aile volante de son paquetage.

– Je vais partir en éclaireuse, par les airs, et prévenir le Sorcier que vous arrivez. Il me croira, j'en suis certaine. Ainsi il vous laissera peut-être le temps de revenir !

– Fantastique ! s'enthousiasme Joachim.

Il se précipite vers la sortie, aussitôt suivi par Siba, Élina et Alaïs.

Seul Fifrelin ne s'est pas levé.

Le regard vide, fatigué, il hésite, les yeux posés sur les philtres d'oubli.

CHAPITRE 54

Retrouvailles

Dans l'ombre de la tour blanche, Alaïs s'écarte des bras de l'enchanteresse.

– Encore merci pour tout, dame Maude, murmure la jeune fille.

– Je suis fière de toi, lui dit la maîtresse du Val d'Oubli.

– Il n'y a pas de quoi, répond Alaïs. J'ai fui mon père, sans oser l'affronter. À cause de moi, de nombreux enfants et adolescents ont été transformés en monstres.

– Tu n'es pas responsable des actes de ton père, lui assure Maude. Et, parfois, il faut du temps pour trouver le courage et la force d'affronter ceux qui ont voulu nous imposer leurs propres choix.

– Vous m'avez donné ce temps.

L'enchanteresse désigne l'un des villages en contrebas, dont les premières maisons apparaissent entre les pins. De la fumée s'élève de plusieurs d'entre elles

– la boulangerie, la forge –, le bruit de scies résonne dans la vallée. Des rires éclatent d'un groupe de jeunes filles rassemblées autour du puits.

– Comme chacun ici. Regarde ces hommes, ces femmes, ces adolescents, ces enfants, même, parfois. Comme toi, ils construisent, réparent. Ils vivent tout simplement, un temps libéré du poids qui leur empoisonne le cœur. Le temps de se relever.

L'enchanteresse revient à Alaïs et poursuit :

– Tu nous as permis de fortifier les murs de nos maisons, de trouver le bon endroit pour le grenier à grain, de bâtir une nouvelle étable.

– C'était la moindre des choses…

– On se sauve parfois aussi en sauvant les autres, déclare Maude.

Elle observe les adolescents, puis ajoute :

– Soyez prudents. Et faites attention à ces brigands dont les voyageurs nous parlent. Ils rôdent près de la montagne du Sorcier, s'aventurent régulièrement alentour, comme s'ils cherchaient quelque chose… ou quelqu'un.

– Ne vous en faites pas, la rassure Joachim. On leur a déjà échappé une fois, ainsi qu'aux Albins.

L'enchanteresse hoche la tête, sourit une dernière fois à la jeune fille qu'elle a recueillie durant de longues années puis retourne à l'intérieur de sa tour.

– En route ! lance Siba.

Leur paquetage sur les épaules, enthousiastes malgré leur pâleur et les cernes sous leurs yeux, les quatre compagnons s'élancent pour la conclusion de leur voyage avec celle qu'ils ont tant cherchée. Ils traversent le pont-levis d'un pas léger et pénètrent à l'intérieur de la forêt tout en discutant gaiement.

– Tu es certaine d'arriver à temps chez le Sorcier ? demande une nouvelle fois Joachim à la Brune-Soleil qui marche avec lui.

– Évidemment !

Elle regarde sa boussole, vérifie la direction, et reprend :

– Nous ne sommes pas très loin de l'extrémité sud-est de Virevent. Je vous retrouverai de l'autre côté du pont, une fois que j'aurai annoncé la bonne nouvelle là-bas.

– Mais il est rompu, lui rappelle Fifrelin.

– Si les brigands errent sur les deux royaumes, c'est qu'il a été réparé, imagine Joachim. Et sinon, on le fera ensemble, grâce à Siba.

Il se tourne vers la jeune fille.

– Il y aura assez de vent pour que tu décolles ?

– Il y a *toujours* assez de vent tant que je suis dans les montagnes. Il suffit d'un peu d'espace et d'élan. Dès qu'on sera de l'autre côté de ce bosquet, je partirai.

Joachim hoche la tête et, inconsciemment, accélère.

Ses amis prennent son rythme et, tout en se racontant tout ce qu'ils feront de retour chez eux, traversent le bois de pins.

L'océan de brume s'étend à perte de vue en contrebas de la falaise et des innombrables rochers entre lesquels serpente le chemin jusqu'au Sorcier. Sitôt en vue du brouillard, Siba descend ses lunettes de vol sur son nez et ajuste son aile volante.

– Prenez soin de vous, dit-elle.

– Toi aussi, lui répond Élina.

Tous la regardent reculer, vérifier la direction du vent puis s'élancer.

La Brune-Soleil court. Elle bondit sur le sentier, saute de pierre en pierre, les bras tendus vers l'avant... puis s'envole dans un éclat de rire et de joie.

– Hourra ! s'enthousiasment ses amis.

Siba s'élève de plus en plus haut, lève la main pour saluer ses compagnons.

Son aile s'affaisse tout à coup.

– Non ! hurle l'adolescente dans le ciel.

Elle se déporte brusquement sur sa droite et perd rapidement de l'altitude.

– Une flèche ! s'écrie Élina. L'aile a été touchée par une flèche !

Un second trait noir rate Siba de peu.

– Il faut..., commence Joachim.

Il ne termine pas.

Une douzaine de silhouettes surgissent de derrière les rochers.

Les brigands.

– Au secours ! s'égosille Siba, essayant désespérément de ralentir sa chute.

Le visage de Joachim devient couleur de brume.

– Non, non, ce n'est pas possible, gémit-il.

Les bandits avancent d'un pas en direction des adolescents, lame à la main.

– Derrière nous ! l'alerte Alaïs.

Le prince ne bouge pas, fixant avec angoisse Siba qui tourbillonne en se rapprochant du sol, terrifié par les brigands qui leur ont tendu une embuscade et qui sont nombreux, bien trop nombreux, pour qu'ils puissent leur échapper.

Il échange un regard accablé avec Élina, aperçoit le visage pâle de Fifrelin, le seul qui n'a pas encore saisi son arme.

– Rendez-vous ! hurle l'un des hommes, le plus grand, aux cheveux rouges, équipé d'une longue épée.

Siba atterrit violemment derrière la barrière de rochers où elle disparaît.

– Elle est…, commence Fifrelin, la gorge sèche.

– Non, murmure Joachim. Elle a réussi à se rétablir avant la chute. Je crois.

– Je le répète une dernière fois ! rugit le brigand. Posez vos armes à terre et il ne vous sera fait aucun mal.

Un sourire immonde étire les lèvres de l'homme.

– N'est-ce pas Fifrelin ?

Les compagnons du garçon se tournent vers lui, atterrés.

– Tu… Tu le connais ? s'étouffe Joachim.

– J'en étais sûre ! s'emporte Élina. Tu nous as trahis !

CHAPITRE 55
LE SECRET DE FIFRELIN

– Non, non ! gémit Fifrelin. Ce n'est pas ça, je vous jure que je ne vous ai jamais trahis !

– Foi d'Evrard le Rouge, c'est pas beau de mentir, ironise le commandant des brigands.

Ses comparses écoutent la conversation, aussi amusés par leur chef que par le désespoir de Fifrelin.

– T'as quand même accepté de les emmener sur l'autre route, celle où y a pas les soldats, pour qu'on puisse récupérer un peu d'or, poursuit Evrard. Et tu leur as menti…

Joachim observe son meilleur ami, le cœur en miettes.

– Comment tu as pu…, murmure le prince, incapable de terminer sa phrase, incapable de mettre des mots sur la peine qui l'envahit.

– C'est ta faute ! rugit Fifrelin à l'intention d'Evrard, les larmes aux yeux. Tout est ta faute ! Tu m'avais dit que si je ne t'obéissais pas, tu leur dirais… tu leur dirais…

– Que t'étais l'un des nôtres ? termine le chef des brigands.

Le garçon d'auberge se tourne vers ses amis, les joues mouillées de larmes.

– Pardonnez-moi ! Je vous en supplie ! Je ne voulais pas vous perdre ! Vous m'auriez rejeté si je vous avais dit que j'étais avec eux avant de venir à Valroc ! Mais je me suis enfui ! Je les ai quittés !

– Tu nous aimais plus que ça quand on t'a récupéré après la mort de ton pauvre papa, Fifrelin, se moque Evrard. Tu nous crachais pas dessus quand on te donnait à manger, pas vrai ?

– C'était avant que je comprenne qui vous étiez ! proteste Fifrelin. C'est pour ça que je suis parti, je ne voulais pas devenir…

Il renifle et termine :

– Pas devenir comme vous !

Evrard crache par terre, agacé.

– Maintenant que vous connaissez la vérité sur votre prétendu ami, gronde-t-il à l'intention de Joachim et des autres, vous allez gentiment poser vos armes. On va se servir dans vos affaires comme prévu depuis le début, prendre cette fameuse dague dont je vais tirer le plus grand prix, et vous laisser partir. Enfin, ça c'est si vous m'écoutez sagement. Sinon, vous subirez le sort de la Brune-Soleil.

Joachim tente de se ressaisir. Il jette un regard à Élina – rouge de colère –, à Alaïs, blême d'inquiétude, et Fifrelin, livide.

– Si on leur obéit, tout est perdu, souffle le prince.

Il soupire. Il est à bout de forces, comme ses amis, après tant de voyages. Tant de batailles. Tant de déceptions.

L'épuisement provoqué par l'élixir de cauchemar l'accable, sa vue se brouille.

Il aperçoit la mer de brume, comme s'il volait au-dessus.

Les sourcils du prince se froncent.

Il sent le vent sur ses ailes membraneuses, le désespoir qui le guide comme une boussole.

Joachim écarquille les yeux.

– Les oiseaux-cauchemars ! murmure-t-il à ses compagnons, soudain plein d'espoir malgré la fatigue.

– Quoi ? demandent en même temps Élina et Fifrelin.

– L'élixir de cauchemar commence à faire effet. On entend les oiseaux dans nos rêves. Sans doute qu'eux aussi nous entendent ! Il faut les appeler à l'aide !

– C'est mon dernier avertissement ! prévient le commandant des brigands.

Ses sbires lèvent leurs arcs, prêts à tirer.

– Tu es devenu complètement fou..., murmure Élina. Ça ne marchera jamais !

– On n'a pas d'autre choix, tente Fifrelin.

– Tais-toi ! le rabroue la chasseuse.

Fifrelin baisse la tête, honteux, tandis qu'à côté de lui Joachim chuchote :

– Oiseaux-cauchemars, venez à moi, venez à moi…

Le prince se tourne vers ses amis.

– On réglera le reste après ! Pour l'instant on pense aux oiseaux le plus fort possible en espérant qu'ils nous entendent. Et on s'enfuit dans tous les sens pour gagner du temps. À un, deux… trois !

CHAPITRE 56

UNE BATAILLE DÉSESPÉRÉE

Élina saute de côté, se jette à terre et roule, se relève d'un bond, son arc apparu entre ses mains comme par magie.

– Attaquez-les ! hurle le chef des brigands.

Sans attendre d'être suivi par ses hommes, Evrard se précipite sur les adolescents.

Une flèche le manque de peu et se plante dans le sol à deux pas de lui.

Joachim prend une longue inspiration, serre fort, aussi fort qu'il le peut Croc-de-dragon et se prépare à recevoir l'assaut.

– Par ici, sales voleurs ! appelle Fifrelin, son couteau à la main. J'aurais dû vous abandonner plus tôt encore !

Le garçon a sauté derrière un rocher, s'assure que plusieurs bandits le poursuivent et s'échappe un peu plus loin en les entraînant.

Une nouvelle flèche d'Élina siffle au-dessus de Joachim et éclate contre une pierre au sol.

– Tu vas regretter tout ça, Fifrelin ! rugit Evrard. Vous allez tous le regretter !

Arrivé face au prince, il lève son épée et frappe de toutes ses forces. Joachim évite le coup d'un pas de côté et se concentre pour le suivant, les yeux fixés sur la lame du brigand.

Il sait que son adversaire est plus fort.

Il va devoir être plus habile.

– Non ! hurle la voix d'Alaïs quelque part.

Joachim résiste à l'envie de se retourner, à l'inquiétude – la fille du Sorcier doit absolument survivre, rester avec eux ! –, le regard rivé sur son assaillant.

Tout à sa fureur, celui-ci attaque de nouveau.

Joachim lève Croc-de-dragon pour se protéger. L'épée ennemie glisse dessus ! Le prince profite de la surprise du bandit pour contre-attaquer. Il fléchit les genoux, lance son arme droit sur le plastron, comme il s'est entraîné mille fois à le faire.

– Sale gamin ! gronde l'homme.

Il a esquivé de justesse et recule, une expression mauvaise sur le visage.

Dans les rochers, la voix de Fifrelin s'éloigne toujours plus. Poursuivi par des cris de rage et d'exaspération, par le claquement de lames, de flèches sur la pierre, le garçon entraîne une partie des malfaiteurs loin de ses amis. Dans son dos, Joachim entend les archers tirer leurs traits en direction d'Élina, partie à couvert sous les arbres. Il ne voit pas Siba, ni même Alaïs.

Pourvu qu'elle ait pu s'enfuir !

– Je te prendrai ta dague et je t'aurai, mort ou vif ! crache Evrard.

L'homme feinte sur la droite. Joachim devine son geste, bloque le coup, s'écarte, s'élance à son tour. Il cible le bras d'arme – paré –, l'autre – esquivé –, vise le visage puis le torse, chaque fois contré.

Le prince souffle, haletant. De la sueur coule de son front, ses muscles faiblissent.

La tête lui tourne, sa vision s'obscurcit un instant.

Les cauchemars ! Non, pas maintenant !

Le brigand attaque !

Joachim échappe de peu à sa lame, abat Croc-de-dragon par réflexe à l'aveugle. Le bandit recule, évitant de justesse d'avoir la main transpercée. Le prince en profite : il sait qu'il ne tiendra pas longtemps.

Les yeux plissés de concentration, le cœur battant, il visualise son adversaire, sa posture, la direction de son regard, le rictus de ses lèvres.

Joachim se jette sur sa gauche.

Surpris, Evrard réagit trop tard. Croc-de-dragon s'enfonce dans le plastron de cuir.

– Non ! rugit l'homme.

Trois de ses comparses se précipitent pour lui venir en aide.

Jamais je ne vais… tenir…

Joachim se met en position de défense, prêt à recevoir la charge de ses multiples ennemis.

À quatre ils vont me contourner facilement…

Il jette un regard de côté, à la recherche de ses amis.

C'est bon, ils ont pu s'enfuir…

Il lève Croc-de-dragon devant lui, les pieds campés dans le sol.

Advienne que pourra.

Une première lame tente de percer sa garde. Il l'esquive d'une torsion du bassin, pare l'autre qui veut l'atteindre à l'abdomen, recule juste à temps pour…

– Aaaah ! crie-t-il.

Un éclat de douleur dans son dos.

Il se jette à terre, roule sur lui-même une fois, deux fois, se relève le souffle court, et se retourne.

Il y a des traces de sang par terre.

De *son* sang.

– Tuez ce gamin ! ordonne Evrard.

Ses acolytes s'élancent de nouveau.

Tout va trop vite, et Joachim ne réfléchit même plus. Des éclairs d'acier à droite, à gauche, sa lame qui en bloque certains, en dévie d'autres, ses bottes qui avancent, reculent sans même qu'il ait la sensation de les commander. Son épaule le fait souffrir, sa jambe aussi.

– Joachim ! entend-il vaguement au loin.

– Fuyez ! croasse-t-il en retour, la voix enrouée. Vite !

Il frappe de toutes ses forces et l'un des bandits s'effondre, touché à l'aine. Le prince n'a pas le temps de s'en sentir soulagé, manque de tomber sous l'effet d'un croche-pied. Il abat Croc-de-dragon de côté, sans rien y voir.

– Non ! gémit-il.

Une lame lui a éraflé le bras du coude à l'épaule !

Joachim titube, recule.

– Rends-toi ! lui ordonne l'un des hommes face à lui.

Il pense à ses amis, au Sorcier. À sa quête.

– Jamais !

Il se jette de nouveau dans la mêlée, se remémorant chaque posture, chaque attaque, chaque contre-attaque enseignée par Perrine. Essoufflé et les yeux brouillés par la sueur, il maintient ses adversaires à distance malgré les blessures qui se multiplient.

Sa joue saigne. Son pantalon est déchiré au genou, à la cuisse.

Il se sent de plus en plus faible.

– Ja... mais..., répète-t-il.

– Alors tu vas mourir ! gronde le chef des brigands.

Revenu face au prince, il prépare son arme, un rictus sur les lèvres.

– Je… pas…

Un hurlement strident fige l'homme.

Les yeux écarquillés de surprise, il se retourne.

Dans le ciel, des ombres noires approchent à toute vitesse.

– Des oiseaux-cauchemars ! s'écrie l'un des bandits.

– Ils nous attaquent !

Pris de panique, les brigands abandonnent le combat sans réfléchir. Evrard plante un regard de haine dans celui de Joachim. Il dresse sa lame de nouveau, prêt à frapper.

Un cri terrifiant retentit derrière lui.

Il n'a pas le temps de réagir. La serre d'un oiseau-cauchemar lui griffe le dos et il tombe, projeté à plusieurs pas du prince. Emportée par son élan, la créature noire reprend son vol, fait demi-tour, ralentit et, dans un bruyant battement d'ailes, se pose doucement face à Joachim.

Le garçon l'observe, encore tremblant après son combat acharné. Il remarque la cicatrice sur le crâne du monstre. Sourit.

– Merci, articule-t-il.

Sa vue se trouble. Il se sent tout à coup très faible.

Il s'écroule.

CHAPITRE 57

La colère du Sorcier

– Joachim ? Joachim, réveille-toi..., murmure la voix d'Élina.

Le prince grimace, ouvre les yeux.

– Aïe ! s'exclame-t-il.

Son bras le fait souffrir. Son épaule aussi. Il est allongé par terre, sain et sauf.

– Qu'est-ce... Comment on a fait pour...

Il secoue la tête, confus. Ils font face à la forteresse du Sorcier, au cœur des coquelicots noirs qui longent le chemin de montagne. Élina, Fifrelin, Siba et Alaïs sont tous là, ainsi que, posé au sol, l'un des oiseaux-cauchemars venus à leur rescousse contre les brigands, celui à la cicatrice.

Les visages sont fermés, l'ambiance tendue entre ses amis.

– Tu avais raison au sujet des oiseaux, dit la chasseuse. Ils nous ont aidés, et sauvés. Et après que les brigands se sont enfuis, ils nous ont conduits ici, sur leur dos.

Elle jette un regard sombre à l'intention de Fifrelin.

– On pouvait finalement plus compter sur eux que sur... ce traître.

– Élina, je..., commence leur camarade.

– Je refuse de t'écouter ! le coupe-t-elle violemment.

Joachim se relève difficilement. La tête lui tourne encore, il a l'impression que son corps tout entier n'est que douleur. Mais ils ont réussi à échapper aux bandits. Il n'en revient pas.

– Qu'allons-nous faire, maintenant ? demande Siba.

– Je crois qu'il va nous le dire, murmure Élina.

De la tête, elle désigne les portes du château qui s'ouvrent, révélant, derrière elles, la silhouette masquée du Sorcier de Mondebrume.

– Reculez derrière moi, murmure tout de suite Joachim en position de défense, Croc-de-dragon à la main.

– Tu n'es pas en état de te battre, proteste Élina.

– Et c'est à moi de terminer tout ceci, affirme Alaïs.

– À toi, et à Thibault, murmure Joachim.

La princesse écarquille les yeux et se retourne vers le Sorcier.

– C'est... C'est lui ? demande-t-elle, transportée de joie et la voix tremblante d'émotion.

– Oui. Et je crois qu'il te cherche depuis longtemps.

De l'autre côté du champ de coquelicots, le Sorcier passe la porte du château. Tout en marchant, il lève une main aux doigts squelettiques pour abaisser sa capuche et relever le masque qui cache son visage.

Un sourire étire ses lèvres desséchées.

– Alaïs ! crie-t-il. Enfin, enfin tu es là !

La jeune fille lève la main.

– N'approche pas, père, l'arrête-t-elle.

Le Sorcier se fige, comme s'il avait été frappé.

– Quoi ? demande-t-il. Qu'as-tu dit ?

– Reste où tu es, répète la princesse.

L'ancien roi d'Avalanche fronce les sourcils.

– Je t'ai fait chercher dans tous les royaumes, martèle-t-il. J'ai envoyé mes soldats, mes domestiques, mes prisonniers pour te retrouver et te libérer de ceux qui t'avaient capturée.

– Je n'ai pas été capturée, avoue Alaïs. Je me suis enfuie.

L'homme fronce les sourcils.

– C'était le seul moyen que j'avais pour refuser la vie à laquelle que tu me destinais.

– Comment oses-tu ? gronde le Sorcier. J'ai tout sacrifié pour toi, tout ! Alors tu vas m'obéir !

– Non, père. Il faut arrêter toute cette folie. Tu dois libérer tout le monde de cette malédiction.

– C'est hors de question ! rugit le roi. Tu feras ce que je te dis sinon les cauchemars vous emporteront tous !

Il repositionne le masque en forme de crâne sur son visage, sous le regard attentif de Siba.

– L'artefact n'est pas son médaillon ! chuchote-t-elle à ses amis. C'est le masque, la vraie source de son pouvoir !

– Cauchemars ! invoque le Sorcier.

Sous le cri du roi Berthold, la lumière diminue, comme si le jour se retirait déjà. Les coquelicots paraissent plus sombres, comme le château et les murailles.

– Non..., gémit Joachim.

Privé de toute force par la magie du Sorcier, il tombe à genoux puis s'écroule.

– Joachim ! appellent en même temps Élina et Fifrelin, rejoignant leur ami.

– ... dormir..., articule à peine le prince.

– Il va s'endormir pour se transformer en oiseau ! s'alarme Fifrelin.

– Il faut l'empêcher à tout prix ! gémit Élina.

– Ton arc, vite ! lui demande Siba. Vise le masque !

– Je... gémit Joachim, les dents serrées, les mains crispées comme des serres, la peau de plus en plus pâle, presque comme un crâne. Au-dessus de lui, une ombre noire apparaît : ses cauchemars commencent à prendre forme !

– Cauchemars ! répète le Sorcier.

Des fumerolles suintent des coquelicots, s'enroulent en tentacules ténébreux de plus en plus épais, en même temps que six spectres se forment au milieu des fleurs.

Les hanteurs.

– Père, arrête tout de suite ! supplie Alaïs.

– Jamais !

La jeune fille se précipite sur lui, mais n'a pas le temps de l'atteindre. Deux bras de fumée noire s'enroulent autour de ses jambes et l'immobilisent.

– Attrapez ces gamins ! ordonne le Sorcier.

Aussitôt, les esprits de l'artefact se jettent sur les adolescents.

– Tire, Élina ! souffle Siba.

La chasseuse décoche une flèche en direction du maître du château mais, au dernier moment, celle-ci change de direction comme par magie.

– C'est impossible ! lâche l'adolescente, abasourdie.

– Vous ne pouvez rien contre moi ! vocifère le roi Berthold.

D'un pas en arrière, la chasseuse évite l'un des hanteurs venus se saisir d'elle tandis que Fifrelin, son couteau à la main, en frappe un autre, sans effet.

– Ma lame les traverse sans les blesser ! s'effraie le garçon.

À côté de ses amis, Joachim se redresse, blafard et les traits tirés, Croc-de-dragon au poing.

– Il faut des armes… magiques…, dit-il.

Deux des esprits tournent autour de Siba, sans oser l'approcher.

– Mon armure en cuir de dragon me protège… comprend la Brune-Soleil.

L'émissaire, le plus imposant des hanteurs, rejoint Joachim et pose une main de nuit sur son épaule.

– Rejoins-nous, ordonne-t-il au prince.

Joachim tremble et, pris d'une fatigue qu'il n'a jamais connue, laisse tomber son arme qui rebondit sur une pierre dans un tintement de métal.

– Vous êtes finis, rugit le Sorcier. Finis !

CHAPITRE 58

L'ARTEFACT

– Jamais ! hurle Élina.

D'un bond, elle se précipite sur Croc-de-dragon qu'elle agite devant elle, faisant reculer les deux hanteurs qui allaient s'emparer d'elle.

– Thibault ! appelle Alaïs, toujours prisonnière des tentacules noirs. Thibault, aide-nous !

– Vous allez tous mourir ! menace le Sorcier de sa voix terrible. Cauchemars !

L'oiseau à la cicatrice pousse un hurlement à glacer le sang et se jette sur Élina.

– Attention ! s'écrie Siba.

Trop tard ! Le monstre percute la chasseuse en pleine poitrine et la propulse à plusieurs pas, la faisant lâcher la dague en dent de dragon.

– Au... se... cours, murmure Joachim d'une voix presque inaudible.

Autour des adolescents, les tentacules d'ombres s'agitent dans les airs, prêts à frapper au moindre commandement du Sorcier.

– Vous allez m'appartenir... se réjouit le roi d'Avalanche.

– Siba, couvre-moi ! souffle Fifrelin.

Sans attendre la réponse, il se précipite en direction du Sorcier, armé de son seul couteau.

– Cauchemars ! hurle encore ce dernier.

Un bras de ténèbres se lance sur le garçon, prêt à le frapper.

Il l'évite au dernier moment !

– Thibault ! appelle désespérément la princesse, toujours prisonnière. Reviens à toi, par pitié ! C'est moi, Alaïs !

Fifrelin poursuit en direction du Sorcier, saute au-dessus d'un rocher, d'une flaque d'ombre.

– Cauchemars ! répète le Sorcier.

Un nouveau tentacule s'élève, bloqué aussitôt par les serres puissantes du monstre d'os et de plumes.

– Faites... vite..., coasse la créature à la cicatrice, ses yeux vides illuminés d'une étrange lueur.

– J'y suis ! annonce Fifrelin.

Il se jette sur le Sorcier, les bras tendus en direction du masque afin de l'arracher.

Un tentacule le saisit aux pieds !

Fauché en plein élan, le garçon retombe lourdement dans un cri.

– Fifrelin ! hurle Siba.

La Brune-Soleil regarde autour d'elle. Alaïs, Fifrelin et Élina sont tous les trois prisonniers des bras d'ombre. Joachim est au sol, terrassé par la fatigue et l'effet de l'élixir. Croc-de-dragon gît près d'un rocher, à quelques pas de la princesse et de la chasseuse.

Protégée par son armure de dragon, Siba se précipite vers la dague. Elle s'élance et les hanteurs comme les tentacules s'écartent d'elle.

Un hurlement strident déchire l'air.

C'est Thibault ! Possédé de nouveau par la magie du Sorcier, il fonce sur elle !

L'adolescente plonge à terre en même temps que la créature de plumes et d'os l'attrape par la cheville avec ses serres acérées.

– Non ! glapit la Brune-Soleil.

Elle tend désespérément les doigts en direction de Croc-de-dragon, mais ne fait qu'en effleurer la garde.

Prisonnière de l'oiseau-cauchemar, elle s'élève dans le ciel en hurlant de terreur.

– Joachim ! appelle-t-elle. Joachim, au secours !

Au sol, le prince redresse faiblement la tête.

– Ta dague ! Essaie quelque chose, par pitié !

Joachim tente de se redresser faiblement, sans succès.

– … arrive… pas…

Il regarde le Sorcier, de l'autre côté des coquelicots noirs.

– … loin…

Maman… pense-t-il.

Les yeux fermés – il n'a jamais, jamais été aussi fatigué ! –, il prend une longue inspiration.

– Jure de m'obéir ! ordonne le Sorcier à Alaïs. Sinon je les tue tous.

– Non ! rugit Joachim.

Il puise dans ses dernières forces et, d'un bond désespéré, se précipite sur Croc-de-dragon avant que l'émissaire ne puisse s'interposer. Il attrape la garde de son arme, tourne la tête et crie :

– Fifrelin !

Il envoie la dague dans les airs, priant pour avoir visé juste. Son ami qui l'a entendu lève la main et, de justesse, réussit à l'attraper !

– Vise le masque ! crie Siba, emportée de plus en plus haut dans les airs.

Fifrelin réagit tout de suite. D'un geste, il plante la dague dans le tentacule qui le retenait – celui-ci s'évapore ! – et se précipite vers le Sorcier.

– Non ! crie ce dernier.

Fifrelin saute sur la silhouette décharnée du vieux roi et de toutes ses forces vise le masque à tête de mort.

Frappé par la dague, ce dernier craque, se fend et tombe à terre.

– Nooon ! geint le Sorcier.

Les tentacules ténébreux qui retenaient les adolescents se figent, tressaillent et retombent au sol. L'émissaire et les hanteurs perdent en consistance, comme si la noirceur dont ils étaient faits se dissipait, puis disparaissent complètement. Joachim rouvre les yeux. L'oiseau-cauchemar qui emportait Siba fait demi-tour pour revenir au sol et déposer doucement la Brune-Soleil.

– La magie ! s'exclame Fifrelin. Elle a disparu !

Le Sorcier écarquille les yeux, atterré, tandis que les dernières ombres quittent le champ de coquelicots noirs. La lumière revient alors, éclaire les murs du château et les adolescents abasourdis.

L'artefact est brisé et le Sorcier de Mondebrume n'a plus aucun pouvoir.

– Qu'ai-je fait ? gémit le roi d'Avalanche, les mains levées devant ses yeux.

Il regarde autour de lui, confus et accablé.

– Qu'ai-je fait ? répète-t-il.

CHAPITRE 59

LES ADIEUX D'ALAÏS

Plusieurs jours ont passé depuis les batailles. La forteresse du Sorcier a perdu sa noirceur. La pierre a retrouvé son gris d'origine, des bannières ivoire flottent de nouveau en haut de chaque tour, quelques rires et des éclats de voix résonnent dans la cour.

Le masque en forme de crâne qui donnait son pouvoir au Sorcier a été détruit, emportant avec lui les cauchemars et les hanteurs. Les enfants et les adolescents endormis se sont réveillés et ont pu repartir chez eux, libérés.

Les brigands ont disparu.

Joachim, Élina, Fifrelin et Siba ont surmonté leurs épreuves.

Devant la grande porte du château, Alaïs sourit à ses amis prêts à rentrer chez eux.

– Merci, dit-elle à Joachim. Sans vous, je n'aurais

sans doute jamais trouvé le courage d'affronter mon père. Et jamais il n'aurait pu échapper à l'emprise de l'artefact.

– C'est plutôt nous qui devons te remercier, répond Joachim.

Son bras droit est en écharpe, son visage marqué de plusieurs cicatrices. Il boite un peu. Mais il rayonne de joie et de fierté.

– Si tu n'avais pas accepté de revenir, nous serions tous devenus des oiseaux-cauchemars.

– Ah non, plus jamais ça ! s'exclame le grand jeune homme brun aux côtés de la princesse.

Il grimace, étirant plus encore l'estafilade qui lui traverse la figure du front à la joue.

– Lorsque j'ai appris la disparition d'Alaïs après notre accident, il y a si longtemps, je me suis proposé pour partir à sa recherche. J'avais peur de la magie, peur du Sorcier, pourtant j'ai accepté de devenir un oiseau-cauchemar... Je suis le seul, je crois, à m'être porté volontaire ! Pendant des années, j'ai arpenté Mondebrume à sa recherche, sans relâche... Mais maintenant, je suis bien content d'être redevenu moi-même.

Joachim lui sourit.

– Merci à toi aussi, Thibault, dit le prince. Si tu n'étais pas venu à notre rescousse, nous aurions été capturés par les brigands.

– Je ne t'ai pas demandé, dit Alaïs à Joachim. Comment as-tu fait pour parler aux oiseaux-cauchemars lorsque les brigands ont tenté de nous attaquer ?

Un peu à l'écart du groupe, Fifrelin baisse la tête, honteux à l'évocation d'Evrard et de ses hommes.

– À cause de l'élixir, je les voyais et les entendais dans ma tête presque chaque nuit, explique Joachim. Je me suis dit que peut-être, eux m'entendraient également si je les appelais à l'aide. Heureusement que cela a fonctionné, qu'ils n'étaient pas trop loin…

Le prince se tourne vers ses camarades, puis ajoute :

– … et que nous avons tous tenu suffisamment longtemps.

Élina jette un regard empli de colère à Fifrelin et hausse les épaules.

– Je te surveillais, avoue Thibault, ignorant la tension qui règne dans le petit groupe d'amis. Quand tu as tenté de me réveiller, dans le château, j'ai ouvert un œil et je t'ai aperçu en face de moi. Même à travers mes cauchemars, j'ai compris qu'avec tes compagnons tu voulais nous aider. Alors je me suis dit que je devais te suivre si je le pouvais, au cas où tu aurais besoin de moi dans ta quête. Les brumes te cachaient à nous. Mais quand tu en es sorti, je suis tout de suite revenu !

– Et nous avons vaincu, tous ensemble, face au Sorcier, termine Joachim.

Il observe ses amis, un à un, et ajoute :

– Si vous n'aviez pas été là, jamais je n'aurais pu réussir quoi que ce soit. Merci encore de m'avoir accompagné dans cette aventure si dangereuse.

– Tu vas faire quoi, maintenant ? demande Élina à Alaïs.

– Je dois encore parler à mon père. Il m'a promis qu'il respecterait désormais mes choix, quels qu'ils soient.

Elle se tourne vers Thibault.

– Et Thibault a accepté de rester à mes côtés, ici, au château. Nous avons tant à reconstruire ensemble !

– Tu étais ma… ma meilleure amie, se justifie son compagnon. Je t'ai cherché partout, et enfin, je veux dire… je… tu…

Il bredouille, se perd et, les joues rouges, termine :

– Je suis heureux que tu sois revenue, Alaïs, c'est tout. Et je veux t'aider si je le peux.

La jeune femme lui prend la main en souriant, amplifiant plus encore le malaise du jeune homme qui affiche cependant un sourire radieux.

– Tout est bien qui finit bien, tu ne trouves pas ? murmure Siba à l'intention d'Élina.

La chasseuse acquiesce, croise le regard de Joachim et aussitôt se met à rougir elle aussi.

La porte du château s'ouvre. Un homme aux épaules voûtées et au visage décharné apparaît : l'ancien Sorcier de Mondebrume, redevenu le simple roi Berthold. D'un pas lent, il rejoint les adolescents.

– Vous avez fait plus, bien plus que ce que je vous avais demandé dans ma folie, déclare-t-il. Pourrai-je vous remercier suffisamment un jour ? Pourrai-je me faire pardonner suffisamment un jour ? Vous avez sauvé ma fille. Mon royaume. Et moi aussi.

– Chez nous, répond Siba, on dit que la douleur rend fou, mais que seuls les courageux savent redevenir eux-mêmes.

– Vous m'y avez aidé. En me ramenant ma fille, en détruisant ce masque maudit, vous m'avez libéré des cauchemars qui avaient fini par me posséder et empoisonner tout ce qui vivait autour de moi.

Il secoue la tête d'un air attristé.

– Je vais essayer de racheter mes fautes, me faire pardonner par Alaïs… et par tous ceux que j'avais appelés ici.

– Mettez-y tout votre cœur, alors, dit Siba. Maintenant que vous vous êtes retrouvés, vous pouvez le faire. Cela n'effacera rien. Mais vous y gagnerez, peut-être, le repos.

Le vieillard acquiesce, fatigué mais apaisé.

– Il est temps d'y aller, annonce Joachim. On a encore un long voyage à faire pour rentrer chez nous.

– On pourrait passer voir Inis à son château, propose Élina. C'est sur la route, et on lui a juré de revenir !

– Sa mère et elle regagneront enfin un peu d'espoir, renchérit Siba.

– Comme nous tous, dit Alaïs, un sourire aux lèvres.

Fifrelin, toujours à l'écart, hoche silencieusement la tête.

Les quatre amis se retournent, face à la vallée. Le ciel d'un bleu limpide illumine les toits crevés du village en contrebas, les pâtures abandonnées, les puits déserts qui revivront peut-être un jour, maintenant que la douleur est passée.

Un coup de vent balaie la montagne et le champ de coquelicots noirs, arrachant des pétales sombres par dizaines qui disparaissent en virevoltant.

CHAPITRE 60

VALROC

– Papa ! Papa ! hurle Joachim.

La porte du château de Roc-Tonnerre s'ouvre et le roi en surgit. Oubliant tout protocole, il se précipite sur son fils qu'il prend dans ses bras et serre, serre encore, de toutes ses forces.

– J'ai eu si peur ! murmure le souverain à l'oreille de son enfant.

Sa voix est entrecoupée de sanglots de soulagement.

– J'ai cru ne jamais te revoir… comme je n'ai jamais revu…

– Je suis là, papa, dit Joachim, les yeux fermés, la joue écrasée contre la poitrine du roi. Je suis revenu. On a réussi.

Harald repousse légèrement son fils afin de mieux l'observer.

– Vous avez tué le Sorcier ? s'étonne-t-il.

Ses yeux sont encore humides, mais son visage irradie de bonheur.

– Non, mais plus jamais il n'appellera qui que ce soit, répond Joachim. Et il n'est plus sorcier. Il est redevenu le roi Berthold, celui qu'il était avant de sombrer dans la colère et les cauchemars.

– Le roi Berthold ? Je croyais qu'il était mort !

– J'ai tellement, tellement de choses à te raconter, père...

Les trompettes sonnent les festivités dans la grande cour. Déjà, les serviteurs du château installent les fanions, l'estrade pour les musiciens. Assise près du puits, Élina relate à ses parents leurs aventures. Siba est repartie à Aiguille-Soleil après avoir fait jurer à ses camarades de venir la voir bientôt. Fifrelin est dans un coin, seul et perdu dans ses pensées, renfermé sur lui-même comme pendant le voyage de retour.

– Mais avant ça, j'ai une toute dernière chose à faire, dit-il.

Il s'écarte de son père, désigne la dague dans son fourreau.

– Je dois rendre Croc-de-dragon à mère.

– Vas-y, mon fils.

Joachim se dirige vers le château et s'immobilise soudain. Toujours seul, Fifrelin a sorti de sa besace une fiole à l'étrange couleur bleue.

Le philtre d'oubli de l'enchanteresse.

Le prince rejoint son ami en quelques pas, et pose la main sur son épaule.

– Ne fais pas ça, souffle-t-il.

Fifrelin baisse la tête, sans se retourner.

– Pourquoi pas ?

– Parce que tu oublierais tout.

– C'est justement ce que je cherche. J'oublierai que je vous ai trahis. J'oublierai d'où je viens. J'oublierai mon histoire.

– Je ne veux pas que tu m'oublies, dit Joachim.

Doucement, il force son ami à relever la tête.

– Ce n'est pas ta faute si tes parents sont morts. Tu n'avais pas d'autre choix que de rejoindre ces brigands. Tu ne peux pas t'en vouloir.

– J'ai... J'ai eu si peur quand ils sont venus me voir, chuchote Fifrelin, la gorge serrée. Ils m'ont dit qu'ils vous révéleraient tout à Élina, Siba et toi, à l'aubergiste, que je perdrais mon travail, mes amis, que je devrais à nouveau m'enfuir avec eux dans les montagnes. Alors j'ai accepté de vous trahir...

– Tu voulais nous garder, Fifrelin. Je te comprends.

Le garçon relève ses yeux emplis de larmes.

– Je... Je n'avais jamais eu d'amis avant vous.

Joachim acquiesce.

– Tu as toujours été le meilleur ami qui soit. Celui

qui m'a soutenu, qui était là quand j'étais triste, comme je suis là aujourd'hui. Tu m'as sauvé dans la montagne, tu as sauvé Élina aussi, lorsque le pont s'est effondré. Tu as aidé Siba à détruire le masque qui donnait son pouvoir au Sorcier.

Il jette un regard à la potion dans la main de Fifrelin.

– Alors ne fais pas ça, s'il te plaît. Ne m'oublie pas. N'oublie pas tout ça, ni qui tu es.

Fifrelin désigne du regard leur camarade, toujours occupée à discuter avec ses parents.

– Et Élina ? demande-t-il.

– Elle est têtue. Mais elle finira par comprendre et te pardonner. J'en suis certain.

Fifrelin revient à Joachim et sèche ses larmes.

– Toujours amis, alors ?

– Jusqu'à ce que le brouillard engloutisse Mondebrume !

Joachim sourit une dernière fois à Fifrelin puis, rassuré, pénètre à l'intérieur du château de son enfance. Il en respire avec bonheur l'odeur de pierres et d'humidité, le relent légèrement rance des tapis, les senteurs de pain et de bouillon qui arrivent des cuisines où il ira embrasser la vieille Magda juste après. Courant presque dans les couloirs, le prince salue soldats et serviteurs heureux de le retrouver et qui le saluent en retour, jusqu'à ce qu'il atteigne la lourde porte du sanctuaire.

Le sourire s'efface sur le visage de l'adolescent.

Il pousse le vantail qui s'ouvre en grinçant. La pièce, comme toujours, est plongée dans la pénombre. De rares rayons de soleil laissent deviner le sarcophage de pierre posé au milieu de la salle, la sculpture de sa mère qui semble endormie, ses mains vides.

– Maman..., murmure Joachim.

Il s'approche, le cœur serré.

– Je viens te rendre ta dague, dit-il, sa voix résonnant dans le sanctuaire.

Il sort la lame, observe une dernière fois son éclat.

– Elle m'a sauvé à plusieurs reprises, tu sais. Grâce à elle, Élina, Fifrelin, Siba et moi sommes allés jusqu'à la forteresse du Sorcier de Mondebrume en évitant les brigands, avons parcouru la brume, rencontré des chasseurs, un sage et même des Albins ! On a chevauché sur des tricornes. Et j'ai volé, maman, sur le dos des oiseaux-cauchemars. On a réussi.

Sa voix se fêle.

– On a permis à un père et sa fille de se retrouver. Je crois... J'espère qu'ils se pardonneront. Ils ne savent pas la chance qu'ils ont d'être ensemble.

Il essuie ses yeux du revers de la main, s'approche encore de la sculpture aux tresses épaisses et au sourire si doux.

– Tu serais fière de moi, maman. J'en suis sûr.

Il dépose Croc-de-dragon entre les doigts de pierre de sa mère endormie pour l'éternité.

– Je t'aime.

Caché dans l'obscurité de la porte, Abélard recule après avoir observé toute la scène et, sans un bruit, disparaît dans les couloirs.

Composition et mise en pages

Nord Compo à Villeneuve-d'Ascq

Achevé d'imprimer en août 2024
dans les ateliers de Normandie Roto Impression s.a.s.
61250 Lonrai
N° d'imprimeur : 2403782

Imprimé en France